Legendäre Burg
Burgruine
Erhaltene oder rekonstruierte Burg
Stadt, Siedlung
Trutnov
Žampach
Chrudim
Žichlínek
Hoštejn
Mírov
Šternberk
Hradec
Vikštejn
Štramberk
Olomouc
Přerov
Hostýn
Chropyně
Svojanov
Zubštejn
Kunštát
Pernštejn
Veveří
Brno
Sádek
Templštejn
Velehrad
Děvíčky
Veselí
Sirotčí Hrady
Bítov
Holíč

Eduard Petiška · Der König aus der goldenen Wiege

EDUARD PETIŠKA

DER KÖNIG AUS DER GOLDENEN WIEGE

und andere Sagen und Legenden aus Böhmen und Mähren

DREI LILIEN VERLAG
WIESBADEN

Mit Holzstichen von Helga Paditz

Die Vergangenheit ist in Bewegung zwischen der Gegenwart
und der Zukunft.

Meinem Sohn Martin und allen,
die das Land lieben, aus dem sie hervorgegangen sind.

Zwischen Eger, Elbe und Moldau

Zwischen den Flüssen Eger, Elbe und Moldau, auf diesem fruchtbaren und anmutigen Landstrich unserer Heimat, beginnt die alte Geschichte des Stammes der Tschechen. Hier wohnten sie in ihren Siedlungen und auf ihren Burgen im Herzen eines Gebietes, das von allen Seiten bewaldete Gebirge umschlossen.

Zwischen den Flüssen Eger, Elbe und Moldau standen die ältesten Burgen des Stammes der Tschechen. Und es gab Burgen der Fürsten, die ihre Macht und Sicherheit schützten, und es gab Burgen, die das Siedlungsgebiet des ganzen Stammes schützten.

Die erste und älteste der Burgen war der Sage nach die Burg des Fürsten Krok. Sie ragte bei dem Dorf Zbečno empor. Auf ihr hatte Krok gelebt, bis ihn die Tschechen zu ihrem Verwalter und Richter wählten. Und als sie ihn gewählt hatten, erbauten sie ihm eine festere und würdigere Burg. Die neue Burg erhielt den Namen Budeč.

Auf Budeč, hinter den Wällen aus gestampftem Lehm, lebte, wie die Sage berichtet, der weise und gerechte Krok in holzgezimmerten Bauten mit seiner Frau, seinen drei Töchtern und dem Gesinde. Hier erwarteten sein Gerichtsurteil jene, die einen Streit führten, hierher führte man jene, die das ruhige Leben des Stammes gestört hatten. Krok richtete streng, aber keiner ging von ihm, von Unrecht gezeichnet.

Die älteste von Kroks Töchtern hieß Kaša oder Kazi. Sie ging als erste aus des Vaters Haus und baute sich mit ihrem Gesinde eine eigene Burg, Kašín oder Kazín.

Kazi war in der Heilkunde beschlagen, in Weissagung und Zauberei. Es hieß, sie könne durch ihre Zaubereien das Schicksal eines Menschen verändern, welches diesem von den Nornen bei der Geburt vorbestimmt worden war. Die alten Tschechen glaubten so an ihre Zauberkraft, daß sie von hoffnungslos verlorenen Dingen zu sagen pflegten: Das könnte nicht einmal Kazi gutmachen.

Die mittlere Tochter Kroks hieß Teta. Sie ging als zweite aus des Vaters Haus und befahl ihren Leuten, die Burg Tetín oberhalb des heute Berounka genannten Flusses zu errichten. Teta führte bei ihren Untertanen eine Gottesdienstordnung ein, setzte fest, wie man sich vor den Göttern zu verneigen habe und wo sich die Götter verborgen hielten. Die Natur war für sie voller geheimnisvoller Wesen, die den Menschen halfen, falls diese Menschen ihre Gewohnheiten achteten und ihre Wünsche erfüllten. Und die Menschen verehrten nach Tetas Anleitung die Vilen und Geister und das Quellwasser und das Feuer. Unweit von Tetín auf dem Berg Pohled ließ Teta auf einem Fels ein Standbild ihrer Göttin errichten, welche Klimba hieß. Oft kam sie hierher, um sich vor der Göttin zu verneigen.

Die jüngste Tochter, Libuše, blieb am längsten bei Vater und Mutter. Man erzählt, sie habe die erste von Krok auf Budeč gegründete Schule in Böhmen besucht. Es war eine Schule und es war keine. In dieser Budečer Schule lehrten alte Männer vom Stamme der Tschechen, wie man aus den geheimen Zeichen den Willen der Götter erforschen könne. Die Greise bewahrten die alten Sagen und die vergangene Geschichte, und sie gaben sie an die junge Generation weiter, sie lehrten sie, das Wesen der Pflanzen zu erkennen, welche Kräuter schädlich und welche nützlich waren, sie lehrten Zaubereien und Beschwörungen.

Diese Schule auf Budeč besuchte auch Přemysl, und hier soll Libuše ihn zum ersten Mal erblickt haben. Der Name Budeč bezeichnete fortan bei den Tschechen für alle Zeiten einen Ort, von dem aus sich die Bildung verbreitete.

Auch die jüngste Tochter Kroks, Libuše, entschloß sich, Vater und Mutter zu verlassen. Sie rief ihr Gesinde zusammen und befahl eine Burg an dem Walde zu errichten, der sich bis zu dem Dorf Zbečno erstreckte. Die Burg erhielt den Namen Libušín, und es wird überliefert, sie sei die mächtigste von allen gewesen.

Das Stammesgebiet der Tschechen schützte an der Westgrenze die Burg Dřevíč. Die Ostgrenze am Flusse Moldau schützte die Burg Levý Hradec.

Und es wird erzählt, daß an der Neige seines Lebens der Herr über das tschechische Volk, Krok, einen Platz für den Bau einer neuen Burg suchen ließ. Andere jedoch erzählen, daß er im Alter nur auf eine andere Burg übersiedelte. Und aus dem Dunkel der Sagen steigen zwei Namen einer Burg hervor. Der einen Sage zufolge hieß die neue Burg Psáry. Den Namen Psáry empfing sie zum Angedenken an die Burg gleichen Namens, auf welcher Krok einst in seiner Jugend gelebt hatte, bevor er mit seinem Gesinde in das Gebiet in der Mitte unseres Landes wanderte. Einer anderen Sage zufolge wurde die neue Burg später erbaut und erhielt den Namen Chvrasten, nach einem Gestrüpp, auf tschechisch chrastí, von welchem an jenem Ort sehr viel wuchs. Und das war ein Ort hoch über der Moldau, auf einem steilen, felsigen Berg.

Diese Burg, die so zum ersten Mal im Munde der Menschen und auf den Seiten der Chroniken erschien, begann man in der Fürstenzeit Vyšehrad zu nennen, und sie war berühmt durch ihre Mächtigkeit und auch dadurch, daß bei ihr die dünnen Bächlein der Sagen zusammenliefen, so wie Flüsse sich ins Meer ergießen.

Und weiter berichtet uns die Sage, daß Krok starb und mit ihm seine Weisheit und Gerechtigkeit. Damals fand sich unter den Tschechen kein Mann, der sich hätte mit Krok vergleichen können. Wer sollte dem Volk den Weg weisen, den es fortan einschlagen sollte?

Es versammelten sich die führenden Männer des Stammes der Tschechen und beratschlagten über Kroks Nachfolger. Sie berieten sich und wußten doch im voraus, wie die Wahl ausfallen würde. Das Licht von Libušes Weisheit,

Schönheit und Freundlichkeit war so groß, daß sie es nicht übersehen konnten. In ihr verband sich die Besonnenheit des Vaters mit dem Liebreiz der Mutter Niva, und ihre Weissagungen entsprachen der Wahrheit und gereichten dem ganzen Stamm zu Nutz und Frommen.

So einigten sich die Stammesältesten über die Wahl und begaben sich mit einer Menge Volks zur Burg Libušín und suchten dort Libuše auf. Feierlich forderten sie sie auf, sie zu führen und ihnen ein gerechter Richter zu sein, so wie es ihr Vater gewesen war.

Libuše nahm die Wahl an.

Im anbrechenden Sommer ritt sie mit ihrem Gefolge von jungen Mädchen zur Besichtigung des Landes aus. Und es gab deren viele, die sich beim Anblick der auf einem Schimmel durchs Land reitenden Libuše freuten. Sie fühlten sich sicher, denn das Land hatte eine freundliche, gütige und kühne Herrin. Einige jedoch schlugen voller Zorn die Augen nieder. Sie konnten sich nicht mit dem Gedanken abfinden, daß ihr Richter eine Frau sein sollte. So ist es eben unter den Menschen. Dem Singvogel wirft man vor, daß er nicht im Wasser lebt, und dem Hirsch, daß er keine Flügel hat.

Aber Libuše achtete weder des Lobes noch der Schmähung, die sie begleiteten. Sie dachte an die Zukunft.

Gericht und Wahl

In alten Zeiten siedelten in Böhmen mehr als fünfzehn slawische Stämme. Einige von ihnen waren stark und mächtig, andere schwach, der Namen von einigen hat sich bis in unsere Zeiten erhalten, der Name von anderen ging verloren. Zugeschüttet hat ihn die feinkörnige, unermüdliche Zeit.

Der Stamm der Tschechen siedelte im Herzen des Landes, und seine Richterin war Libuše, die Tochter des Krok.

Eines Tages drang auf den Hof der Burg Libušín ein Haufe von Männern ein. Zwei von ihnen stritten sich laut, und die übrigen neigten sich einmal dem einen, dann dem anderen zu, und sie vergnügten sich, wie das so üblich ist, am Zorn der Streithälse. Auf einmal packte einer der beiden um die Gerechtigkeit streitenden Männer seinen Widersacher am Bart und zerrte ihn vorwärts. Der Angegriffene hinwiederum fuhr seinem Gegner mit allen zehn Fingern in die Haare. Sie kreischten und beschimpften einander, und das Häuflein der Zuschauer spornte sie noch mehr an. Der Lärm erfüllte den ganzen Hof, und da trat aus dem holzgezimmerten Burggebäude Libuše hervor.

Als die beiden Kampfhähne die erlauchte Tochter des Krok erblickten, standen sie von einem weiteren Handgemenge ab und verneigten sich, als kennten sie nichts Besseres denn Friedfertigkeit und Freundlichkeit. Sobald Libuše sie jedoch fragte, warum sie so ein Geschrei angestimmt hätten, legten sie abermals los, beschuldigten sich gegenseitig des Unrechts und bemühten sich, einander zu überschreien. Sie hofften, die Wahrheit würde auf der Seite sein, wo das lautere Geschrei erscholl. Die Sache, um die es ging, war verworren, im Grunde aber einfach. Dem Bärtigen schien es, daß der Bartlose die Grenze zwischen ihren Grundstücken nicht beachtet und sich auf fremdem Besitz aufgeführt hatte, als wäre er sein eigener. Außerdem hatte er dem Bärtigen noch höhnisch mit den Fingern unter der Nase geschnalzt, und das gedachte der Bärtige nicht hinzunehmen.

Libuše hörte sich gerecht beide Klageführenden und auch die Zeugen an und bedachte weise, auf welcher Seite das Recht lag. Obwohl der Bärtige durch das Urteil nicht geschädigt ward, empfand er es als Unrecht. Er wollte seinen Widersacher niederwerfen und wünschte ihm die härteste Strafe. Als dies nicht geschah, übermannte ihn der Zorn, und er schüttelte höhnisch den Kopf und schlug mit dem Stock auf die Erde. Sein Bart zitterte vor Erregung, und er schrie laut hinaus:

»Schande, Schande! Was kann ich auch erwarten von einem Weib als Richter! Was wissen die Weiber von den Streitigkeiten der Männer. Selbst die höchste Würde und die größte Burg verleiht ihnen noch keinen Verstand. Alle wissen wir es doch«, rief er und wandte sich an die im Burghof stehenden Männer, »alle kennen wir es doch: die Weiber haben lange Haare, aber einen kurzen Verstand.«

Diese Kränkung schmerzte Libuše sehr. Sie ließ sich jedoch den Schmerz nicht anmerken und sagte:

»Ihr verwechselt Gerechtigkeit mit Grausamkeit. Euch gefällt die Herrschaft einer Frau nicht, weil sie maßvoll ist und euch Freiheit gewährt. Ihr glaubt, der Verstand sei nur dort, wo mit eisernen Ruten bestraft wird. Gut denn, ich werde euch gewähren, wonach ihr verlangt. Möge sich morgen das Volk hier auf dem Hof versammeln. Falls alle sich die Herrschaft eines Mannes wünschen, werde ich kundtun, wen ich mir zum Gatten wähle. Dieser wird euer Fürst sein.«

Noch am selben Tage rief Libuše von Kazín und Tetín ihre Schwestern zu sich und beriet sich die ganze Nacht mit ihnen, und alle drei opferten den Göttern und bemühten sich, in die Zukunft zu blicken, denn alle hatten die seltene Gabe der Weissagung.

Und kaum warf der neue Tag seinen ersten schüchternen Schatten, kamen auf Libušes Burg von nah und fern die Menschen zusammen und füllten den Hof und alle Räume der Burg. Je höher die Sonne stieg, um so zahlreicher wurde die Menge, und sie strömte auf den Wegen und durchs Tor wie aufgewühlte Meereswogen.

Libuše trat aus ihrem rohgezimmerten Palas und sprach zu der versammelten Menge:

»Seid ihr entschlossen, meine Herrschaft gegen die eines Mannes zu vertauschen?«

»Ja, ja«, rauschte es aus allen Ecken.

»Vergeßt nicht, daß es leicht ist, einen Fürsten einzusetzen, aber sehr schwer, ihn wieder abzusetzen. Weil es nun einmal euer Wille ist und ihr euch auf Gnade und Ungnade einem Mann ausliefern wollt, sage ich euch den Ort an, wo euer künftiger Fürst lebt, und ich nenne euch seinen Namen.«

»Einen Fürsten wollen wir, einen Fürsten!« rief die Menge.

Libuše streckte den Arm zu den Bergen, die im herbstlichen Dunst blauten, und rief:

»Dort, hinter diesen Bergen fließt durchs Land der Fluß Bilína. An seinem Ufer findet ihr ein Dorf, welches Stadice heißt. Unweit des Dorfes liegt ein Brachfeld, und auf ihm ackert ein Mann mit zwei geschecken Ochsen. Der eine hat einen weißen Kopf und auf der Brust einen weißen Streifen, beim anderen sind Stirn, Rücken und Hinterbeine weiß. Der Mann, der mit den Ochsen pflügt, ist Přemysl, der Fürst, der über euch herrschen wird. Und herrschen wird über euch auch seine Nachkommenschaft. Nehmt ein Gewand mit, wie es der Fürstenwürde zusteht, sucht Přemysl auf und führt ihn herbei, für euch als Herrn und für mich als Gatten.«

Aber die Abgesandten, die Přemysl aufsuchen sollten, zögerten, weil sie den Weg nicht kannten. Libuše bemerkte ihr Zögern und befahl ihnen:

»Führt mein Pferd vor die Burg. Wohin es gehen wird, dorthin begebt auch ihr euch. Es kennt den Weg, und es kennt den Ort.«

Die Männer führten Libušes Schimmel vor das Burgtor, und das Pferd lenkte seine Schritte zu dem Urwald, durch den ein Weg gehauen war. Sie folgten ihm auf dem gleichen Weg. Und der Urwald barg in sich eine Salzquelle, die damals noch auf ihre Entdeckung wartete, und eine noch nicht geborene Sage wartete auf die Stadt, der sie den Namen Slaný – Die Salzige – geben würde. Dann trat Libušes Pferd auf eine Ebene hinaus, und die Abordnung erblickte in der Ferne den Berg Říp, von dem aus der Urvater Čech zum ersten Mal dieses Land betrachtet hatte. Und der ferne Berg ihrer Vorfahren begleitete sie und rückte hinter sie wie ein riesiges, halb vom Horizont verdecktes Haupt. In dem Blau und dem Goldgewebe der Herbstsonne sah der Berg freundlich aus, und den Abgesandten schien es, daß er zum Zeichen des Glücks und der guten Hoffnung aufgetaucht war.

Das Pferd schritt dann bedächtig am Ufer des Flusses Eger entlang, bis es eine Furt fand. Es trat in den Fluß, trank von seinem Wasser, denn der Tag war trocken und warm. Als es den Durst gestillt hatte, ging es durch das seichte Wasser auf das andere Ufer hinüber, und hier beschleunigte es den Schritt. Je mehr sie sich den Bergen des Böhmischen Mittelgebirges näherten, um so schneller trabte es. Es wittert das Ziel, freuten sich die Abgesandten. Aber sie mußten noch über die Berge steigen, und erst dort, wo die Hufe des Schimmels wieder über weiches Gras stampften, erblickten sie ein Dorf. Vor ihm wieherte das Pferd auf.

»He!« riefen sie einem Jungen zu, der übers Feld ging, »ist das Stadice?«

»Ja«, bestätigte der Junge mit einem Nicken.

»Und lebt hier ein Mann, den man Přemysl nennt?«

»Dort pflügt er«, sagte der Junge und wies mit der Hand in eine Richtung.

Sie gingen in dieser Richtung und fanden einen stattlichen Mann, der das Brachfeld pflügte und seine zwei Ochsen antrieb, und der eine hatte einen weißen Kopf und auf der Brust einen weißen Streifen, und der andere hatte Stirn und Rücken und Hinterbeine weiß.

Libušes Schimmel blieb in der ersten Furche der frisch umgebrochenen Erde stehen, und er stand da wie in die Erde gewachsen und harrte des Befehls.

»Sei gegrüßt, Přemysl«, riefen die Abgesandten, »sei gegrüßt, du unser auserwählter Fürst!«

Přemysl hielt seine Zugochsen an und hörte schweigend der Abordnung zu.

»Spann deine Ochsen aus«, forderten ihn die Abgesandten auf, »leg dieses Fürstengewand an und besteige Libušes Schimmel. Wir sind Abgesandte des Stammes der Tschechen, und alles Volk hat uns ausgesandt, damit wir ihm den Fürsten zuführen, und unsere Herrin, Libuše, hat uns ausgesandt, damit wir ihr den Gatten zuführen.«

Kaum hatten sie zu Ende gesprochen, spannte Přemysl, als hätte er diese Nachricht erwartet, die Ochsen aus dem Pflug und befahl ihnen:

»Lauft, woher ihr gekommen seid.«

Und die Ochsen liefen los und verschwanden wie durch einen Zauber. Und so lebte dann unter den Menschen eine Sage, wonach sich beide Tiere in die Luft erhoben hätten, als wären sie geflügelt, und wonach sie ein naher Felsen verschluckte wie das Wasser einen Kieselstein.

Přemysl bohrte die Haselnußrute, mit welcher er das Gespann angetrieben hatte, in die Erde, und die Rute ergrünte, und an ihr brachen drei Triebe mit Blättern und Nüssen aus. Die Abgesandten Libušes staunten über dieses Wunder. Dann langte Přemysl in seine Basttasche, nahm Brot und Käse heraus und forderte die Abordnung auf, mit ihm zu essen. Und der frische Rasen war der Fußboden dieses Speisesaals, sein Gewölbe war der Himmel mit den Lerchen, der Tisch war die Tasche aus Bast und das Tischtuch ein leinenes Tuch.

Während sie aßen und mit reinem Quellwasser aus einem Krug nachspülten, welkten zwei der Triebe der wundersamen Haselnußrute, vertrockneten und fielen ab. Der dritte Trieb jedoch wuchs immer mächtiger und mächtiger. Da wagten die Abgesandten die Frage, was dieses Wunder zu bedeuten habe.

Přemysl antwortete:

»Diese wachsende Haselnußgerte ist ein Abbild meines Geschlechts. Obwohl es viele Herren hervorbringen wird, wird immer nur einer herrschen. Schade nur, überaus schade, daß ihr so früh bei mir eingetroffen seid. Wärt ihr gekommen, wenn ich die letzte Furche auf diesem Brachfeld gepflügt hätte, dann hätte in Böhmen niemals Mangel geherrscht. Genug Brot wäre für alle und für alle Zeiten, und niemand im Lande würde jemals kennenlernen, was Hunger ist.«

Přemysl kleidete sich in das Fürstengewand, zog sich die Schuhe aus Leder an, wie es sich für einen Fürsten geziemt, aber seine alten Bastschuhe hob er auf und nahm sie mit.

»Warum, Herr«, fragten ihn die Abgesandten, »nimmst du die alten ausgetretenen Schuhe aus Bast mit? Hast du nicht jetzt bessere an den Füßen?«

»Ich nehme sie mit«, sagte Přemysl mit einem Lächeln, »damit meine Nachkommen nicht vergessen, woher sie gekommen sind. Damit sie nicht ungerecht jene unterdrücken, die in Bastschuhen durch die Welt gehen. Damit sie nicht vergessen, daß wir alle von Natur aus gleich sind.«

Die Gesandtschaft, in deren Mitte der neue Fürst war, überschritt freudig die Berge und eilte zu der bekannten Furt über die Eger und zurück zu Libušes Burg. Libušes Schimmel trug seinen Reiter ganz leicht, als tanzte er. Die Leute erkannten unterwegs das Pferd, und weil man überall schon wußte, wen es auf seinem Rücken trug, grüßten sie Přemysl und schlossen sich der Abordnung an.

Libuše erblickte von der Burg aus die Menschenmenge. Sie ging dem neuen Fürsten und ihrem künftigen Gatten entgegen, mit einem großen Gefolge von Mädchen und Dienerinnen.

Auf der Burg wurde der Hochzeitsschmaus gerichtet. Über dem Feuer drehten sich Bratspieße, und der fette Duft des gebratenen Fleisches forderte die Gäste zum Zulangen auf. Niemand konnte sich an ein solches Hochzeitsmahl erinnern.

Abends, da die Nacht zum ersten Mal mit kühlen Fingern die Schmausenden berührte, rückten sie näher am Feuer zusammen, und der dichte Kreis verstärkte das Gefühl der Zusammengehörigkeit, und der Honigwein löste die Zungen. Ins Dunkel schwebte Gesang, und der Schein über Libušes Burg verkündete weit und breit in die Lande die gute Nachricht. Gefeiert wurde der Fürst, die Hochzeit und die

Freundschaft zwischen dem Stamm der Lemuser, zu dem Přemysl gehörte, und dem Stamm der Tschechen, aus dem Libuše hervorgegangen war.

Und es gab in jenen alten Zeiten in Böhmen mehr als fünfzehn slawische Stämme. Aber den Namen gaben dem ganzen Lande und allen seinen Bewohnern am Ende die Tschechen, die im Herzen des Landes siedelten.

Die Burg über der Moldau

Es stand einmal vor langer Zeit über der Moldau eine Burg mit hölzernen Schanzen und einem gezimmerten Palas inmitten der Schanzen. Später erhielt sie den Namen Vyšehrad. Sie ragte am rechten Ufer des Flusses auf einem hohen, an seinem Fuß von den unruhigen Wellen umspülten Fels empor. Die Burg war fest wie der Wille der Fürsten, die in ihr herrschten.

Hier, so heißt es, saß Fürst Přemysl auf einem steinernen Fürstenthron und nahm gemeinsam mit der Fürstin Libuše die Berichte aus seinem ganzen Land entgegen, hier fällte er Urteile und erteilte Ratschläge.

Unter seiner Verwaltung veränderte sich das Land immer schneller. Die dichten Wälder mußten Feldern weichen, und zwischen den Feldern erbauten fleißige Hände Siedlungen und Festen und Burgen. Ein guter Ratgeber war Fürst Přemysl für sein Volk. Je mehr Festen und Burgen im Lande waren, um so besser konnten sich die Einwohner des Landes gegen einen feindlichen Einfall wehren. Bei kriegerischen Wirren zogen sie sich hinter die Wälle und Schanzen zurück, sammelten dort Vorräte an und trieben auch das Vieh an diese befestigten Orte. Hinter den Schanzen verteidigten sie ihr Leben und das Leben ihrer Familien.

Der Stamm der Tschechen erstarkte immer mehr, und man mußte immer neue und neue Wohnsitze suchen. Auf die Frage, wo es am günstigsten wäre, eine neue Siedlung anzulegen, pflegte die Fürstin Libuše zu antworten:

»Laßt euch dort nieder, wo ihr die vier Elemente in gutem Einvernehmen vorfindet: fruchtbare, lebensspendende Ackererde, reines Wasser, gesunde Luft und genügend Nahrung für das Feuer, dort, wo Bäume Holz und Schatten gewähren. Wenn unter den Elementen ein gutes Einvernehmen herrscht, werdet ihr keine Not erleiden.«

Viele Familien siedelten sich damals im Lande nach Libušes Rat an, und ihre Felder trugen reiche Ernte, und ihre Herden wuchsen. Aus den Feuerstätten der neuen Behausungen stieg fröhlich der Rauch gen Himmel.

In dieser Zeit wuchsen viele Siedlungen und Festen empor. Und es war wie in einer Sternennacht, da viele Sterne leuchten, aber noch nicht der Mond aufgegangen ist, der mit seinem Licht und seiner Größe alle Sterne übertrifft und über sie herrscht.

Einmal, als Fürst Přemysl gemeinsam mit seiner Gemahlin Libuše die Burg Libušín aufsuchte, stiegen sie im Verein mit ihrem Gefolge auf den höchsten Punkt der Burg. Es war Abend, und im Schein der untergehenden Sonne breitete sich nach allen Seiten eine Landschaft aus, in welcher Menschenwerk seine Spuren hinterlassen hatte. Felder wechselten mit Siedlungen und Weiden ab, der Wald war zurückgetreten bis an den Horizont und hielt dort Wache wie ein geschlossenes Heer. Die blendende Sonne sank hinab in den Wald, und der Schatten der Burg fiel gen Osten.

Die Fürstin Libuše wandte sich um zu den blauen und linden Schatten der anbrechenden Nacht, und plötzlich bemächtigte sich aller Dinge auf Erden und in den Lüften eine große Stille. Niemand aus dem Gefolge sprach ein Wort, selbst der Wind hielt den Atem an, und die Vögel, die bis zu diesem Augenblick gesungen hatten, verstummten in den Kronen der Bäume. Die Fürstin streckte die Hand gen Osten aus, und als berührte sie in den Wolken und abendlichen Dünsten etwas in der Ferne, bewegte sie sachte die Finger und sprach:

»Ich sehe eine große Burg, und ihr Ruhm steigt hoch bis zu den Sternen. Dieser Ort liegt verborgen in den tiefen Wäldern, vom Norden schützt ihn das Tal des Baches Brusnice, vom Süden ein breiter felsiger Berg. Der Fluß Moldau bahnt sich seinen Weg unter seinen Hängen. Dort geht hin, und ihr werdet inmitten des Waldesdickichts einen Menschen finden, der die Schwelle seines Hauses zimmert. Dort baut eine Burg und nennt sie nach unserem Wort für die gezimmerte Schwelle prah Praha. Und so wie auf einer Schwelle auch die großen Herren das Haupt neigen, so werden sie es auch vor dieser Burg neigen.«

Fürst Přemysl und sein Gefolge schauten in die angezeigte Richtung, aber sie sahen nur die vordringende Nacht. Die Zukunft war in ihr verborgen wie ein Edelstein im Berg.

Noch eine Weile wies die weiße Hand der Fürstin in die Ferne, dann wich der prophetische Geist von ihr, und der Glanz in ihren Augen erlosch. Und wie es bei Propheten und Dichtern zu sein pflegt, erwachte die Begeisterung, nachdem sie bei Libuše erschlafft war, in denen, die ihr zugehört hatten, und sie machten sich sogleich auf den Weg.

Im Morgendämmern des neuen Tages brachen Abgesandte nach Osten auf, und sie fanden die Stelle, von welcher die Fürstin gesprochen hatte. Sie stießen auf das Tal eines Baches und auf den felsigen Berg, und sie drangen in das Waldesdickicht ein, woher regelmäßige Axtschläge erschallten. Sie fanden den Mann, der die Schwelle seines Hauses zimmerte.

Sie säumten nicht und machten sich ans Werk. Sie fällten Bäume, erbauten Blockhäuser, häuften einen Wall auf. So wuchs am linken Ufer der Moldau die Burg Praha empor, aus Balken gefügt wie die Burg Vyšehrad, aber geräumiger und schöner. Der Name Praha ging von Mund zu Mund durchs ganze Land. Fremde Kaufleute trugen ihn auch in ferne Länder.

Die Fürstin Libuše sah in die Zukunft, aber auch in das Innere der Erde. Es wird erzählt, daß ihre Weissagungen bestimmten, welcher Berg Gold und welcher Silber in sich barg. Damals wurde, wie die Sage berichtet, Gold in Jílové und Silber in Kutná Hora (Kuttenberg) entdeckt. Und es soll in jenen alten, guten Zeiten eine solche Fülle von Gold und Silber vorhanden gewesen sein, daß es manchenorts wie eine Rute aus der Erde stieß und man es nur abzubrechen brauchte. Ein Mann grub damals bei Jílové nach Gold und fand einen solchen Klumpen, daß er mehr wog als der Fürst und die Fürstin zusammen. Er schickte diesen bewundernswerten und überaus schweren Goldklumpen dem Fürsten Přemysl auf Vyšehrad. Přemysl beriet sich mit der Fürstin Libuše und beauftragte einen Bildhauer, aus dem Gold eine Statue anzufertigen, ähnlich einem auf dem Thron sitzenden Menschen. Für den goldenen Götzen befahlen sie ein eigenes Blockhaus zu bauen, und sie gingen zu ihm, um sich vor ihm zu verneigen und ihm Opfer darzubringen, aus Dankbarkeit für die Gaben, welche den Tschechen ihre fruchtbare und an edlen Metallen reiche Erde gewährte. Den goldenen Götzen nannte man Zelú.

Das Gold und Silber wurde in den unterirdischen Räumen des Vyšehrad aufbewahrt, wo sich bereits seit den Zeiten des Krok die Schatzkammer der Sippe befand. Aus Gold war auch die Wiege für Nezamysl, den Sohn des Fürsten Přemysl und der Fürstin Libuše.

Die Jahre verrannen, und weil es glückliche Jahre für das Land und die fürstliche Familie waren, verrannen sie schnell. Der Fürstensohn Nezamysl versuchte bereits, die Sehne des Bogens zu spannen und das Schwert des Vaters hochzuheben. Libuše verspürte im Herzen Stolz auf ihren Sohn, und sie verspürte Bedauern über die Zeit, welche auch über die Herrscher herrscht. Sie befahl ihren Gefährtinnen, die goldene Wiege zu nehmen und ihr zu folgen. Unterhalb des Vyšehrad blieb die Fürstin an einer Stelle stehen, wo der Fluß eine Vertiefung aufgespült hatte, so daß die Wasserfläche dort dunkel war.

»Laßt die Wiege in die Tiefe hinab«, befahl die Fürstin.

Die schwere Wiege sank ins Wasser, noch ein kurzes Aufblitzen, und sie war verschwunden. Aber die Fürstin folgte ihr mit starren Blicken und sah ihren langen Fall durch die Wässer und durch die Jahrhunderte, durch welche sie wandern würde. Und sie sah Licht in den Tiefen der Jahrhunderte, und einmal war es der Glanz der Sonne, und ein andermal war es eine Feuersbrunst, und sie hörte Lärmen und Geschrei, und dann wieder Jubel und Gesang, und ein andermal Klagen und Weinen. Die goldene Wiege wanderte zwischen Strömen von Tränen immer tiefer und tiefer.

»Verbirg dich, verbirg dich!« rief ihr die Fürstin nach. »Und dereinst, gereinigt durch die Tränen derer, die in diesem Lande leben, wirst du aus den Wellen emporsteigen, und gute Hände werden dich ergreifen und werden das Kind in dich legen, das seinem Volk und seinem Land die Erlösung bringen wird.«

Die Fürstin verstummte und kehrte zurück auf den Vyšehrad.

Und die Wiege war wie ein goldenes Samenkorn, ausgesät, um dereinst aufzugehen. Auch der geheime Vyšehrader Schatz glich einem kostbaren Saatkorn, welches allen Hungrigen Brot verschaffen würde, wenn im Lande die Not am größten wäre. Aber das kostbarste in die Zukunft ausgesäte Saatkorn war das jüngste Geschlecht, zu dem auch Nezamysl gehörte.

Libuše verlangte es danach, auch in seine Zukunft zu schauen. Sie brachte dem Götzen Zelú ein Brandopfer dar und schickte sich an, mit ihrem Blick in die Zeiten vorzudringen, welche weit vor ihr lagen. Als sie nach dem Weg des Sohnes forschte, erklang in ihr eine leise, eindringliche Stimme. Es war die Stimme des Todes.

Traurig verließ die Fürstin den goldenen Götzen, suchte ihren Gemahl Přemysl auf und sagte zu ihm:

»Ich habe eine Stimme vernommen, sie hat mich gerufen und aufgefordert, Abschied zu nehmen und mich auf den Weg zu begeben, auf dem mein Vater Krok und die Mutter Niva und die Schwester Kazi von uns gegangen sind. Rufe unseren Sohn Nezamysl und die Stammesältesten und das getreue Gefolge. Es ist an der Zeit, Abschied zu nehmen.«

Und so wie jemand, der das väterliche Haus verläßt, schon auf dem Wege sich noch ein letztes Mal umschaut, bevor ihm der liebe Erdenwinkel aus dem Auge schwindet, so schaute sich auch die Fürstin noch einmal um. Ihr Auge ermattete, sie erkannte nur mühsam die Bäume und Felsen auf den Hängen gegenüber, und die Moldau unterhalb des

Vyšehrad verschwamm vor ihr zu einem unbestimmten Strom hellen Nebels. Dort irgendwo liegt der Strahover Forst, und dort irgendwo liegt ihre Burg Praha, deren Ruhm zu entflammen beginnt.

Die Fürstin ließ sich auf ihr Lager tragen. Die nahen Dinge verschwammen ihr vor den Augen und entwichen ihr, denn sie standen im Leben, und die Fürstin war im Begriff, das Leben zu verlassen. Die entfernten Dinge jedoch sah sie hell und genau, und sie las vom Munde des schweigsamen Schicksals die Worte ab, die erst gesprochen werden sollten.

Und als sich um ihr Lager alle versammelt hatten, die ihr lieb und teuer waren, sprach die Weisheit der Fürstin Libuše zum letzten Mal.

Mit einer Stimme, die sich immer mehr entfernte, sprach sie über Eintracht und Treue, ohne die es keine Stärke gäbe, über Liebe und Tapferkeit, ohne die das Leben nur eine kurze Zeit zwischen Geburt und Tod sei, über die Ewigkeit, die wir auf unseren Schultern tragen, um sie an die künftigen Geschlechter weiterzureichen.

Dann wandte sie sich ihrem Gatten Přemysl zu. Sie warnte ihn vor der in der Zukunft lauernden Gefahr, und sie sprach zu ihm von der Hoffnung, welche wie ein gutes Sternbild alle leitet, die den Mut nicht sinken lassen.

Schließlich wandte sie sich Nezamysl zu, ihrem Sohn. In Nezamysl hatte das Geschlecht der Přemysliden seine Fortsetzung, er war jenes kostbare, in die unabsehbare Zeit gesäte Samenkorn. Sie strich ihm zärtlich übers Haar, und alle, die die Bewegung ihres ausgestreckten Armes sahen, erinnerten sich an ihre Weissagungen und begriffen, daß sie den Ruhm dieses Landes und seines Volkes den Jüngsten vermachte.

Die Fürstin Libuše starb, und alle Siedlungen und Burgen der Tschechen füllten sich mit Weinen und Wehklagen, wie wenn Kindern die fürsorgliche Mutter stirbt. Aber Libušes Weissagungen nährten den Mut ihres Volkes selbst nach Jahrhunderten. Sie gaben ihm Kraft in harten Zeiten und entfachten den Funken des Stolzes und Selbstbewußtseins zum lodernden Feuer.

Kampf und Verrat

Die alten Sagen erzählen von den alten Rechten der Frauen. Die Frauen wählten sich ihre Gatten, und die Männer lebten in der Sippe ihrer Frau. Als die Fürstin Libuše, welche die Rechte der Frauen geschützt hatte, starb, verloren die Frauen ihre Fürsprecherin. Und so wie einst ein Mann vor Libušes Gericht die Frauen wegen ihrer langen Haare und ihres kurzen Verstands verspottet hatte, so stand jetzt unter dem Volk eine Frau auf, die sich über die bärtigen, vom Honigwein benäßten Männerkinne lustig machte. Diese junge Frau hieß Vlasta. Sie hatte zum Gefolge der Fürstin Libuše gehört und trug bitter an den Veränderungen, die sich vom Vyšehrad und den Festen aus in die Dörfer und Einschichten ausbreiteten.

Vlasta versammelte Mädchen und junge Frauen um sich. Allen gefielen ihre Worte, und keine von denen, die ihr folgten, wollte sich der Herrschaft der Männer unterwerfen.

Am linken Ufer der Moldau, dem Vyšehrad gegenüber, erhob sich ein langgestreckter Hügel. Hierher führte Vlasta ihre Mädchen und forderte sie auf, eine Burg zu erbauen. Die Mädchen stimmten begeistert zu und errichteten eine feste Burg. Sie lebten hier, wie Männer auf Burgen leben, übten sich im Bogenschießen und ritten aus zur Jagd in die Moldauwälder.

Fürst Přemysl betrachtete besorgt von den Höhen des Vyšehrad die neue Mädchenburg auf dem anderen Flußufer. Er berief den Rat der Stammesältesten ein und sprach zu ihnen:

»Sicherlich wißt ihr von der neuen Burg, die sich die Mädchen gebaut haben und die sie Děvín nennen. Ich hatte heute nacht einen bösen Traum. Wegen dieses bösen Traums und der unglückseligen Burg habe ich euch zusammengerufen. Hört also, was mir geträumt hat. Ich sah im Traum ein Mädchen, welches wie von Sinnen durch unser Land raste, mit wehenden Haaren und verzerrtem Gesicht. Statt Wasser floß in den Bächen Blut, und das Mädchen, einem tollwütigen Wolf ähnlich, trank von diesem Blut. Dann lief sie an mich heran und reichte auch mir eine Schüssel voller Blut.«

Die Männer hörten sich Přemysls Worte an und lächelten. Děvín, dachten sie, das ist nur ein Mädchenspiel, und jedes Spiel wird einem nach einer gewissen Zeit zum Überdruß. Wie können Frauen Kriegerinnen sein. Und sie achteten Přemysls Warnung nicht und hörten nur auf ihren dünkelhaften Hochmut.

Vlasta bereitete inzwischen auf dem Děvín die Mädchen für den Kampf mit den Männern vor. Sie teilte die Besatzung in drei Teile. Aus den Klügsten und Tüchtigsten wählte sie die Ratgeberinnen und Wachposten aus, welche die Burg bewachten. Die schönsten Mädchen lehrte sie Schmeichelreden und Lobpreisungen für die Männer. Mit süßen Worten und liebevollen Blicken sollten sie die Männer anlokken, genauso wie die Jäger das Wild mit Ködern anlocken. Wehe dem Mann, der in die Fangnetze einer solchen Schönen geraten würde. Er war verloren. Die dritte Gruppe der Mädchen übte sich im Waffengebrauch.

Besonders schlimm war es, daß auf Děvín kein einziger Mann lebte, wohingegen auf Vyšehrad und anderen Burgen und in allen Dörfern immer noch genügend Frauen lebten, die Vlastas Kundschafterinnen waren und die Burg Děvín auch mit Waffen und Pferden versorgten. So geschah es, daß die Männer weder genügend Waffen noch Pferde besaßen und daß Vlasta und ihre Ratgeberinnen jede ihrer Bewegungen kannten, während die Männer von der Stärke der Mädchen keine Ahnung hatten.

»Es genügt, wenn wir gegen Děvín zu Felde ziehen«, sagten die Männer, »es genügt, wenn sie vom Děvín aus eine Kriegerschar erblicken, schon werden sie erschrecken und uns die Tore öffnen.«

Umsonst warnte sie Fürst Přemysl, umsonst gab er ihnen Ratschläge.

Die Männner versammelten sich, jeder ergriff irgendeine Waffe, aber keiner von ihnen glaubte, daß er von der Waffe Gebrauch machen werde. Sie zogen gegen die Mädchenburg, ohne Přemysl und in heiterer Stimmung. Sie verließen sich auf die weibliche Furcht.

Die Männer stiegen empor zur Mädchenburg, und auf Děvín schien alles Leben ausgestorben zu sein. Nirgends regte sich etwas.

»Seht ihr?« riefen die Männer einander zu, »kaum haben wir uns gezeigt, haben sie sich schon vor uns versteckt wie die Mäuse.«

Sie schritten vorwärts und ahnten nicht, daß sie aus der Burg so viele Augen beobachteten, wie kleine Ritzen in den Schanzen waren. Als sie sich auf Pfeilschußweite näherten, flog das Tor der Burg Děvín auf, und zwischen die überraschten Männer stürzten die Mädchen auf Pferden und mit Lanzen, und als erste von allen Vlasta, ihre Herrin und Gebieterin. Sie allein durchbohrte mit ihrer Lanze sieben der besten Männer, die nicht einmal die Schwerter erhoben hatten. Die weiblichen Bogenschützen, über die sich die Männer bis zu dieser Stunde lustig gemacht hatten, schickten auf die verwirrten Krieger eine Wolke von Pfeilen herab. Die Reihen der Männer wogten auf, einige fielen, andere humpelten zu dem nahen Wald, einige spornten sich gegenseitig an, aber alles vergebens. Vlasta beherrschte mit ihren Kriegerinnen das Feld.

Traurig kehrten die überlebenden Männer nach Vyšehrad zurück. Zu spät sahen sie ein, daß Přemysl weise zu ihnen gesprochen hatte.

Die Kunde von der Niederlage der Männer lief durchs

ganze Land. Alle Frauen erhoben stolz die Häupter. Der Gedanke an Děvín gab ihnen Kraft. Einige waren stolz, aber die Liebe zu ihren Männern hatte sie nicht verlassen. Einigen verblendete der Stolz die Augen, und diese flohen auf den Děvín. Anderen schenkte der Stolz veränderte Augen. Und vor diesen Augen gingen die Männer für die Nacht in die Wälder. Sie fürchteten sich, an der Seite ihrer Frauen einzuschlafen, um nicht im Schlafe ihres Lebens beraubt zu werden.

Das Mädchenheer wuchs von Tag zu Tag. Bewaffnete Reiterinnen zogen in Trupps durch die Lande, und sobald sie erfuhren, daß irgendwo noch eine Frau mit ihrem Mann im guten Einvernehmen lebte, machten sie durch List oder mit der blanken Waffe dieses Einvernehmen zunichte.

Allmählich und unter Schwierigkeiten begannen sich die Männer zu bewaffnen und sich Pferde zu verschaffen. Diesmal erlaubte Fürst Přemysl nicht, daß der Kampf beginne, bevor die Männer gut ausgerüstet wären. Bis zu dieser Zeit sollten die Männer auf der Hut sein und den Mädchenreden nicht trauen, seien diese auch noch so schmeichlerisch. Aber immer wieder fand sich einer, der den Honigworten aus Mädchenmund vertraute und am guten Rat des Fürsten zweifelte.

Um diese Zeit schickte Fürst Přemysl einen seiner Gefährten aus, Ctirad, damit dieser einen Streit zwischen zwei Sippen schlichte, die sich in einem abgelegenen Winkel am linken Moldauufer angesiedelt hatten. Von Ctirads Auftrag erfuhr der ganze Vyšehrad, und was der Vyšehrad wußte, das erfuhr auch bald die Burg Děvín. Und sogleich fanden sich einige Mädchen, welche Ctirad einen Hinterhalt stellen wollten. Sie wählten die Schönste aus ihrer Mitte aus, Šárka, und sie ritten mit ihr in die Wälder, bis sie auf den Weg stießen, auf dem Ctirad mit seinen Leuten hindurch mußte. Hier am Wege setzten sie die anmutige Šárka auf einen entwurzelten Baumstamm und banden sie mit Riemen fest, daß diese sich in ihre Haut einschnitten. Und der Haß Šárkas auf die Männer war so grimmig, daß sie keinen Schmerz verspürte, sondern nur Freude ob der listig aufgestellten Falle. Als die Mädchen Šárka derart gefesselt hatten, stellten sie neben sie einen Krug mit Honigwein, hängten ihr ein Hifthorn um den Nacken und verließen sie. Sie versteckten sich mit ihren Pferden unweit im Walde und warteten auf ihren Augenblick.

Šárka stieß ein Klagegeschrei aus, sie weinte und jammerte, und die Hänge des bewaldeten Tales gaben ihr Geschrei weiter und vervielfachten es, so daß die Vögel erschreckt ihre Nester verließen.

Ctirad und seine Leute vernahmen schon von weitem das Wehklagen und spornten die Pferde an. Schon waren sie nahe der Stelle, woher das Weinen schallte, als über ihnen ein Rabe kreiste und unheilverkündend krächzte. Aber die Männer ahnten nicht, daß dieses warnende Krächzen ihnen galt. Sie schauten dem Raben nach, der hinter den Baumwipfeln verschwand, und als sie ihre Augen wieder senkten, erblickten sie den entwurzelten Baumstamm und darauf das gefesselte, ungewöhnlich schöne Mädchen.

»Helft mir, gute Leute, helft mir«, rief Šárka unter Tränen, und die Männer glaubten ihrem Weinen und Klagen.

Alle sprangen von den Pferden, und Ctirad selber schnitt ihr die Fesseln durch. Šárka fiel ihrem Retter zu Füßen und täuschte Dankbarkeit vor. Ctirad hob sie gerührt vom Boden auf und fragte sie, was ihr zugestoßen sei und wer sie gefesselt habe.

»Ach, Herr«, sagte Šárka, »ich hatte mich mit meinem Vater und einigen Gefährten auf die Jagd begeben, und als ich einer Hindin nacheilte, wurde ich von den übrigen getrennt und verirrte mich im Walde. Schließlich stieß ich auf diesen Weg und ritt ihn voller Freude entlang, weil ich vor mir Pferde wiehern hörte. Ich dachte, es seien die Pferde von dem Gefolge meines Vaters. Aber ich hatte mich getäuscht. Ich stieß auf eine Mädchenschar vom Děvín. Diese Grausamen nahmen mich gefangen und fesselten mich, daß sich mir die Riemen in die Haut einschnitten. Sie verhöhnten mich, weil ich nicht schon früher mit ihnen auf den Děvín gegangen, sondern bei meinem alten Vater geblieben war. Als ich in ein Klagegeschrei ausbrach, lachten sie mich nicht mehr aus. Vielleicht war ihnen die Hitze und der Honigwein, den sie hier getrunken hatten, zu Kopfe gestiegen. Sobald sie aber das Getrappel von Pferden hörten, erschraken sie, weil sie fürchteten, daß mein Vater mit seiner Jägerschar zurückkehrte. Sie ließen mich gefesselt hier zurück und sprangen auf ihre Pferde. Sie vergaßen, schaut nur an, in der Eile sogar den Krug Honigwein.«

»Aber«, so wunderten sich Ctirad und seine Leute, »Honigwein von der Mädchenburg? Wie mag der wohl schmekken?« Sie kosteten den Honigwein, und er mundete ihnen. Es war kein beliebiger Honigwein. Vlasta, die Führerin der Mädchen, hatte ihn verzaubert. Wer einmal davon trank, ermattete, wer zweimal trank, konnte das Schwert nicht mehr halten, und wer dreimal trank, fiel vom Schlaf übermannt zu Boden.

Die Männer von Ctirads Gefolge konnten sich nicht zurückhalten und tranken einmal, sie tranken zweimal und dreimal und sanken nieder ins Gras, das weich und zart war wie Mädchenhaare. Sie schliefen ein, und ihnen träumte vom Sieg über die Burg Děvín.

Ctirad trank zweimal und spürte, wie er schwach und matt wurde. Šárka nahm das Hifthorn vom Nacken und sagte lächelnd:

»Herr, ich bin zu geschwächt von dem, was ich durchgemacht habe. Aber vielleicht könntest du versuchen, ins Horn zu stoßen. Wenn irgendwo im Wald mein Vater mit seinem Gefolge ist, dann wird er sogleich herbeieilen, wenn er den Ton des bekannten Hornes vernimmt.«

Ctirad ergriff das Horn und stieß aus letzter Kraft hinein.

Auf dieses Zeichen hatten die im Dickicht verborgenen Mädchen gewartet. Sie schwangen sich auf die Pferde, jagten herbei wie der Wind und umringten Ctirad, Šárka und die schlafenden Männer.

Ctirad hatte der verzauberte Trank alle Kraft geraubt. Er unterlag bald. Die Mädchen fesselten ihn, und Šárka, welcher er selber vor kurzem die Fesseln abgenommen hatte, half den Mädchen dabei. Ctirads Begleiter wurden von den Mädchen an Ort und Stelle niedergemacht. Und keiner der Männer schaffte es, sich aus dem Grase zu erheben, und alle gingen vom Schlaf unmittelbar in den Tod. Ctirad aber führten die Mädchen zwischen ihren Pferden nach Děvín, wie einen Sklaven, der seinem Herrn entlaufen ist.

Den Ort dieses Hinterhalts und Verrats nennt man bis heute Šárka, und lange soll hier das Lachen und Heulen böser Geister gehört worden sein, die über den menschlichen Treuebruch jubelten und frohlockten.

Vor dem Děvín errichteten die kriegerischen Mädchen ein Rad, auf das sie den gefolterten Ctirad flochten. Die Männer vom Vyšehrad sahen ihr grausames Werk und zählten die Tage, die sie von der Stunde der Vergeltung trennten. Die Zeit reifte heran, die Zahl der Speere, Schwerter, Schilde, Bogen und Pfeile wuchs wie die Frühjahrssaat. Das Böse gebar Waffen, und die Waffen bereiteten sich darauf vor, Böses zu gebären.

Vlasta wußte von den Rüstungen auf Vyšehrad, aber sie war sich ihrer Macht so sicher, daß sie über das Tun der Männer nur lächelte. Der Tod von Ctirad jedoch hatte die Männer besser bewaffnet als die Schmiede und Schwertfeger. Sie warteten nicht mehr auf den Tag der Vergeltung, den Fürst Přemysl bestimmen sollte, und der Schmerz und der Zorn wegen des zu Tode gemarterten Ctirad trieb sie in die Wälder, wo sie einzelne Haufen von Mädchenkriegern überfielen und ohne Gnade und Erbarmen niedermachten.

Kaum drang die Kunde davon an Vlastas Ohr, geriet sie in Raserei wie eine Bärin, die wegen des Verlustes eines ihrer Jungen tobt. Sie lief auf den Hof der Burg Děvín und befahl, gegen Vyšehrad zu ziehen und diese Burg dem Erdboden gleichzumachen.

Die Männer erblickten von den Schanzen das herannahende Mädchenheer und ritten ihm entgegen. Beide Parteien spornten die Pferde an, beide Parteien wollten den Kampf.

Es brach eine mörderische Schlacht aus, noch nie gesehen und nie gehört, denn gegen den Vater stand die Tochter, gegen den Bruder die Schwester und gegen den Mann die Frau. Der Kampf kannte kein Erbarmen, und wer auch nur für einen Augenblick zögerte, der mußte sein Zaudern mit dem Leben bezahlen. Am rasendsten führte sich Vlasta auf. Sie stürzte auf ihrem Pferd vorwärts und schaute weder nach rechts noch nach links, als wollte sie allein und auf eigene

Faust die Tore des Vyšehrad erreichen und die Burg erobern. Keines von den Mädchen hielt mit ihr Schritt. Zu spät erkannte Vlasta, daß sie sich zu weit von ihrem Haufen entfernt hatte. Sieben Jünglinge umzingelten sie, schlossen sie dicht in ihrer Mitte ein, und sieben Dolche machten ihrem Leben ein Ende.

In dem Mädchenhaufen brach Verwirrung aus. Viele Mädchen drehten ihre Pferde um, zurück zum Děvín, aber die Männer verfolgten sie bis dahin, bis auf den Burghof. Und es fielen Vlastas Ratgeberinnen, es fielen die Schönen, welche die Männer listig in den Hinterhalt gelockt hatten, und es fielen die behenden Bogenschützinnen. Der Boden tränkte sich mit Blut wie mit Regen an Herbsttagen. Auf dem Hof des Děvín kam auch Šárka um, von der Hand des Sohnes von Ctirad.

Die Mädchenburg wurde auf Befehl des Fürsten Přemysl niedergebrannt und bis auf die Grundmauern zerstört. Die Burg ging mitsamt ihren Kriegerinnen zugrunde.

Lange in die Nacht hinein brannte Děvín, und der Brand war im ganzen Lande zu sehen. Jetzt sahen auch die Zweifler, daß jene, die sich durch Verrat zum Siege verhalfen, unvermeidlich die eigene Niederlage vorbereiten.

Der große Sprung

Unter der Herrschaft des Fürsten Křesomysl ragte zwischen Beroun und Příbram unterhalb des langgezogenen Höhenrückens der Housina die Feste von Neumětely auf. Sie stand auf einer Wiese, von Wall und Mauer geschützt, die sich um sie schlossen wie der Ring um den Finger. Vor dem Wall war ein tiefer Graben ausgehoben, und das Wasser darin verwehrte es dem Angreifer, sich dem Wall zu nähern. In dieser Feste lebte der Wladyka Horymír und verwaltete von dort das umliegende Land. So berichtet uns die Sage.

In den Jahren von Křesomysls Herrschaft entbrannte unter dem Volk die maßlose Begierde nach Gold und Silber. Viele verließen die Dörfer und wanderten zu den goldträchtigen Flüssen unseres Landes. So mancher Pflüger vertauschte den Pflug gegen die hölzerne Pfanne, in welcher er den Flußsand seihte, und statt Korn fürs tägliche Brot auszusäen, sammelte er Goldkörnchen aus dem Sand. Andere gingen an die durch alte Weissagung bezeichneten Stätten und gruben die Erde auf und brachen den Fels, um aus dem Innern der Erde das kostbare Metall zu schürfen. Das Leben verlagerte sich von den Feldern und aus den Siedlungen an die Ufer der Flüsse und in die Hügel und Berge. Der Wald entsandte wildes Unkraut und Gestrüpp auf die verwaisten

Felder und in die verlassenen Anwesen. Er nahm sich den Boden zurück, den ihm vor geraumer Zeit der Mensch abgezwungen hatte.

Doch es gab ihrer genug, die vor dem Zustand des Landes erschraken. Sie gingen zum Fürsten Křesomysl auf den Vyšehrad und riefen nach Abhilfe. Auch der ungefüge Horymír trat vor seinen Fürsten.

»Schau hin, o Fürst«, beklagte er sich, »unsere Felder werden von den Wildschweinen umgepflügt, sie werden besät mit dem Samen der Wälder und felsigen Hänge, und der Wind erntet sie ab. Wo werden wir das tägliche Brot hernehmen, wenn alle fortgehen, um Erz zu schürfen? Wir werden Hungers sterben, und die Hungersnot wird auch jene heimsuchen, die zu den Flüssen und in die Berge gezogen sind. Befiehl, o Fürst, daß das Volk sich an den alten Brauch halte und zu den Feldern und Viehherden zurückkehre.«

Den Fürsten Křesomysl überzeugten Horymírs Worte, und er versprach, Abhilfe zu schaffen. Kaum war jedoch Horymír auf seinen Sitz zurückgekehrt, neigte sich der Sinn des Fürsten einer anderen Entscheidung zu. Křesomysl war es angenehm, von den Erzschürfern und Goldsuchern das edle Metall entgegenzunehmen und aus den Abgaben und Geschenken den fürstlichen Schatz zu vergrößern. Die Gier nach dem in der Erde verborgenen Reichtum hatte sich auch seiner bemächtigt.

Wenn ich mich auf die Seite Horymírs, auf die Seite der unzufriedenen Wladyken stelle, so überlegte der Fürst, dann gewinne ich nichts für mich; stelle ich mich jedoch auf die Seite der Goldgräber, dann schwillt mein Vyšehrader Schatz an.

Und weil er selber an Brot keinen Mangel litt, bedrückte ihn der Hunger anderer nicht.

Vergebens warteten die Wladyken auf die versprochene Änderung, vergebens wartete Horymír auf die Gunst des Fürsten. Der alte Brauch und die alte Sitte waren, wie es schien, unwiederbringlich verloren.

Dafür verbreitete sich die Kunde von Horymírs Beschwerde unter den Goldgräbern. Sie reichten sie von Steinbruch zu Steinbruch, von Grube zu Grube weiter, und der

Haß auf Horymír flammte heftig auf, denn keiner der Goldgräber wollte von seinem neuen Gewerke abstehen.

»Am besten wäre es, Horymír zu erschlagen«, rieten die größten Hitzköpfe.

»Stopfen wir ihm Brot in den Schlund, mag er daran ersticken«, riefen andere.

Und die einen verbanden sich mit den anderen, und sie zogen gemeinsam gegen Horymírs Feste. Der Rachedurst leitete sie.

Horymír gewahrte aus der Ferne, wie sich das verwilderte Volk, mit Hacken, Brechstangen und Keulen bewaffnet, seiner Burg nahte. Einer solchen Menge konnte er nicht trotzen. Er suchte deshalb seinen besten Freund auf. Und sein bester Freund war kein Mensch, sondern sein getreues Roß Šemík. Šemík wandte Horymír seine großen klugen Augen zu und las ihm vom Gesicht ab, welches Unheil auf sie zukam. Horymír streichelte sein Pferd, schwang sich in den Sattel und rief:

»Šemík, hoch!«

Und Šemík bäumte sich auf und setzte mit Horymír in einem gewaltigen Sprung über Wall und Graben und verschwand mit seinem Herrn in den Wäldern.

Die Goldgräber schwärmten dann in Horymírs Burg und Hof aus wie die Heuschrecken, zerstörten und verwüsteten alles, zerrten die Diemen auseinander, nahmen alles Getreide an sich und riefen schließlich als Gehilfen das Feuer herbei. Damit krönten sie die Vernichtung von Horymírs Hab und Gut.

Berauscht von dem leichten Sieg, zogen die Goldgräber von Neumětely zurück an ihre Arbeit und spotteten unterwegs:

»Horymír braucht den Hunger nicht mehr zu fürchten. Jetzt wird er ihn haben.«

Aber eine Gewalttat kann nicht allein bleiben. Sie ruft nach neuer Gewalt. Als Horymír gegen Abend zurückkehrte und nur Asche und qualmende Balken wiederfand, schwor er bei dem ersten Stern am Abendhimmel und bei allen geheimen Wesen der Wässer, Wiesen und Haine, daß ihm die Goldgräber diese Schandtat büßen würden.

Er schwang sich auf sein Roß und preschte durch Wald und Finsternis zu den Gruben der Erzschürfer. Unterwegs rief er die Nachtgeister zu Hilfe, und diese schwebten zu ihm hernieder und rasten mit ihm vorwärts.

Dort wo die Goldsucher die Erde geöffnet hatten, schloß Horymír sie wieder. Die Nachtgeister halfen ihm, Steine, Erde und Sand in die Gruben und Löcher zu schütten. Sie halfen ihm, die Buden der Goldgräber in Brand zu stecken und flogen dann sogleich weiter.

Am Morgen dann stand Horymír im Gefolge des Fürsten auf dem Vyšehrad, frisch und munter, als hätte er die ganze Nacht geschlafen.

Bald erschienen die Goldgräber in einem langen Zug auf dem Vyšehrad, um sich beim Fürsten zu beschweren und mit den Fäusten in die Richtung zu drohen, wo Horymír stand.

»Ist es wahr, was diese Männer sagen?« fragte der Fürst den Wladyka Horymír. »Und wenn es wahr ist, warum fügst du ihnen solchen Schaden zu? Wer ihnen schadet, schadet auch mir.«

»Übersteigt es denn nicht die Kräfte eines Menschen, in einer einzigen Nacht eine so große Arbeit zu verrichten?« entgegnete Horymír. Er sagte nicht, daß die Goldgräber die Wahrheit sprächen, und er sagte auch nicht, daß sie lögen.

Aber die Goldgräber kannten keinen anderen Schuldigen, Horymír hatten sie am übelsten mitgespielt, und deshalb waren sie überzeugt, daß auch er ihnen so übel mitgespielt hatte.

Als der Fürst begriff, wie lange es nunmehr dauern würde, bis die Goldgräber den Schaden behoben hätten und bis die Erde wieder ihre Schätze herausgäbe, als der Fürst die Größe seines Verlustes erfaßte, ergriff ihn grenzenloser Zorn. Er befahl, Horymír, diesen Schädiger der fürstlichen Kasse, zu ergreifen und unter strenger Bewachung zu halten, bis er sein Urteil über ihn fällte.

Křesomysl berief den Rat der Alten ein, aber sein Zorn verkürzte die Beratung. Das Urteil lautete: Horymír wird mit dem eigenen Kopf für das bezahlen, was er getan hat. Und weil viele Goldgräber behaupteten, sie hätten Horymír erkannt, wie er im Flammenschein mit blankem Schwert gegen sie angestürmt sei, entschied der Fürst, daß Horymír durch sein eigenes Schwert umkommen solle.

Unter den Goldgräbern auf dem Hof der Burg Vyšehrad brach Jubel aus. Horymír ließ den Kopf sinken – hob ihn jedoch gleich wieder.

»Fürst«, sprach er, »dieweil ich nun einmal Abschied nehmen muß vom Leben, vergönne es mir, ein letztes Mal auf meinem Pferd zu reiten.«

Křesomysl gewährte durch einen Wink, dem letzten Wunsch des Verurteilten zu willfahren. Er befahl lediglich, die Burgtore zu schließen. Die Diener führten Horymírs Šemík herbei, Horymír flüsterte ihm etwas zu und schwang sich hinauf. Sobald er im Sattel saß, stieß er einen Jauchzer aus, und das Pferd unter ihm drehte sich einmal herum. Er jauchzte ein zweites Mal, und Šemík stieß sich ab und tat einen großen Sprung vom Tor zur Burgmauer. Darob wunderten sich Křesomysl und alle Versammelten höchlichst. Horymír jauchzte ein drittes Mal und rief:

»Šemík, hoch!«

Die ringsum standen, hörten dem Vernehmen nach, wie Šemík mit menschlicher Stimme antwortete:

»Herr, halte dich fest.«

Und wie ein Pfeil, von der Sehne des Bogens geschnellt, schwang sich das Roß mit dem Reiter hoch in die Lüfte, über die Burgmauer und die Tiefe unter dem Felsen und über die schimmernde Fläche der Moldau hinweg, bis ans Ufer gegenüber. Lange, so wird später erzählt, konnte man dort im Gestein seine Hufspur erkennen.

Auf Vyšehrad rannten alle zu den Schanzen und sahen, daß Roß und Reiter wohlauf und am Leben waren und nach Hause strebten, nach Neumětely. Es erstarrte der Fürst, und es erstarrten die Ratsältesten und das Volk.

Fürst Křesomysl ließ sich durch die Fürsprache der Männer aus dem Rat der Alten und durch seine eigene Furcht erweichen. Denn wer sonst konnte einen solchen Sprung überleben als einer, der unter dem Schutz der Götter stand? Er schickte auf Horymírs Sitz Boten, die diesem zu überbringen hatten, ihm sei verziehen worden.

Horymír überlebte den Haß der Goldgräber, den Zorn

des Fürsten und den großen Sprung, aber sein Pferd hatte sich mit diesem Sprung einen Schaden geholt. Seit jenem Tage kränkelte und siechte es dahin.

»Mein lieber Herr«, sprach es eines Tages Horymír an, »meine Kräfte schwinden rasch dahin, und bald werden wir voneinander Abschied nehmen. Ich habe deinen Wunsch erfüllt, erfülle auch du mir meine Bitte. Vergönne weder den Raben noch den Krähen oder den Wölfen, mich im Land herumzutragen, sondern begrabe mich vor dem Tor deines Hofes. So werde ich auch nach meinem Tode bei dir sein.«

Horymír erfüllte den Wunsch seines Šemík, und das ganze Land erzählt sich schon jahrhundertelang von ihrer treuen Freundschaft.

Der unkriegerische Fürst

Im Winter, in der Jahreszeit des Schlafes und des Todes, starb Křesomysl, der das Gold geliebt und den Schatz seiner Sippe vermehrt hatte. Auf den Fürstenthron setzten die Ältesten des Stammes der Tschechen den Sohn Křesomysls, Neklan.

Der neue Fürst fand Gefallen an der Burg Levý Hradec am linken Ufer des Moldauflusses, unweit stromabwärts von der Burg Praha. Levý Hradec stand schon seit unvordenklichen Zeiten auf einem hohen Felsvorsprung. Wer sie bewohnte, den schützte das Werk der Götter und Menschen. Die Steilhänge, über denen Levý Hradec emporragte, hatten die Götter geschaffen, und die Götter hatten auch die Moldauwellen herbeigesandt. Die Menschen hatten die Burg mit breiten Wällen und hölzernen Schanzen befestigt und in den Fels tiefe Gräben gegraben. Hier fühlte sich Fürst Neklan selbst in einer Zeit sicher, die unruhig und unsicher war.

Es heißt, der Name Neklan – das ist einer, der nie im Zweikampf ficht – habe im Einklang mit dem Charakter dieses Fürsten gestanden. Nur äußerst selten stieg er zu Pferde, und nie focht er im Kampf, nie stach er mit der Lanze zu, und nie tötete er. Ruhe und Besonnenheit waren ihm lieber als das Schwert. Einige beschuldigten ihn deshalb der Furchtsamkeit. Klugheit allein reicht nicht aus, wenn sie sich nicht mit Unerschrockenheit paart. Und wenn eine Gefahr naht, kann eines ohne das andere nicht sein, genau so wie der Kopf nicht ohne Körper und der Körper nicht ohne Kopf leben kann.

Der Stamm der Tschechen hatte Glück, daß neben dem weisen und unkriegerischen Fürsten Neklan ein anderer Mann stand, der tapfere und kampflustige Tyr. Tyrs Stellung unter den Tschechen war die nach Neklan, seine Macht kam der des Fürsten fast gleich. Und so verteilte sich das, was wir bei einigen Fürsten vereint finden, damals zwischen zwei Männern.

Im Westen grenzte an das Gebiet der Tschechen das der Lučaner, reich an herrlich grünen Wiesen. Nach diesen Wiesen, auf tschechisch luka, hatte jener Stamm auch seinen Namen erhalten. Das Land der Lučaner, genannt Lucko, war fruchtbar und schön anzusehen, und die Felder und Wiesen rannen hier wie ein breiter, ruhiger Strom zwischen bewaldeten Hügeln dahin und berührten den Fuß der Grenzgebirge. Hinter diesen Bergen lebten Menschen, deren Sprache den Lučanern unverständlich war. Die Fremden drangen ins lučanische Fürstentum ein, um dort Beute zu machen, und die Lučaner mußten häufige Kämpfe mit ihnen bestehen. Diese Fremden nannte man in unserem Lande Němci, die Stummen, denn ihre Sprache war unverständlich, und der Sinn ihrer Worte blieb geheim wie die Gedanken eines Stummen. Dieses Wort hat sich als Bezeichnung für unsere deutschen Nachbarn erhalten.

Die Fürstenburg der Lučaner stand in der Gegend des heutigen Žatec oder Saaz. Hierher eilten die Boten mit der Meldung, daß der Feind über die Grenzen ziehe, und hier rüstete man zur Verteidigung und zum Auszug des Heeres der Lučaner. Oftmals konnte die Ernte nicht einmal reifen unter der blutigen Sonne des Krieges, und häufig siechte hinter den Schanzen der Burg das belagerte Volk dahin und fanden die Raben ihre Nahrung auf den Schlachtfeldern.

Über die Tschechen herrschte auf der Burg Levý Hradec

der unkriegerische Fürst Neklan. Über die Lučaner herrschte der furchtlose Fürst Vlastislav. Den größten Teil des Jahres verbrachte er im Sattel und führte Gefechte und Kämpfe. Im Kampf fühlte er sich wohl, er konnte ohne ihn nicht leben. Und wenn er auf der einen Seite den Kampf beendet hatte, eröffnete er ihn selber auf einer anderen. Er sehnte sich danach, sein Fürstentum bis zur Moldau auszudehnen und sich Neklans Land einzuverleiben, mitsamt den Menschen und Burgen, den Dörfern, Feldern und Herden. Er verbreitete Unruhe mit seinen Scharen, die auf tschechisches Gebiet einfielen, und es gelang ihm auch, die Grenzburg der Tschechen namens Dřevíč zu erobern. Von dem Erfolg beflügelt, errichtete er eine neue Burg zwischen dem Lande des Neklan und dem Lande der Lemuser, die mit den Tschechen befreundet waren. Von dieser Burg aus fügte er sodann beiden Ländern Schaden zu und machte ihr Bündnis zunichte. Die Burg erhielt den Namen Vlastislav. Sie war fest und ihre Besatzung kriegerisch und grausam.

Mit der eroberten Beute wächst der Hunger nach neuer. Und so zog Vlastislav mit den Lučanern gegen die altberühmte tschechische Burg Budeč, berannte und belagerte sie. Nur sechzehnmal ging die Sonne auf und unter, und als sie zum siebzehnten Male aufging, da schlugen aus Budeč hoch die Flammen, und die Lučaner luden die Beute aus der gebrandschatzten Burg auf ihre Pferde. Fürst Vlastislav, vom Sieg berauscht, wollte weiterziehen, immer weiter, nach Levý Hradec, nach Vyšehrad und nach Prag. Da trafen beim Lučanerheer Boten aus den Bergen mit der Nachricht ein, daß ein deutsches Heer über die Berge ziehe und ins Lučanerland eindringe. Vlastislav drehte sein Pferd vom Wege zur Moldau ab und drehte es um nach Westen, woher der Feind drohte. Mit Vlastislav kehrte alles lučanische Volk um und wandte sich gegen den deutschen Heerbann.

Wie atmete der Fürst Neklan auf Levý Hradec auf, als er vernahm, daß Vlastislav von Budeč in sein Land ziehe. Aber den Frieden erhält niemand durch Zufall oder als Geschenk. Und der kürzeste Friede ist der, der um jeden Preis erkauft wurde, koste es, was es wolle. Noch hatte der Schatten von Vlastislavs Heer den Boden des tschechischen Stammes nicht verlassen, da meldete sich bereits ein neuer Eindringling. Aus dem Osten fielen in das Fürstentum Neklans die Zličaner ein. Ihr Fürst Krásník meinte, nun sei die Zeit gekommen, auch für sich ein Stück von Neklans Land abzutrennen. Er eroberte einige Gehöfte und Festen und prahlte, er werde tiefer ins Land eindringen.

Neklan verließ immer noch nicht Levý Hradec und schaute ohne Kampf untätig zu, wie vom Westen und vom Osten aus dem Lande, das ihm seine Ahnen anvertraut hatten, ganze Stücke herausgebrochen wurden.

Und um sich Vlastislav geneigt zu machen, schickte er obendrein auf seine Burg ins Lučanerland fürstliche Geschenke: eine große Scheibe Gold, zehn schnelle Pferde und kostbare, von Meisterhand verzierte Waffen. Der Lučanerfürst schickte alles zurück nach Levý Hradec mit der Botschaft, er danke für diese Kostprobe von Neklans Reichtum. Er werde jedoch selber kommen, um sich das ihm zustehende Geschenk zu holen, und dieses Geschenk heiße: Neklans ganzes Fürstentum.

Als nach einiger Zeit die Einfälle der Deutschen in das Land der Lučaner aufhörten, nahm Fürst Vlastislav den Kampf mit dem Volk Neklans wieder auf. Er verwüstete die Gehöfte, brannte die Dörfer nieder, und es wird erzählt, daß eine besonders grimmige Schlacht bei dem Dorf Tuháň entbrannte. Vlastislav ging aus ihr als Sieger hervor. Dieser Sieg schien eine Vorankündigung von Neklans Sturz zu sein. Auf Levý Hradec lösten sich traurige Tage mit traurigen Nächten ab.

Fürst Vlastislav rüstete zur entscheidenden Schlacht mit Neklan. Zu dieser Zeit verwandelte sich das Lučanerland in eine Waffenschmiede, und jedermann setzte das entschlossene Gesicht eines Kriegers auf. Der Geruch der Schilde und Helme aus Leder erfüllte die Luft und verscheuchte den Duft nach Gras und Wald. Vlastislav ließ sein Schwert durchs ganze Land tragen und den fürstlichen Befehl verkünden: Wer immer die Länge des Schwertes durch seine Körpergröße überrage, der möge zur Waffe greifen und vor seinem Fürsten erscheinen.

In den Kampfeseifer und die freudigen Hoffnungen auf

reiche Beute kam wie ein hungriger Luchs eine schlimme Nachricht gelaufen.

Der Fürst hatte vor einiger Zeit für seine Gemahlin eine Burg erbauen lassen. Die Burg hieß Lovín oder Levín. Auf Lovín lebte Vlastislavs Gattin abseits der Welt, und sie widmete sich dort der Hexerei und heidnischen Zaubereien. Sobald Vlastislav zur Entscheidungsschlacht mit Neklan zu rüsten begann, forschte sie auf Burg Lovín im Nebel der Zukunft. Langsam teilte sie die Schleier der schweigsamen Dämpfe, welche aus dem Zaubersud in dem Kessel über der Feuerstätte aufstiegen, tauchte ihren Kopf in diese Dämpfe und lauschte der Stille, um anschließend ihre Weissagung hinauszuschreien. Schon öffnete sie den Mund, schon drängte sich der prophetische Schrei auf ihre Zunge, da zuckte plötzlich aus einer Wolke über der Burg ein Blitz hernieder, schlug im Saal ein und tötete die zaubernde Fürstin. Ihr Mund erinnerte noch im Tode an die Zukunft. Er war halboffen, aber schweigsam.

Einige hielten den Tod der Fürstin am Vorabend des Krieges mit Neklan für ein schlechtes Zeichen. Aber Vlastislav glaubte nicht an schlechte Zeichen. Und seine Trauer war kurz. War nicht der Tod mit ihm auf einem Pferd von Kampf zu Kampf geritten?

So versammelten sich die Lučaner vor ihrem Fürsten Vlastislav mit der Waffe in der Hand und begrüßten ihn lärmend und jubelten ihm zu. Vlastislav stieg auf den Wall, stützte sich auf den Schild und winkte mit dem Schwert. Die Lučaner verstummten, und der Fürst sprach zu ihnen:

»Meine Krieger, der Sieg, dessentwillen wir gegen Neklan ziehen, harret bereits unser. Es genügt, ihn zu holen. Deshalb gebe ich euch einen guten Rat: Nehmt Falken und andere Raubvögel mit in den Kampf, nehmt eure Hunde mit, als brächet ihr auf zur Jagd. Der Feind, gegen den wir ziehen, verdient nichts anderes, als daß er gehetzt werde wie das Wild auf der Flucht. Mit seinem Fleisch werden wir die hungrigen Vögel und Hunde füttern.«

Ein Kampfesgeschrei antwortete Vlastislav auf seine Ansprache. Haufe um Haufe verließ die Ebene unter dem Wall, Haufe um Haufe strebte zu den Grenzen des Stammes der

Tschechen. Und man führte dem Fürsten sein Pferd vor, und Vlastislav ritt um seine Haufen herum, und sein Anblick entfachte in allen die Begierde, sich tapfer zu schlagen.

Nur ein einziger Lučaner aus all den Haufen, nur ein einziger widmete dem Fürsten keinen freudigen Zuruf. Er hieß Straba und hatte den Kopf voller sonderbarer Gedanken. Bevor er aus seinem Hause gegangen war, hatte ihm seine Stiefmutter ein merkwürdiges Geheimnis verraten.

»Söhnchen«, hatte sie zu ihm gesagt, »die Götter und alle geheimen Kräfte, welche über das Schicksal der Menschen herrschen, haben beschlossen, daß die Lučaner allesamt auf dem Schlachtfeld fallen werden, bis auf einen. Nur du kannst dich retten, falls du mir gehorchst. Sobald der Kampf beginnt, mußt du dem ersten Tschechen, auf den du triffst, einen Speerstich versetzen. Sobald er zu Boden sinkt, schneide ihm flugs beide Ohren ab und nimm sie an dich. Dann zieh zwischen den Beinen deines Pferdes mit dem gezogenen Schwert einen Kreis und hau ihn quer durch. Damit befreist du die Beine deines Pferdes von den unsichtbaren Fesseln, mit denen alle Pferde des lučanischen Heeres gebunden sein werden. Diese werden fallen und ihre Reiter mit zu Boden reißen, du aber sporne dein Pferd an und verlasse im Galopp das Schlachtfeld. Und schau dich nicht um, wenn hinter dir ein Getöse ausbricht, als stürzte der Himmel auf die Erde herab.«

Straba versprach der Stiefmutter, sich ihrem Rat folgend zu verhalten. Schon lange schätzte er ihre prophetische Kunst hoch. Alle um ihn jubelten also, er aber trug im Herzen Trauer ob der bevorstehenden Niederlage, und mit seinen noch lebenden Freunden im Heer sprach er wie mit Toten. Doch niemandem konnte er sagen, was er wußte. Niemand hätte ihm geglaubt.

Bald trafen auf Levý Hradec Eilboten mit der Schreckenskunde ein: Das Heer der Lučaner rückt heran. Fürst Neklan wurde von Niedergeschlagenheit und Trauer befallen. Er fühlte sich zu schwach gegen den starken Vlastislav und hielt den Krieg von vornherein für verloren. Aber Tyr, der Erste unter den Tschechen gleich nach dem Fürsten, grübelte nicht lange hin und her, denn rasche Hilfe tat not.

»Wenn du dich, Fürst, zu schwach fühlst und einen aussichtslosen Kampf fürchtest«, sprach er zu Neklan, »dann leih mir deine Rüstung und befiehl, mir dein Pferd vorzuführen. In deiner Rüstung und auf deinem Pferd will ich die Tschechen in den Kampf führen. Alle werden denken, du seiest es, der sie führt, und werden Mut fassen. Nur eines versprich mir: Wenn ich falle, dann lasse mich so begraben, daß man von meinem Grabhügel aus nach Chýnov, meiner Burg, schauen kann.«

Tyr ritt also in der Rüstung des Fürsten von Levý Hradec aus, und um ihn scharte sich das tschechische Heer. Da warf sich vor Tyr eine Greisin auf die Knie, in welche der prophetische Geist eingetreten war und sie zur Gänze erfüllte, so daß sie in Krämpfen mit den Armen zuckte und rief:

»Schlimm wird es euch ergehen, wenn ihr nicht auf mich hört ... geht hin und schlachtet eine Eselin ... opfert sie den Göttern ... und jeder Krieger möge ein Stückchen Fleisch von dieser Eselin essen ... ihr werdet die Lučaner schlagen ... schlagen werdet ihr sie, und Vlastislav wird fallen ... fallen wird Vlastislav.«

Die Tschechen schlachteten eine Eselin, brachten sie den Göttern als Opfer dar, und jeder Krieger aß ein Stückchen von dem Fleisch. Beherztheit kehrte selbst in die Furchtsamen ein. Wie verwandelt rückte das tschechische Heer unter der Führung Tyrs in der Rüstung des Fürsten zum Kampfe aus.

Tyr führte seine Krieger auf einen zur Schlacht geeigneten Ort unweit von Levý Hradec. Den Ort nannte man Tursko. Hier besetzte Tyr mit seinem Volk einen Hügel. Von diesem Hügel aus sahen alle, wie der Feind nahte. Der Lučaner waren es viele, und Unruhe und Unsicherheit suchten wieder die tschechischen Reihen heim. Tyr erkannte, daß der Mut seines Heeres bedroht war. Er trat vor die Krieger und sprach zu ihnen:

»Vor uns ist der Feind, und seine Stärke ist seine große Zahl. Aber unsere Stärke ist die gerechte Sache und der Mut. Sie kämpfen für den Ruhm ihrer Führer und um Beute. Wir aber verteidigen unsere Heimat, unsere Kinder und Frauen. Umklammert fester eure Waffen! Den Tapferen sind die Götter hold!«

Tyrs Rede bewirkte, daß die Tschechen erneut das Haupt erhoben und ihm folgten, als er auf dem Pferd des Fürsten gegen die feindlichen Haufen rannte, und sie jagten ihm nach, hinunter von dem Hügel, ähnlich einer Gewitterwolke, in welcher es blitzt und donnert.

Die Lučaner ließen ihre Raubvögel frei, und deren Flügel verdeckten den Himmel, so daß es dunkel wurde, als bräche die Nacht herein. Nichts aber vermochte Tyr und sein Volk aufzuhalten, und die Raubvögel strebten mit entsetztem Geschrei zu den Wäldern. Und die Hunde der Lučaner zogen den Schwanz zwischen die Beine und rannten winselnd nach allen Seiten auseinander. Die Hunde und die Vögel hatten erkannt, daß sie dem Tode nahe waren, nur die Lučaner glaubten noch an ihren Sieg und spornten die ermatteten Pferde an.

Beide Heere prallten aufeinander, und es entbrannte ein grimmiger Kampf. Er dauerte von früh bis abends. Den ganzen Tag über trank die Erde das Blut der Gefallenen und Verwundeten. Tyr schlug auf Vlastislav ein und warf ihn aus dem Sattel. Vlastislav stürzte zu Boden und konnte nicht mehr aufstehen, er riß nur den Mund auf und stöhnte. Und die Seele flog ihm aus dem Munde und hinauf auf einen Baum, und sie flatterte in den Zweigen über dem besiegten Vlastislav, bis der letzte Blutstropfen aus seinen Wunden geflossen war. Und nach ihm ging auch Tyr ins Jenseits zu seinen Ahnen.

Gegen Abend, bevor am Himmel die ersten Sterne aufblitzten, lag auf dem weiten Schlachtfeld das erschlagene Heer der Lučaner. Es war geschehen, wie Strabas Stiefmutter vorausgesagt hatte. Ein einziger Lučaner war mit dem Leben davongekommen: ihr Stiefsohn Straba.

Kaum wurde er im Kampfe angegriffen, hieb er seinen Gegner vom Pferde und schnitt ihm die Ohren ab. Er machte um sein Pferd das Zeichen mit dem Schwert und eilte dann nach Hause. Hinter sich hörte er das Heulen der unreinen Geister, aber er schaute sich nicht um.

Zu Hause hieß ihn die Stiefmutter willkommen und führte ihn zu seinem Lager. Auf dem Lager lag Strabas Frau, bleich und ohne Leben.

»Schiebe die Haare deiner Frau zurück«, forderte die Stiefmutter Straba auf.

Straba tat es, und ihn befiel ein Schauder. Seine Frau hatte keine Ohren mehr. Er nahm die Ohren, die er dem feindlichen Krieger abgeschnitten hatte, aus der Tasche und erkannte, daß es die Ohren seiner Frau waren. Jetzt begriff er. Seine zauberkundige Frau war zu den Tschechen übergegangen und hatte auf ihrer Seite gekämpft. Und so hatten die Tschechen in dem Lučanerkrieg auf ihrer Seite das Recht, die Weissagung und mächtige Zauber.

Strabas Erlebnis ließ man später auf der Prager Burg abbilden, damit das Volk, das nicht lesen konnte, aus den Bildern das merkwürdige Ereignis verstünde.

Erschöpft von dem ganztägigen Kampf, zündeten die Tschechen harzige Zweige an und suchten des Nachts unter den Toten auf dem Schlachtfeld den Helden, der sie in der Rüstung des Fürsten angeführt hatte. Sie fanden ihn nach langem Suchen, und sein Leib war voller Wunden wie der Himmel voller Sterne.

Tags darauf rüsteten sie ihm ein Begräbnis, wie es einem großen Kriegsmann zusteht. Über dem Grab häuften sie einen Hügel auf, den höchsten im ganzen Lande. Tyrs letzter Wunsch ward erfüllt. Seine Totenbehausung schaute zu seinem Heim, zur Burg Chýnov.

Boten vom Schlachtfeld Tursko brachten die Kunde von der gewonnenen Schlacht auf die Burg Levý Hradec. Fürst Neklan, welcher nur seine Rüstung und sein Roß in den Kampf geschickt hatte, trat heraus aus dem gezimmerten Palas und lauschte den Boten. Als er erfuhr, daß jener gefallen war, der das tschechische Heer geführt hatte, befiel ihn große Trauer. Ihm war, als wäre die Hälfte seines Herzens gestorben. Und dieser Teil seines Herzens lebte das ganze restliche Leben von Neklan nicht wieder auf.

Zbislav

Die Zeit, die immer zwei Gesichter hat, hatte den Lučanern ein Gesicht voller Tränen und Leid gezeigt, und sie hatte den Tschechen das sonnige Gesicht des Sieges zugewandt.

Der Fürst der Zličaner, Krásník, der Neklans Volk viel Schaden zugefügt hatte, wurde am Ende auf seiner Burg Kouřim belagert. Vor dem Fall von Kouřim ließen Krásníks Krieger ihren Fürsten an einem Seil über die Schanzen hinab. Nur so gelang es Krásník, den Tschechen zu entkommen. Aber nicht für lange. In großer Eile, zu der ihn sein Rachedurst anstachelte, wanderte er durch die Wälder zwischen Böhmen und Mähren und suchte den mährischen Fürsten auf dessen mächtiger Burg auf. Er erbat von ihm Hilfe und brach mit einem mährischen Haufen erneut in das Gebiet Neklans ein. Der Gott des siegreichen Krieges wandte sich jedoch auch diesmal nicht von den Tschechen ab. Der zurückkehrende Fürst Krásník wurde geschlagen und fiel in einem grimmigen Kampf.

Die Macht der Tschechen wuchs, so wie ein Fluß durch immer neue Zuflüsse wächst.

Unter dem Volk lebte die Erinnerung an die Schlacht mit den Lučanern und an den heldenhaften Tyr weiter. Das Gedenken an Tyr ging auch in eine Redewendung ein. Wann immer jemand auf seine Heldentaten hinwies, pflegte man ihm zu sagen: »Tu nicht, als wärest du Tyr.«

Unter den Lučanern hingegen lebte die Erinnerung an den Fürsten Vlastislav weiter. Sein Name kehrte allabendlich an die Feuerstätten in den lučanischen Blockhütten zurück.

Schon stand die stolze Burg von Vlastislav nicht mehr. Neklan hatte befohlen, sie niederzubrennen und dem Erdboden gleichzumachen, damit niemand mehr sich in ihr festsetzen und die Freundschaft zwischen den Tschechen und Lemusern durchkreuzen konnte. Und es wurden viele lučanische Burgen und Festen, die Neklan schaden konnten, dem Erdboden gleichgemacht.

Nur eine einzige Burg ließ Fürst Neklan damals auf dem Gebiet der Lučaner errichten. Er suchte dafür eine Stelle am Ufer des Flusses Eger aus. Die neue Burg erhielt den Namen Drahúš.

Drahúš sollte nicht die Grenzen des fürstlichen Gebietes schützen. Es war auch keine allzu große Burg. Neklan hatte ihr eine besondere Aufgabe zugedacht.

Der Lučanerfürst Vlastislav hatte einen kleinen Sohn hinterlassen, Zbislav. Das Söhnchen war fünf Jahre alt, als Vlastislav im Lučanerkrieg fiel. Als der kleine Zbislav vor Neklan geführt wurde, bewegte Erbarmen das Herz des Fürsten. Er fragte, wer den Knaben bisher aufgezogen habe. Er erfuhr, daß für Zbislav ein getreuer Diener Vlastislavs mit Namen Durynk gesorgt habe. Durynk war vom Stamme der Sorben, die nördlich unseres Landes ansässig waren. Neklan kam es gelegen, daß Durynk nicht zu den Lučanern gehörte. Er hoffte, die Lučaner würden sich mit einem Mann aus fremdem Stamme nicht gegen die Tschechen verschwören. Er übergab also Zbislav in die Obhut dieses Durynk und vertraute ihm die Burg Drahúš an, damit er von dort das umliegende Land verwalte.

Durynk war seinem Fürsten Vlastislav treu gewesen, solange dieser lebte, aber er war ihm treu gewesen, wie Sklaven treu sind. Diese sind treu, solange ihr Herr sie anschaut und solange seine Hand den strafenden Stock schwingt. Jetzt war der Herr tot, und der Stock war ihm aus der Hand gefallen. Ein neuer Herr war gekommen, Neklan, und dieser schaute Durynk an. Jetzt gehörte Durynks sklavenhafte Treue dem Fürsten Neklan.

Durynk übersiedelte mit dem Knaben Zbislav auf die Burg Drahúš, im Herzen den Wunsch, seinem neuen Herrn einen sichtbaren Treuedienst zu erweisen. Und diesen Diener beherrschte das unermeßliche Verlangen nach Besitz, so wie es in unreinen Seelen nistet. Er ging durch die neue Burg, bedrängt von unabweisbaren Gedanken, die nicht aufhörten, an ihm zu picken wie schwarze Vögel. Ich habe eine Burg und verwalte das umliegende Land, sagte er sich, was würde ich wohl bekommen, wenn ich dem Fürsten einen bedeutsamen Dienst erwiese?

Inzwischen war das Laub von den Erlen an den Ufern der Eger abgefallen, und der frostige Wind von den Bergen ließ den Lauf des Flusses stocken. Die Sümpfe unterhalb der Burg erstarrten im Eis, und die Schanzen bezogen sich mit Reif. Auf Drahúš kamen die Fischer mit ihrem Fang und berichteten ihrem Herrn Durynk von der Menge an Fischen, die sich an bestimmten Stellen unter dem durchsichtigen Eis sammelten. Durynk war es, als sammelten sich seine unabweisbaren Gedanken ebenfalls an einer Stelle, und er sah den Fluß und das Loch im Eis, und er sah sich selber mit einem ungewöhnlichen Geschenk zum Fürsten nach Vyšehrad reiten.

»Komm«, sagte er zu Zbislav, »gehen wir zum Fluß und schauen uns die Fischlein an, wie sie unter dem Eis hin- und herhuschen.«

Sie gingen hinunter, und Durynk trug eine Axt nach Art der Fischer, wenn sie Öffnungen ins Eis hacken wollen. Die Fischer führten ihn an die Stelle, wo unter dem gefrorenen Wasserspiele eine Menge von Fischen zu dem Loch im Eis schwammen und sich an dem Anblick des Kindes erfreuten, welches niederkniete und laut über das fröhliche Gewimmel da unten jauchzte. Da hob Durynk das Beil und hieb dem vorgeneigten Kind mit einem Schlag den Kopf ab.

Die Fischer schrien vor Entsetzen auf. Sie ergriffen die Flucht, auf dem Eis die blutbespritzten Netze und Fischkörbe zurücklassend. Durynk wickelte, das Herz kälter als

Eis, Zbislavs Kopf in ein Stück Leinen und kehrte nach Drahúš zurück. Eine Weile später ritt er auf einem ausgeruhten Pferd aus Drahúš aus, spornte sein Pferd zum Galopp an und preschte durch die winterliche Landschaft zum Vyšehrad. Die gräßliche Beute führte er bei sich.

Wälder und Auen verstummten ob Durynks Untat. Der Himmel über ihm stand reglos, und seine Tränen gefroren, und auf die Erde sank Schnee hernieder. Durynk ritt im Schneesturm zum Vyšehrad, und wie ein Mann, welcher dem Fürsten die Nachricht von einem Sieg bringt, verlangte er stolz seinen Eintritt in die Burg.

Fürst Neklan beriet sich gerade mit den Ältesten, und als Durynk davon erfuhr, freute er sich. Er glaubte, seine Tat werde an Ruhm gewinnen, wenn er vor dem ganzen Rat davon spräche.

Die Diener geleiteten Durynk vor den Fürsten in den Beratungssaal, und Durynk verneigte sich tief vor Neklan.

»Herr«, sagte er, »und ihr alle, die ihr hier im Rat sitzet, alle könnt ihr von heute an ruhig schlafen. Ihr braucht nicht mehr zu fürchten, daß aus dem Dunkeln ein Brand aufflackert, der dann eure Burgen und Häuser und das ganze Land verheert. Ich habe diesen Funken erstickt. Den Nutzen aus dieser Tat werdet ihr und der ganze Stamm haben, und es liegt an euch, wie ihr meine Tat belohnt.«

Nach diesen Worten nahm Durynk die Leinwand von dem abgeschlagenen Kopf und hob diesen in die Höhe, damit ihn alle gut sehen konnten. Keiner wollte seinen Augen trauen, und als sie es doch tun mußten, wandten sie von diesem zarten leblosen Kopf die Augen ab. Wie ein Sturm rauschten ihre Stimmen auf, und Durynk erzitterte.

»Geh mir aus den Augen«, rief Neklan, »geh, mitsamt deinem gräßlichen Mitbringsel. Wir, die Feinde, haben Zbislav verschont, aber du, sein Freund, hast ihn des Lebens beraubt. Du verlangst nach einer Belohnung, du sollst sie also haben. Wähle aus von drei Geschenken: Entweder springst du hinab vom Vyšehrader Felsen, oder du hängst dich mit eigener Hand am nächsten Baum auf, oder du endest durch dein eigenes Schwert. Kein einziges meiner Geschenke wäre groß genug, um deine abscheuliche Tat zu belohnen.«

Durynk taumelte aus dem Beratungssaal und verließ zu Fuß den Vyšehrad. Am Wege gewahrte er eine Erle, und diese weckte in ihm die Erinnerung an den heutigen Morgen unter den bereiften Erlen am Ufer der Eger. Er dachte an die Tat, die er weder widerrufen noch ungeschehen machen konnte. Als er so unter der Erle in verwirrter Überlegung stand, brachte ihm ein Diener Neklans, der ihn von den Schanzen aus beobachtet hatte, einen Strick. Und Durynk klammerte sich an den Tod als seine letzte Hoffnung. Er hatte keinen Herrn mehr außer ihm. Er knüpfte den Strick an einen Erlenast und hängte sich auf.

Diese Erle auf dem Wege zum Vyšehrad hieß die Durynkerle, bis sie abstarb und vermoderte.

Sohn und Tochter

Vor langer, langer Zeit, noch unter dem Fürsten Nezamysl, wie eine alte Legende besagt, ward auf einem hohen Berg die Burg Pšov gegründet. Und das war ein Ort mit einem ungewöhnlich schönen Ausblick ins Land, in welchem aus der Ebene der Auen und Wälder der Berg Říp seine rundliche, nachdenkliche Stirn erhob. Und dreierlei Gewässer umflossen den Berg mit der Burg Pšov. Die von Sonnenaufgang herbeieilende Elbe nahm hier die vom Süden, von Prag herbeifließende Moldau auf, und das dritte Gewässer am Fuße des Berges war ein Bach mit warmem, nur selten zufrierendem Wasser.

Diejenigen, die die Burg Pšov erbaut hatten, hatten genau gewußt, daß die Höhe des Berges sie vor den Feinden schützte, und sie hatten auch gewußt, daß Flüsse die Mütter des Lebens sind.

Unter der Herrschaft des Fürsten Hostivít lebte auf der Burg Pšov der weise und gerechte Slavibor. Er ließ die Burg erneut befestigen und baute sie zu einem festen, uneinnehmbaren Herrschersitz aus.

Slavibor gehörte zu jenen Führern eines Volkes, die sich um dessen Wohl sorgen. Er gründete neue Dörfer und Gehöfte, ließ den Wald roden und vermehrte den fruchtbaren Boden. Die Sage erzählt, daß er unter anderem befahl, auf einem hohen Sandsteinfelsen die Burg Houska zu erbauen.

Nicht lange, nachdem die Burg fertig war und die Bewohner sie bezogen hatten, kam es der Sage nach zu einer überaus sonderbaren Erscheinung. Unweit der Burg Houska brach im Walde ein Felsblock heraus, und aus dieser Öffnung traten in den Wald böse Geister, die den Menschen und dem Feldertrag Schaden zufügten. Des Nachts oder bei Nebel nahmen sie gespenstische Formen an, irrten um die Burg herum und schreckten jeden, der unterwegs war. Die Leute fürchteten sich wegen dieser sonderbaren Erscheinungen, die Burg zu verlassen, aber als das Hausen der bösen Geister nicht aufhörte, verließen sie, von Furcht vor der drohenden Gefahr verfolgt, für immer die Burg. Die Burg Houska verödete sodann. Erst nach einigen Jahrhunderten wurde an ihrer Stelle eine neue Burg durch die Herren von Dubá erbaut.

Der Frau des Fürsten Hostivít wurde ein Knäblein geboren, und der Fürst lud zur Feier dessen die Anführer der befreundeten Stämme von nah und fern ein. Es kam auch Slavibor aus Pšov, und das Festmahl währte drei Tage und drei Nächte. Der Sohn des Fürsten erhielt den Namen Bořivoj. Durch die Säle des Vyšehrad hallten Plaudern und Lachen, der Honigwein netzte die Bärte, und es herrschte sorglose Fröhlichkeit. Keiner von denen, die gekommen waren, um sich das Neugeborene anzuschauen, ahnte, daß mit Bořivoj eine neue Zeit geboren war, welche die alte Ordnung hinwegfegen sollte, an die sich das Volk dieses Landes im Verlauf langer Jahrhunderte gewöhnt hatte. Aber Bořivoj stand erst noch am Beginn des Lebens. Er schlief und ballte im Schlaf die rosige Faust. Und so meinten die Greise, daß er zu einem tapferen Krieger heranwachsen werde, der sich auf die Kraft seiner Fäuste verläßt. Wer aber von den Greisen kann erraten, gegen wen die Kinderfaust heranwachsen wird?

Auch Slavibor freute sich beim Anblick des Kindes. Mit Hostivít verband ihn Freundschaft, und Hostivít erwies ihm alle Ehren, wie sie dem Haupt eines befreundeten Stammes gebühren. Bevor Slavibor vom Vyšehrad Abschied nahm, lud er Hostivít ein, ihn auf Burg Pšov zu besuchen.

Kaum reichte der Frühling dem Sommer die Hand, ritt

Hostivít mit einem Gefolge aus, um die Stammesburg der Pšovaner zu besuchen. Schon von weitem gewahrte er den gewaltigen Berg über dem Fluß und auf seinem Gipfel die Burg. Laut pries er die Lage von Slavibors Burg. Slavibors Diener ritten dem Fürsten entgegen und zeigten ihm die Furt über die Elbe und geleiteten ihn mit seinen Leuten durch das seichte Wasser ans andere Ufer.

Der Herr von Pšov hieß den Fürsten Hostivít mit großem Gepränge und aller Würde willkommen. Sie tafelten zusammen und tranken, und als das Mahl vorbei war, führte Slavibor seinen Gast durch die Burg. Hostivít schaute sich von den Schanzen um, und da breitete sich jenseits der Elbe sein Fürstentum aus wie ein kostbares, in Silber und Gold gehämmertes Bild, ausgelegt mit grünen und azurblauen Edelsteinen, und zwischen dem Schimmer und Glanz, den grellen Lichtern und den köstlichen Schatten, ruhte der Říp, dieser von den Vorfahren ererbte Helm. Hingerissen betrachtete Hostivít sein Land. Solange er mitten in ihm gelebt hatte, war es ihm nie so schön erschienen wie jetzt, da er seine Grenzen überschritten hatte und es aus der Ferne besah. Als er endlich den Blick von dem Bild losriß, das sein Herz höher schlagen ließ, sprach er zu seinem Gastgeber:

»Teurer Freund, wenn Vyšehrad so eine Lage hätte wie deine Burg, würden auf ihm nicht nur die tschechischen Fürsten sitzen, sondern die unsterblichen Götter selber.«

Vier Tage lang lebte Hostivít mit seinem Gefolge als Gast auf der Burg Pšov, und nach vier Tagen schlug die Abschiedsstunde. Slavibor rief seine Diener zusammen und begleitete mit ihnen hoch zu Roß den tschechischen Fürsten.

Es war dazu gekommen, daß die Elbe in diesen vier Tagen große Wassermassen von den Bergen und aus den Zuflüssen empfangen hatte und daß verräterische Strudel im Fluß tiefe Gruben an den früher gangbaren Stellen ausgespült hatten. Die Reiter stiegen auf ihren Pferden ins Wasser, und da riß sie die heftige Strömung und die Tiefe mit. Entsetzt trieben Menschen und Pferde hilflos flußabwärts. Hostivít verlor unter sich das Pferd und erreichte nur mit Mühe durch angestrengtes Schwimmen das andere Ufer. Auch Slavibor büßte sein Pferd ein und beinahe auch sein Leben. Einige Diener aus beider Gefolge fanden in den Wellen den Tod. Die den unglücklichen Flußübergang überlebten, suchten in einem nahen Dorf Zuflucht. Erst nach längerem Ausruhen und mit neuen Pferden ritten der Fürst Hostivít zusammen mit Slavibor gen Vyšehrad. Das Unglück, das sie beide betroffen hatte, hatte die beiden Herrscher einander noch näher gebracht.

Nach einiger Zeit erhoben sich Hostivíts Feinde im Bíliner Land, und auch die Feinde aus dem Kouřimer Land bedrängten ihn. Slavibor ließ niemals den Fürsten Hostivít im Stich, und die Schwerter und Lanzen der Pšovaner standen immer auf der Seite der Tschechen. So festigte sich die Freundschaft zwischen den beiden Stämmen im Kampf gegen die gemeinsamen Feinde. Hostivít und Slavibor gingen stets siegreich aus den Kämpfen hervor, so wie sie einst unversehrt aus der heftigen Strömung des aufgewühlten Flusses hervorgegangen waren.

Auf der Burg Pšov wurde Slavibors Gemahlin eine Tochter geboren. Sie gaben ihr den Namen Ludmila, die das Volk Liebende. Slavibor lud zur Feier der Geburt seiner Tochter Gäste aus nah und fern. An erster Stelle seinen Freund, den tschechischen Fürsten Hostivít.

Die Nacht legte sich mit ihrem Leib auf das ganze Land mit den Flüssen und dem Berge Říp, aber im Festsaal auf der Burg Pšov war noch Licht. Heiteres Geplauder und Gelächter flogen zwischen den gezimmerten Wänden hin und her. Nur in der Kammer, wo das neugeborene Mädchen schlief, herrschte Stille. Drei Nornen in schneeweißen Gewändern kamen an seiner Wiege zusammen. Sie spannen dem Kind den Lebensfaden und maßen ihn ab.

Die erste Norne sagte:

»Dein Schicksal, Ludmila, wird sich mit dem Schicksal des Knaben verbinden, welcher auf der Burg über dem Moldauflusse lebt. Dieser Knabe heißt Bořivoj.«

Die zweite Norne sagte:

»In deinem Namen, Ludmila, ist deine Zukunft beschlossen. Du wirst dein Volk lieben, und dein Volk wird dich lieben.«

Die dritte Norne sagte:

»Du wirst, Ludmila, eines traurigen Todes sterben, aber dein Angedenken wird ein freudvolles Leben leben.«

Die drei weißen Gestalten der Nornen lösten sich im Dunkel auf, und die Tage und Jahre, die nun folgten, begannen Ludmilas und Bořivojs Schicksal zu erfüllen.

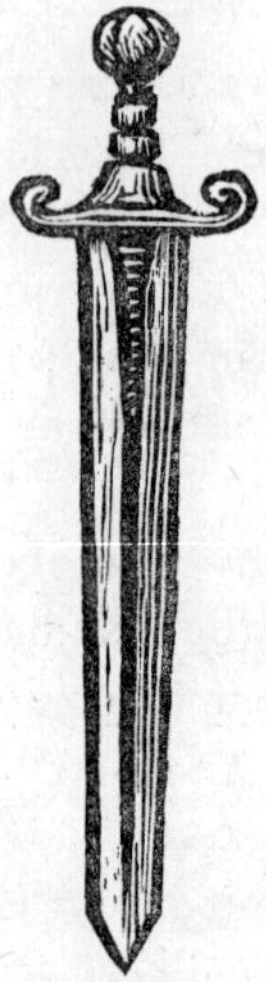

Vom großen Slawenreich

Vor mehr als tausend Jahren wuchsen an der Ostgrenze des tschechischen Landes dichte Wälder. Bäume und Büsche kletterten über die Hügel, bedeckten die Berge und bargen in ihrem grünen Schatten das Wild, Felsen, Sturzbäche und heimtückische Moore. Durch den Wald führten nur wenige Pfade, die das tschechische mit dem mährischen Land verbanden. Ortsunkundige Wanderer gingen hier oft in die Irre. Es genügte kurze Zeit, und der Weg war zugewachsen, das Grün des Waldes hatte sich über die Stellen ergossen, die der Mensch freigehauen hatte.

Und es gab Zeiten, da die wilden Tiere in die Tiefe der Wälder flohen und die Vögel sich mit Geschrei von den Zweigen aufschwangen, wenn sich über die Wege fremde Heere wälzten, die aus einem Feldzug nach Mähren über das tschechische Land nach Deutschland zurückkehrten. Das war fast immer ein mühsamer Übergang voller Qualen und schwerer Verluste. Der Feind war sich niemals sicher, in welchem Dickicht sich gerade die Sehne eines Bogens spannte und von welchem Hang ein Felsblock herabrollte und ihm Verderben brachte. So war oft die einzige Beute fremder Krieger der Tod.

In Böhmen herrschte damals in der Mitte des Landes das Geschlecht der Přemysliden. In Mähren herrschten Fürsten aus dem Geschlecht des Mojmír. Mojmír hatte die in Mähren siedelnden slawischen Stämme geeinigt und den Grund für ein großes slawisches Reich gelegt. Und es wird erzählt, daß ein berühmter Fürst aus Mojmírs Geschlecht namens Rostislav sich auf einer besonders mächtigen Burg am Flusse March niedergelassen habe, vielleicht an den Stellen des heutigen Staré Město. Diese mächtige Burg hieß Velehrad.

Durch die slawischen Siedlungen und Burgen pilgerte damals ein Häuflein christlicher Priester. Sie kamen aus dem Westen und bemühten sich, die heidnischen Slawen zum Glauben Christi zu bekehren. Viele von diesen Priestern verstanden nur schlecht in der slawischen Sprache zu reden, andere hatten vor allem die Interessen und den Nutzen ihres Herrschers im Sinn, jenes Fremden, der sie aus dem Westen hierher entsandt hatte. Kaum machten sie den Mund auf, erkannte das einheimische Volk, daß die Sprache der Ankömmlinge die Sprache der Feinde war. Das Zeichen des Kreuzes, welches sie mit sich brachten, verscheuchte die heimischen Götter. Die Fremden trugen das Kreuz vor sich her, so wie der Krieger sein Schwert hebt, bevor er damit zuschlägt. Den alten Weibern und Greisen, halb blind und halb taub, kam plötzlich das Hören und Sehen wieder, und ihre Augen erblickten Bilder des Unterganges der alten Zeiten, und ihre Münder sprachen unheilvolle Weissagungen.

Und so rief der mächtige mährische Fürst Rostislav die Ältesten seines Volkes auf Velehrad zusammen und beriet sich mit ihnen und beriet sich mit seinem Volk. Der Fürst und die Ältesten und das Volk gingen miteinander zu Rate und beschlossen, sich gen Osten zu wenden, wo die Sonne aufgeht und mit ihr auch die Hoffnung. Sie rüsteten eine Gesandtschaft aus und schickten diese in die ferne Stadt Konstantinopel, wo der byzantinische Kaiser Michael herrschte.

Kaiser Michael freute sich über die neue Freundschaft mit dem mächtigen mährischen Fürsten, bewirtete die Gesandtschaft und erfüllte ihre Bitte. Er entsandte nach Mähren Lehrer der christlichen Religion, welche die slawische Sprache verstanden und allein ihrem Gott dienten, nicht aber dem deutschen König.

So kamen aus dem Osten, wo die Sonne und mit ihr die Hoffnung geboren wird, zwei Brüder, Konstantin, genannt

Cyrillus, und Methodius. Sie kamen mit ihrer Begleitung nach Velehrad und führten mit sich die sterblichen Überreste des heiligen Clemens und Geschenke von Kaiser Michael und als wertvollstes von allen Geschenken: die glagolitische Schrift. Diese Schrift hatte für die Slawen Konstantin geschaffen, der in den Sprachen gelehrt war. Konstantin übersetzte ins Altslawische und schrieb mit seiner Schrift auf, was zum christlichen Gottesdienst notwendig war, damit ihn das einheimische Volk verstünde.

Als sich der Zug von Cyrillus und Methodius den Toren von Velehrad näherte, ging ihm Fürst Rostislav entgegen und mit ihm sein Gefolge, in welchem auch Svatopluk war, ein naher Verwandter von Rostislav. Alle hießen mit großem Gepränge und Würde die beiden Abgesandten des christlichen Glaubens willkommen.

Cyrillus war das jüngste von sieben Geschwistern und Methodius das älteste. Cyrillus war voller Feuer, mit dem er in jenen Begeisterung entfachte, die in seiner Nähe waren. Methodius war voll eines stillen Lichts. Cyrillus war der Wissenschaft und erhabenen Träumen zugeneigt, Methodius gottgefälligem Meditieren und der Abgeschiedenheit des Klosters. Nun nahmen sie sich ihrem Charakter entsprechend der neuen Aufgaben an.

Die Mährer betrachteten mit Vertrauen, aber auch mit Mißtrauen ihr Beginnen. Den einen schien es, daß das aus dem Osten gebrachte Kreuz die Arme ausbreitete wie friedvolle Taubenflügel. Die anderen konnten nicht aufhören, in ihm das auf das Herz des alten heidnischen Glaubens gerichtete Schwert zu sehen. Die einen nahmen die neue Lehre willig an, die anderen sträubten sich hartnäckig gegen sie, die Fäuste geballt.

Von Velehrad aus begann sich das Christentum übers ganze Land zu verbreiten, der Fürst war ihm wohlgesonnen, und auch die Großen des Landes huldigten ihm. Cyrillus und Methodius hatten bald genügend Schüler, welche in slawischer Sprache allen verständlich dem Volke predigten.

Es brach die Zeit des christlichen Gesetzes an, und die heidnischen Götzenbilder wurden ins Feuer geworfen, die heidnischen Heiligtümer wurden niedergerissen, und aus den heidnischen Priestern wurden verfemte Flüchtlinge, die sich in den Wäldern verbargen, um der Gefangennahme zu entgehen.

Cyrillus schrieb ein Gesetzbuch für das Volk, wo er den Heiden ihre Strafe zumaß. Laut den neuen Gesetzen sollte der Kirche jedes Dorf zufallen, wo den heidnischen Göttern geopfert würde. Soweit ein Dorf einen Herrn hatte, der den heidnischen Bräuchen ergeben war, sollte dieser verkauft werden und mit ihm auch sein Vermögen. Was durch den Verkauf verdient würde, sollte an die Armen verteilt werden.

Und so ging von Velehrad für die einen das Licht und eine große Tröstung aus und für die anderen Angst und Bangnis.

Cyrillus und Methodius predigten den Menschen vom Gott der Christen, der die Liebe sei, und wer in der Liebe weile, der weile in Gott und Gott in ihm. Aber der Samen ihrer Worte fiel auf Fels. Gewalt und Hinterlist hörten nicht auf zu herrschen, selbst in der fürstlichen Sippe, die das Christentum angenommen hatte.

Svatopluk, der Neffe des Fürsten Rostislav, gab dem persönlichen Nutzen den Vorrang vor der Verwandtschaft der Sippe und der Sprache. Er unterwarf sich mit seinem Gebiet Karlmann, einem Sohn des ostfränkischen Königs Ludwig des Deutschen. Die Macht Rostislavs verringerte sich um Svatopluks Land, und der Fürst hielt die Tat des Neffen für Verrat, der nach Vergeltung rief. Die Vergeltung für einen solchen Verrat konnte allein der Tod sein.

Der Fürst lud Svatopluk nach Velehrad ein, und Svatopluk nahm die Einladung an, so wie ein freier Fürst die Einladung durch einen anderen Fürsten annimmt. Er nahm mit Rostislav an der Tafel zum Festschmaus Platz und ließ sich durch den Unmut nicht verwirren, der sich in die Falten auf der Stirn des Fürsten eingeschrieben hatte. Der Fürst runzelte die Stirn und wartete. Er selber wollte den Augenblick wählen, da gedungene Mörder Svatopluk erdrosseln sollten. Und es wird erzählt, daß der christliche Gott, der für Svatopluk den Weg des Sieges, nicht aber des Verderbens vorbestimmt hatte, seinen Schützling rechtzeitig warnte.

Svatopluk stand vor dem festgesetzten Augenblick, da die Mörder den Saal betreten sollten, vom Mahle auf und ging unter dem Vorwand, sich die Falken anschauen zu wollen, hinaus. Kurz darauf sollte eine Jagd eröffnet werden, und die Pferde harrten ihrer Reiter vor dem Palas. Svatopluk schwang sich auf eines der bereitstehenden Pferde und forderte die Männer aus seinem Gefolge, welche in der Nähe waren, auf, es ihm gleichzutun. Die Gruppe der Reiter verließ mit Svatopluk die Burg Velehrad, und bevor dem Fürsten zugetragen wurde, was geschehen war, hatte Svatopluk einen beträchtlichen Vorsprung gewonnen.

Rostislavs bemächtigte sich Zorn. Er gehorchte dessen bösem Rat. Mit einer Abteilung seiner Getreuen brach er auf, Svatopluks Spur folgend, die noch frisch war in dem nassen Gras. Die Spur führte in Svatopluks Herrschaftsbereich. Rostislav war entschlossen, den verräterischen Neffen bis zu dessen Burg zu verfolgen. Es geschah jedoch, daß die Falle, die Rostislav für seinen Gast bei dem Mahl aufgestellt hatte, sich jetzt gegen ihn selber wandte. In einer Biegung des Waldpfades wurde der Fürst mit seinem Gefolge von Svatopluk und seinen Leuten überfallen, nach kurzem Kampf vom Pferd gerissen und in Fesseln auf Svatopluks Burg geschleppt. Von dort trat er den traurigen Weg nach Bayern an, vor das Gericht des ostfränkischen Königs, mit dem Svatopluk Freundschaft geschlossen hatte. Verrat hatte Verrat geboren und wurde durch Verrat verschlungen.

Der ostfränkische König berief eine große Reichsversammlung ein, und diese verurteilte den Fürsten Rostislav wegen Widerstands gegen den ostfränkischen König zum Tode. Der König begnadigte ihn sodann. Die Gnade war jedoch grausamer als der Tod. Er befahl Rostislav zu blenden und in einem Kloster einzukerkern, wo er wie im tiefsten Grab verschwand.

Karlmann zog mit Svatopluk in Rostislavs Gebiet ein und brandschatzte es und raubte reiche Beute. Er schleppte angeblich auch den prächtigen Schatz Rostislavs weg. Svatopluk setzte er als Herrscher ein. Endlich konnte sich Svatopluk auf Rostislavs Burg niederlassen, endlich hatte sich seine Sehnsucht erfüllt.

Aber die Gunst von Königen ist unbeständig wie der Schatten des Grases. Es genügt ein leiser Windhauch, und er biegt sich auf die andere Seite.

Svatopluk fiel bald bei Karlmann in Ungnade, obwohl er sich ihm einst freiwillig unterworfen hatte. Er wurde in den Kerker geworfen, und an seiner Statt wurden zwei deutsche Edelleute eingesetzt, die sich um die Verwaltung des mährischen Landes kümmern sollten.

Da lehnten sich die mährischen Slawen auf und verweigerten den Fremden den Gehorsam. Sie wählten aus Mojmírs Sippe einen neuen Fürsten, denn sie vermeinten, daß Svatopluk in der Gefangenschaft umgekommen sei. Der neue Fürst hieß Slavomar, und sein Herrschersitz wurde wiederum Rostislavs Burg Velehrad. Ein Kleinkrieg untergrub die Macht der beiden deutschen Statthalter, und das Gebiet, über welches Slavomar herrschte, wuchs an.

Karlmann, überrascht durch den mährischen Widerstand, begann zum Kriegszug zu rüsten. Er befahl, Svatopluk aus dem Kerker zu entlassen und ihn mit königlichen Geschenken zu ehren. Er kannte Svatopluks Sehnsucht nach der Rückkehr ins Heimatland, und er kannte seinen Ehrgeiz. Es gelang ihm, Svatopluk das Versprechen abzugewinnen, an der Spitze von Karlmanns Heer nach Mähren zurückzukehren.

Svatopluk zog also mit Karlmanns Heer gegen Slavomar, aber im Herzen trug er einen einzigen Gedanken: sich an Karlmann für Kerkerhaft und erlittene Unbill zu rächen.

Als das fränkische Heer die alte Burg Rostislavs erreichte, ging Svatopluk allein in ihr Tor, als wolle er mit Slavomar verhandeln. Und während das Heer unterhalb der Burg das Lager aufschlug und wartete, daß Slavomar sich ohne Widerstand der Übermacht ergebe, handelte Svatopluk mit Slavomar den Sieg über die Fremden aus.

Wie ein Sturmgewitter stürzten sich die slawischen Krieger von allen Seiten auf das fränkische Lager. Das überraschte fremde Heer fand gar nicht die Zeit, die Waffen zu erheben. In die Hände der mährischen Slawen geriet eine unvorstellbare Beute und eine große Anzahl von Gefangenen. Die beiden zur Verwaltung des Landes eingesetzten Edelleute fielen im Kampf.

Große Trauer suchte den ostfränkischen König heim, als er von der Niederlage des Heeres seines Sohnes erfuhr. Svatopluk nahm erneut die Stelle des Herrschers ein.

Die Zeit von Svatopluks Herrschaft bedeutete immer neue Kämpfe. Diese Zeit war reich an kriegerischem Ruhm, und Svatopluks Macht wuchs. Die alte Burg Rostislavs wurde abermals zum Zentrum des mährischen Reiches.

Und man nannte Svatopluk den Großen, und man nannte ihn König. Er vereinte unter seiner Herrschaft das umfangreiche Gebiet von Mähren, einem Teil Österreichs, der Slowakei und eines Gebietes an der Oder und Weichsel. Unter Svatopluks Macht standen auch die Tschechen und die Sorben im Elbgebiet nördlich der Tschechen, sowie die Slawen im Gebiet der Theiß. So entstand vor mehr als tausend Jahren ein mächtiger Staat, im welchem die Tschechen, Mährer und Slowaken ein gemeinsames Heim fanden.

Die Jahre vergingen, und auch das Werk von Cyrillus und Methodius trug Früchte. Ihre Erfolge erweckten Mißfallen bei den deutschen Fürsten. Die Brüder wurden beim Papst beschuldigt, sie läsen die Messe in slawischer Sprache und nicht in lateinischer, wie es der Brauch war. Cyrillus und Methodius mußten sich nach Rom begeben, um sich dort für ihre Lehre zu verantworten. Der Papst nahm aus der Hand des Cyrillus dessen Übersetzung der gottesdienstlichen Bücher entgegen, und zum Zeichen, daß er sie als rechtens anerkannte, legte er sie auf dem Altar eines Doms von Rom nieder. Es schien, daß die Brüder gegen die deutschen Bischöfe gesiegt hatten, die ihnen das umfangreiche Gebiet des Großmährischen Reiches neideten. Aber die Freude über den Sieg war kurz. Cyrillus kehrte nicht mehr nach Velehrad zurück. Er starb in Rom. Und Methodius erwarteten neue Mühsale. Als er in seiner Eigenschaft als Erzbischof auf der Rückkehr nach Mähren war, wurde er durch die deutschen Kirchenfürsten gefangen, geschlagen und gefoltert bei grimmigem Frost im Schnee und dann in den Kerker geworfen. Erst dem neuen Papst gelang es, den Erzbischof Methodius aus der Gefangenschaft zu befreien.

In dieser Zeit, da sich Methodius wieder der Verwaltung der christlichen Angelegenheiten auf Velehrad angenommen hatte, besuchte die Burg der tschechische Fürst Bořivoj. Als sich Svatopluk mit Bořivoj und den hohen Herren seines Landes in den Festsaal begab, nahmen die Herren und Svatopluk an der Tafel Platz, während Bořivoj ein Platz auf blanker Erde angewiesen wurde.

Bořivoj zögerte und wandte sich an Svatopluk:

»Ich verstehe nicht«, sagte er, »warum ich auf der Erde sitzen soll, während du mit deinen Herren an der Tafel speist?«

»Jenes ist die heidnische und dieses ist die christliche Art«, entgegnete Svatopluk. »Die Heiden speisen auf der Erde, und den Christen ziemt es, auf christliche Art zu speisen.«

Da ging Bořivoj in sich und verlangte, im christlichen Glauben unterrichtet zu werden. Methodius selber sprach lange mit ihm über den christlichen Gott, der nur einer sei und unsichtbar. Die freundliche Rede des Methodius bewog den Fürsten Bořivoj, sein Gefolge zusammenzurufen und es von Methodius' Schülern in dem neuen Glauben unterrichten zu lassen. Der Fürst und sein Gefolge unterzogen sich dann einem strengen Fasten und ließen sich taufen. Und so war Bořivoj als Heide auf Velehrad gekommen und verließ es jetzt als Christ mit einem christlichen Gefolge. Svatopluk der Große beschenkte ihn reich und gab ihm den Priester Kaich mit, damit dieser den neuen Glauben in Böhmen predige. Kaich führte die sterblichen Überreste des heiligen Clemens mit.

Fürst Bořivoj wies dem Priester einen Wohnsitz auf Levý Hradec zu und gründete dort mit ihm die Kirche des heiligen Clemens, die erste christliche Kirche in Böhmen.

Aber das Volk hing an seinen alten heidnischen Bräuchen und an der alten Ordnung, und es konnte sich mit den neuen Gesetzen nicht abfinden. Der Zorn der heidnischen Priester traf Bořivoj, und dieser mußte sich durch die Flucht nach Mähren zu Svatopluk retten.

Nach einiger Zeit kam eine Abordnung aus Böhmen und bat den Fürsten Bořivoj, zurückzukehren und sein Volk nicht zu verlassen. Est dann kehrte Bořivoj nach Böhmen zurück.

Es wird erzählt, daß Svatopluk ein Mann von heftiger Gemütsart war und das ungebundene Leben eines Kriegsmanns führte. Sein Vergnügen waren die Jagd und wilde Gelage. Dies alles stimmte nicht mit der Lehre überein, die Methodius predigte. Das Christentum war für Svatopluk nur ein Mittel dazu, seine Untertanen zu beherrschen, aber er hatte nur geringe Lust, sich selber vom Christentum beherrschen zu lassen. Ein Streit folgte dem anderen und ein Zank dem anderen, bis die Beziehung zwischen dem Erzbischof und dem mährischen Herrscher einem unablässigen verbissenen Krieg gleichkam.

An einem Sonntag im Sommer, da sich die Kirche von Velehrad mit Gläubigen füllte und die Glocken ins weite Land hallten, verbrachte Svatopluk seine Zeit jenseits des Flusses, auf der Jagd. Der Erzbischof Methodius hatte die Wahl: entweder seinem Gott den Vorrang zu geben und nicht zu warten, bis Svatopluk zurückkehrte, oder seinem Herrscher den Vorrang zu geben und Gott warten zu lassen. Er entschloß sich, Gott den Vorrang zu geben und begann die Messe zu zelebrieren.

Mitten während des Gottesdienstes erschallten vor der Kirche Lärm und Geschrei, das Gestampf von Pferden und das Blasen des Jagdhorns. Das Tor der Kirche flog auf, und Svatopluk lief wutschnaubend herein, den Spieß erhoben, als ob auf den Altarstufen nicht der Erzbischof stünde, sondern ein wildes Raubtier. Die Hunde, die den Herrscher auf der Jagd begleitet hatten, stürzten ihm nach in den Dom und entweihten, noch wild von der Jagd, durch ihr Gekläff die Ruhe und den Frieden des Gotteshauses.

»Halt!« rief Methodius dem Fürsten Svatopluk entgegen.

Svatopluk jedoch rannte vor bis an den Altar und holte mit dem Spieß aus.

»Halt inne«, rief Methodius und streckte Svatopluk die Rechte entgegen. Diese Bewegung erinnerte Svatopluk an die Grenze zwischen den irdischen Gütern, über die er herrschte, und den überirdischen, für die Methodius sorgte. Er ließ den Spieß sinken, machte kehrt und verließ den Dom, umringt von seinen Lieblingshunden. Diese Geste vor den Augen des Volkes vergaß Svatopluk dem Erzbischof nie.

Methodius erlebte von Stund an keinen ruhigen Tag mehr,

und die Zahl seiner Feinde vermehrte sich. Die unruhigen Tage seines Lebens beendete sein baldiger Tod.

Nach Methodius' Tode mußte sein Nachfolger Gorazd das Land verlassen. Alle jene, die Methodius unterrichtet hatte, wurden zuerst schmählich und grausam eingekerkert und sodann des Landes verwiesen. Sie wandten sich in der Mehrzahl ins bulgarische Land, wo sie sich um das Aufblühen des slawischen Schrifttums verdient machten.

Svatopluk war ein mächtiger Herrscher, nach außen hin stark und unüberwindlich. Im Innern jedoch wurde er von Befürchtungen um das Schicksal seines Reiches bedrängt. Er überlegte, wie er seine Söhne als Erben einzusetzen hätte, damit das, was er erreicht hatte, nicht in Kampf und Kriegswirren unterginge.

Man erzählt, er habe seine drei Söhne rufen lassen und jedem von ihnen ein Teil seines Reiches zugewiesen, und den ältesten habe er als obersten Herrscher eingesetzt. Ihm sollten die beiden jüngeren Brüder Gehorsam leisten. Danach befahl er einem Diener, drei Weidenruten zu bringen. Er band sie fest zusammen und reichte sie dem ältesten Sohn.

»Versuch die Ruten zu zerbrechen«, forderte er ihn auf.

Der älteste Sohn ergriff die zusammengebundenen Ruten, versuchte sie zu zerbrechen, aber es gelang ihm nicht.

Svatopluk reichte die Ruten dem zweiten Sohn.

»Versuch du sie zu zerbrechen«, forderte er ihn auf.

Der zweite Sohn versuchte die Ruten zu zerbrechen, aber es gelang ihm nicht.

Schließlich reichte Svatopluk sie seinem jüngsten Sohn.

Auch dieser zerbrach die Ruten nicht.

Dann band Svatopluk die Ruten auf und reichte jedem Sohn eine davon. Nun zerbrachen sie die Ruten mit Leichtigkeit.

»Vergeßt niemals diese Stunde«, sagte Svatopluk, »und handelt nach meinem Rat. Solange ihr alle drei beieinander stehen werdet, in Eintracht und Liebe, wird kein Feind euch überwinden. Falls ihr euch im Streit trennt und gegeneinander steht, werdet ihr die Kraft verlieren, die ihr hattet, solange ihr in Eintracht lebtet. Der Feind wird jeden von euch einzeln zerbrechen und das ganze Reich vernichten.«

Und als er das Reich seinen drei Söhnen vermacht hatte, ritt er, so erzählt man, eines Nachts, von niemandem beobachtet, aus dem Feldlager hinaus. Er verschwand aus der Mitte seines Heeres. Erst nach geraumer Zeit verbreitete sich das Gerücht, er sei in einen dichten Wald geritten, wo er an einer versteckten Stelle sein Pferd getötet, das Schwert und das Fürstengewand in der Erde verscharrt habe. Im Morgengrauen dann sei er bei den Einsiedlern eingetroffen, die in diesem Walde mit seiner Unterstützung einst eine Kirche erbaut hatten. Sie erkannten nicht, mit wem sie es zu tun hatten. Svatopluk hatte ein härenes Gewand angelegt.

Er soll dort mit den Einsiedlern einige Zeit unerkannt gelebt haben, und er soll ihnen erst in der Stunde seines Todes entdeckt haben, wer er war.

Das Großmährische Reich entging dem Schicksal nicht, das Svatopluk befürchtet hatte. Seine Söhne gerieten in Streit untereinander. Die Zwistigkeiten nützten die Tschechen und die Elbsorben aus und rissen sich los. Später begann das ganze Reich zu zerfallen. Einen Teil von Großmähren, die heutige Slowakei, besetzten die Ungarn, und Mähren beherrschte das tschechische Geschlecht der Přemysliden.

Der Ruhm des alten mächtigen slawischen Reiches geriet in Vergessenheit. Gras wuchs auf den Hügeln, wo früher die großmährischen Burgen und steinernen Kirchen gestanden hatten. Die Bäume senkten ihre Wurzeln in die alten Wälle und niedergerissenen Schanzen. Mit dem Namen Velehrad wurde ein Kloster benannt, welches einige Jahrhunderte später errichtet wurde. Da hatte man schon längst die berühmte und starke und uneinnehmbare Burg Rostislavs vergessen, auch den Ort, wo sie gestanden hatte.

Was das Schwert erobert hatte, war verloren. Aber was in dieser Zeit der menschliche Geist erobert hatte, was Erfindungsreichtum und Kunstfertigkeit erobert hatten, das trugen die Wellen der Jahrhunderte bis zu uns, bis in unser Jahrhundert.

Der Rückzug der alten Götter

Über die Tschechen herrschte der Fürst Bořivoj. Aus der Burg Pšov hatte er einst Slavibors Tochter Ludmila als Gemahlin heimgeführt. So hatte sich die Weissagung der Nornen im ersten Teil erfüllt. Ludmila war schön und liebreizend, und das Volk verehrte sie ihrer Güte wegen. So hatte sich auch der zweite Teil der Weissagung erfüllt. Und den dritten Teil der Weissagung bereitete die unbarmherzige Zeit vor.

In diesen Jahren starb auf Velehrad der Erzbischof Methodius, und seine Anhänger und Schüler fielen bei Svatopluk in Ungnade. Sie flohen aus Mähren, und einige von ihnen kamen nach Böhmen zum Fürsten Bořivoj. Dieser nahm sie huldvoll auf, und ihre Ankunft stärkte den Gottesdienst in slawischer Sprache. Beide, Bořivoj und Ludmila, waren dem neuen christlichen Glaubensbekenntnis ergeben. Sie ließen auch ihre Söhne Spytihněv und Vratislav taufen.

Bořivoj und Ludmila, so erzählt man, suchten am liebsten die Abgeschiedenheit der stillen Burg Tetín auf. Hier wurden noch vor kurzem die heidnischen Götter verehrt, und jetzt hatte hier der Dienst an dem neuen Gott eine Heimstatt gefunden.

In den Hainen um Tetín standen viele heidnische Götzenbilder. Die dort beheimateten Menschen hielten Kroks

Teta in treuem Angedenken, welche sie gelehrt hatte, die Waldgeister, das Quellwasser und das Feuer zu ehren. Mit der Ankunft Bořivojs war eine neue Ordnung eingekehrt. Er befahl, die Götzenbilder niederzureißen, im Namen des einen und einzigen unsichtbaren Christengottes.

Und es brach ein Streit zwischen denen aus, die den alten Bräuchen anhingen und dem alten Glauben die Treue hielten, und jenen, die dem neuen Glauben anhingen. Und es waren auch genug derer, die abwarteten und ihren Glauben nicht allzu bekennerisch zur Schau trugen. Sie warteten ab, auf wessen Seite sich die Macht und der Sieg neigen würde, um sich den Stärkeren anzuschließen. In dieser Zeit war es in Böhmen nicht klar, wer den Kampf gewinnen würde. Die heidnischen Priester flohen vor dem neuen Glauben in die Wälder, und ihnen folgten ihre Getreuen.

Die Sage erzählt, daß vielerorts eine goldene Gluckhenne verehrt wurde. Hier saß sie auf zwölf goldenen Eiern, dort hatte sie um sich zwölf goldene Küken geschart. Die heidnischen Priester hielten die goldene Glucke in hohen Ehren. Tag und Nacht wachten sie bei ihr und lauschten, ob sie nicht einen Laut ausstieße. Nach den geheimnisvollen Lauten, die aus der Kehle der goldenen Glucke kamen, stellten die Priester ihre Weissagungen zusammen. Eine solche goldene Glucke hatte man der Sage nach auch auf der Burg Levý Hradec.

Mit Angst im Herzen erwarteten die heidnischen Priester die Ankunft Bořivojs. Er kehrte damals aus Mähren von dem mächtigen Svatopluk zurück, und das Gerücht, das ihm vorauslief, besagte, er habe sich bei Svatopluk taufen lassen.

An dem Tage, da die Boten nach Levý Hradec die Kunde brachten, daß sich Bořivojs Gefolge der Burg näherte, traten die heidnischen Priester auf die Schanzen. An der Spitze des fürstlichen Zuges leuchtete ein goldenes Kreuz. Entsetzen bemächtigte sich der heidnischen Priester. In großer Verwirrung flohen sie vor dem christlichen Fürsten aus der Burg. Aber bevor sie die Burg verließen, warfen sie die goldene Glucke mitsamt den goldenen Eiern in den Brunnen, damit sie niemand mehr fände. Den Brunnen schütteten sie sodann zu. Und dennoch, so heißt es, verläßt einmal in hundert Jahren die goldene Glucke die Tiefe der Erde, läuft durchs Gras über ihrem Versteck und gackert dreimal. Danach verschwindet sie wieder für weitere hundert Jahre.

Auch aus Tetín mußten die heidnischen Priester ausziehen. Bořivoj befahl ihnen, die Burg zu verlassen. Das Land war von den heidnischen Götzen und Priestern befreit, aber der alte Glaube ging immer noch um und wetteiferte mit dem neuen.

Einmal jagte Bořivoj in den Wäldern um Tetín und verfolgte mit seinen Jägern die Spur eines Hirsches. Der stille Wald erschallte von Hundegebell und Hufgestampf. Die Spur führte in einen abgelegenen Winkel des Forsts. Plötzlich brach aus dem Dickicht statt des Hirsches eine Hindin. Die Hunde ließen von der Hirschspur ab und stürzten kläffend der Hindin nach. Diese wand sich zwischen den Stämmen der Bäume hindurch, lief zum Fluß und sprang ins Wasser. Die Hunde blieben am Ufer stehen, und Bořivoj und die Jäger holten sie ein. Er traf die Hindin in die Flanke, und als hätten die Hunde das Blut ihres Opfers selbst auf die Ferne gerochen, stürzten sie in den Fluß und schwammen dem verwundeten Wild hinterher. Die Jäger folgten ihnen.

Sie drangen durch das Dickicht am anderen Ufer des Flusses, bis sie an einen mit Moos und Flechten bewachsenen Felsen gelangten. Verblüfft blieben sie dort stehen. Vor einer Höhle, tief in den Felsen gehauen und zur Hälfte mit Gestrüpp bewachsen, stand ein Mann. Der lange Bart und die langen Haare verdeckten sein Gesicht, und sein Körper war nur notdürftig bekleidet. Aus dem Gewirr des Bartes und der Haare blitzten seine Augen, und der Himmel spiegelte sich in ihnen wie im Wasser eines tiefen Brunnens. Zu seinen nackten, mageren Füßen duckte sich die angeschossene Hindin. Der Mann beugte sich zu ihr, berührte die schmerzende Stelle in ihrer Flanke, und die Wunde schloß sich allsogleich.

Die Jäger erschraken über diese sonderbare Erscheinung. In ihnen lebte die Erinnerung an die heidnische Lehre auf, und sie glaubten nicht anders, als daß hier vor ihnen ein Waldgeist stehe, ein wilder Mann. Aber Bořivoj, der am längsten unter ihnen Christ war, kannte von seinen Reisen zu Svatopluk dem Großen derartige Männer christlichen Glaubens. Man nannte sie Einsiedler. Sie zogen sich in die Wälder, in die Einsamkeit zurück, damit sie niemand beim frommen Meditieren störte. Bořivoj erkannte, daß er einen solchen Einsiedler vor sich hatte, aber die Erinnerung an die heidnische Lehre glomm auch in ihm. Er fragte deshalb:

»Wer bist du, ein Mensch oder ...«

»Ich bin Ivan, ein Diener Gottes«, antwortete der Einsiedler.

»Ich habe dich noch nie gesehen. Lebst du hier schon lange? Und wovon ernährst du dich in dieser Wildnis?«

»Ich lebe schon lange hier«, sagte der Einsiedler, »aber ich suche nicht die Menschen auf, und die Menschen suchen mich nicht auf. Ich ernähre mich von dem, was mir der Wald bietet. Von Wurzeln, Beeren und Kräutern. Der Himmel hat mir diese Hindin gesandt, damit ich mich von ihrer Milch stärke. Und du, Herr, hättest sie beinahe getötet.«

Bořivoj begriff, daß vor ihm ein Mann stand, der sich außerhalb des weltlichen Glücks begeben hatte, um sich durch Entsagung seinem Gott zu nähern.

»Verzeih mir«, sagte er zu dem Einsiedler Ivan, »daß ich deine Hindin verwundet habe. Komm mit mir, und du wirst keinen Mangel leiden. Ich gebe dir Brot und warme Kleidung, und du kannst bei mir auf der Burg leben, so lange du willst.«

»Ich brauche weder Brot noch Kleider«, entgegnete der Einsiedler, »ich habe nur einen einzigen Wunsch.«

»Ich erfülle dir alles, was in meiner Macht steht«, versprach Bořivoj.

»Mein Wunsch ist bescheiden«, entgegnete der Einsiedler Ivan, »ich wünsche mir, daß weder du noch deine Leute mich je wieder besuchen.«

Bořivoj kehrte gedankenverloren und stumm auf Burg Tetín zurück. Das Heidentum, das er vor Jahren abgelegt hatte, begann sich wieder in ihm zu rühren. Er verstand nicht, warum der Einsiedler seinen Gott in Leiden und Entbehrung suchte.

Er erzählte seiner Gemahlin von der sonderbaren Begegnung. Und Ludmila fragte ihn nach dem Einsiedler aus, und sie war voller Bewunderung seinem einsamen, entsagungsvollen Leben gegenüber. Sie nahm sich vor, den scheuen Einsiedler zu überreden, er möge nach Tetín kommen. Sie scheute keine Mühe, begab sich heimlich mit einigen Dienern zu dem Einsiedler, und es gelang ihr tatsächlich, den Einsiedler zu überreden, nach Tetín zu kommen. Er lehnte aber jede Begleitung ab, und niemand durfte ihm entgegenkommen.

Er wanderte nach Tetín durch Wald und Gebüsch, wich den Wegen aus, um niemandem zu begegnen. Die anstrengende Wanderung durch das unwegsame Land, durch Täler, über Berge und Hänge ermüdete den Einsiedler. Spät erst langte er auf Tetín an und mußte hier über Nacht bleiben, um sich auszuruhen. In seiner Stube auf der Burg empfing er nur Bořivoj und Ludmila. Die ganze Nacht hindurch erzählte er ihnen von seinem Glauben.

Bei Tagesanbruch machte sich der Einsiedler Ivan auf den Rückweg. Unweit des Dorfes Hodyně setzte er sich auf einen Stein unter einem wilden Birnbaum. Und die Sage berichtet, daß der harte Stein unter ihm weich wurde wie ein Kissen, damit er besser darauf sitzen konnte.

An ihm vorbei trieben Hirten eine Pferdeherde auf die Weide. Sobald sie den Einsiedler erblickten, machten sie sich über ihn lustig. Über seine knochige Gestalt, den Bart, die langen Haare und die dürftige Kleidung. Der Einsiedler ruhte sich still aus und achtete ihrer nicht. Seine Wehrlosigkeit spornte ihren Mut an. Einer der Hirten hob einen Stein auf und warf ihn nach dem Einsiedler. Er traf seine Schläfe. Dem Einsiedler Ivan rann das Blut über die Wange. Einige Tropfen Blut fielen auf den Stein und verwuchsen so mit ihm, daß niemand mehr sie abwaschen konnte.

Da traf an jenem Ort der Bauer aus Hodyně ein, dem die Herde gehörte. Als er sah, was geschehen war, schalt er die Hirten aus und nahm sich des Verwundeten an.

»Komm mit ins Dorf«, lud er den Einsiedler Ivan ein, »du wäschst dir die Wunde, ißt dich satt und ruhst dich aus.« Er drang auf ihn ein, aber der Einsiedler lehnte ab.

»Wenn du mir einen Dienst erweisen willst«, sagte er am

Ende, um den gutherzigen Bauern zu erfreuen, »dann leih mir ein Pferd, und ich verspreche, es dir noch heute zurückzuschicken.«

Der Bauer überlegte nicht lange. Er holte aus der Herde ein Pferd herbei, sattelte es und half dem Einsiedler hinauf. Zu Pferde verging dem Einsiedler der Weg schneller. Als ihn das Pferd auf den Gipfel des Berges getragen hatte, stieg er ab. Von hier aus sah er die Baumwipfel des Waldes, in dem er als Einsiedler hauste. Er streichelte das Pferdchen und sprach zu ihm:

»Lauf, trabe, eile nach Hause!«

Nach diesem Streicheln und nach diesen Worten begann das Pferd zu wachsen, Schulter und Brust verbreiterten sich, und als es sich in Trab setzte, war aus ihm bereits ein prachtvoller Traber geworden, als wäre es aus einem königlichen Stall hervorgegangen.

Die Bäuerin sah das Pferd über den Hof laufen. »Wessen Pferd mag das sein, und wie kommt es hierher?« wunderte sie sich laut.

Der Bauer aber erkannte sein Pferd an dem Sattel.

Mit diesem Tage kehrte in seinem Anwesen Glück und Wohlstand ein und verließ es nie mehr.

Der Einsiedler Ivan besuchte noch einige Male Fürst Bořivoj und dessen Gemahlin Ludmila auf der Burg Tetín. Aber sonst verkehrte er mit niemandem und lebte in der Einsamkeit seiner im Walde versteckten Höhle. Dort ereilte ihn auch der Tod. Man begrub ihn dort, und über seinem Grab ließ Fürst Bořivoj ein Kirchlein bauen.

Bald darauf ging auch Bořivoj zu seinen Ahnen heim. Man erzählt, er sei gestorben, als er sechsunddreißig Jahre alt war. Und das war nicht der letzte Tod, den Ludmila erleben sollte.

Nach dem Fürsten Bořivoj trat sein erstgeborener Sohn Spytihněv die Herrschaft an. Er erwarb sich dadurch Berühmtheit, daß er ins Land eine größere Anzahl von westlichen Priestern holte, welche die Messe in lateinischer Sprache lasen. Auf der Burg Budeč gründete er für sie die Kirche des heiligen Petrus. Als er ebenfalls frühzeitig starb, trat die Herrschaft sein jüngerer Bruder Vratislav an.

Fürst Vrastislav ließ auf der Prager Burg die Kirche des heiligen Georg erbauen. Es wurde üblich, auf den Burgen Kirchen und Kirchlein zu erbauen, und die Macht der christlichen Priester verdrängte allmählich die Macht der heidnischen Priester.

Und es war nicht nur die Zeit der Kirchen, es war auch die Zeit des Todes. Frühzeitig starb auch der Fürst Vratislav.

Der böhmische Fürstenthron verwaiste. Da nahm sich der Herrschaft Vratislavs Witwe an, die Fürstin Drahomíra, bis Vratislavs Söhne herangewachsen waren. Sie hießen Václav, auf deutsch Wenzel, und Boleslav.

Wenzel wurde bereits zu Lebzeiten seines Vaters ausgewählt, dereinst böhmischer Fürst zu werden. Boleslav sollte sich mit dem Gebiet nördlich des Flusses Elbe begnügen. Aber bis jetzt waren sie noch Knaben.

Der kleine Wenzel war die einzige Freude seiner Großmutter Ludmila. Sie gab ihm den Vorrang vor Boleslav. Er erinnerte sie an ihre Söhne Spytihněv und Vratislav. Sie fand in ihm Friede und Freundlichkeit, was auch ihre Eigenschaften waren. Boleslav war von heftigerer Gemütsart, er fand viel mehr Vergnügen an Bogen und Schwert als an der Übung des Geistes und dem Lesen von Büchern. Ludmila verstand nur ihren Enkel Wenzel. Für Boleslav hingegen hatte seine Mutter Drahomíra Verständnis. Sie kam aus dem Stamme der an der Elbe ansässigen Stodoraner, der sich am längsten gegen den neuen christlichen Glauben gewehrt hatte und hartnäckig an den heidnischen Göttern festhielt.

Wann immer Ludmila auf die väterliche Burg Pšov ritt, nahm sie den kleinen Wenzel mit. Hier kletterten auf einem dem Fluß zugeneigten Hang Weinreben empor. Manch einen Weinstock hatte Ludmila mit eigener Hand gepflanzt, hatte ihn gehegt und im Herbst die Trauben von ihm gepflückt. Der kleine Wenzel ging oft mit ihr in den Weinberg, half ihr und lernte die Rebe zu hegen und pflegen. Später, als er herangewachsen war, bereitete er mit Ludmila den Wein zu, dessen man bei den Zeremonien der christlichen Messe bedurfte. Und sie legten auch gemeinsam neue Weinberge an.

Der junge Wenzel lernte die slawische Schrift lesen, aber er konnte auch Latein lesen. Das Lateinische hatte er auf der Burg Budeč gelernt, von wo aus sich die christliche Lehre verbreitet hatte, ähnlich wie sich in alten Zeiten von hier der heidnische Glaube verbreitet hatte.

Jetzt unterrichteten hier Priester aus den westlichen Ländern den künftigen Fürsten Wenzel. Lange noch zeigte man später auf einem steinigen Hang unweit von Budeč einen länglichen Felsblock, auf dem angeblich Wenzel oft, vom Lernen erschöpft, geruht hatte.

Nach dem Tode von Vratislav veränderte sich manches. Schon begegnete Wenzel seiner Großmutter Ludmila nicht mehr auf der Prager Burg und auch nicht mehr auf dem Vyšehrad. Sie war für immer nach Tetín gegangen, um der Schwiegertochter Drahomíra nicht vor Augen zu sein, denn diese gab ihr immer offener ihre Abneigung zu verstehen. Drahomíra redete sich viele Ursachen ein, deretwegen sie Ludmila haßte. Ihr war Ludmilas Sanftmut zuwider, die sie für Verweichlichung hielt, ihr war Ludmilas Eifer in den Dingen der christlichen Religion zuwider, und sie fürchtete den Einfluß der Großmutter auf den Enkel Wenzel. Schon jetzt erschrak sie vor Wenzels Sanftmut und Freundlichkeit. Was wird das für ein Fürst sein, überlegte sie. Nicht ein Fürst, eher ein Mönch, er wird zaudern, wann immer es notwendig sein wird, zum Schwert zu greifen und Blut zu vergießen. Und Drahomíra war eifersüchtig auf die Liebe des Enkels zur Großmutter, und sie war auch eifersüchtig auf die Liebe, die das Volk gegenüber Ludmila bekundete.

Die Sage berichtet, daß die Fürstin Drahomíra vom Christentum nur berührt wurde, so wie ein leichter Windhauch das Gras berührt. Ihre Seele hatte sich durch die Taufe nicht verändert. Sie war hart und unnachgiebig, belehrt durch die unaufhörlichen Kämpfe des Stammes, aus dem sie hervorgegangen war. Sie glaubte, daß derjenige, der die Macht hat, auch das Leben hat, und sie empfand keinerlei Verlangen, ihre Macht mit Ludmila zu teilen. Weder die Macht noch den Besitz.

Der Weggang Ludmilas aus der Prager Burg auf die Burg Tetín glich deshalb einer Flucht. Und damals reifte die Zeit heran, da sich die Weissagung der Nornen vollends erfüllen sollte.

Drahomíra gab sich nicht mit dem Weggang von Ludmila zufrieden. Solange Ludmila lebte, strahlte ihr Ruhm über die Wälder und Flüsse auch von der Burg Tetín aus. Mit diesem Ruhm lebte alles, was Drahomíra fürchtete und was ihren Haß erregte. Sie entschloß sich, Ludmilas Glanz mit Gewalt auszulöschen und sich des gesamten Erbes allein zu bemächtigen.

Sie dang Mörder, die Tuna und Gomon hießen. Sie befahl ihnen, sich mit einer Begleiterschar nach Tetín zu begeben, als kämen sie zu einem freundschaftlichen Besuch. Tuna und Gomon sollten dann des Nachts auf schreckliche Weise das Gesetz der Gastfreundschaft verletzen. Für die vollbrachte Missetat versprach ihnen Drahomíra Silber und Landbesitz.

Ludmila erblickte von Tetín aus eine Reiterschar, die zur Burg emporritt, und ihr Herz preßte sich in einer bösen Vorahnung zusammen. Sie suchte im Gebet Trost vor dem Leid, das ihr nahte. Die Waffen des Glaubens sollten den Dolch und das Schwert ersetzen.

Als die Mittagszeit gekommen war und die Schar mit Tuna und Gomon an der Tafel Platz nahmen, reichte Ludmila selber ihren Mördern die Speisen zu und plauderte mit ihnen wie mit guten Freunden. Aber sie sahen in ihr nicht die edle Frau, die sie einst wie eigene Söhne erzogen und oftmals beschenkt hatte. Sie sahen statt Ludmila das Silber und die ihnen von Drahomíra versprochenen Güter.

Endlich senkte sich der Abend auf die Wälder um Tetín herab, und die Dämmerung trat ein in die Burgsäle. Im Dunkel verborgen, machten sich Tuna und Gomon auf, Ludmila zu suchen. Vielleicht regte sich in ihnen das Gewissen und sie hatten die Tat auf den letzten Augenblick hinausgeschoben, vielleicht hofften sie, das Dunkel werde die Mörder nicht verraten und werde ihre Gesichter und Namen geheimhalten. Und wie jene, die lange gewartet und lange nach der geeigneten Stunde gesucht haben, wünschten sie, von Ungelduld überwältigt, zu beenden, was sie begonnen hatten. Sie erfuhren, daß Ludmila sich in ihrer Kemenate zur

Ruhe gelegt habe. Sie eilten dahin, brachen die Tür auf und stürzten an ihr Lager. Entsetzt richtete sich Ludmila auf. Sie sah nicht, wer sich ihr im Dunkel näherte, sie ahnte jedoch, daß sich ihr der Tod näherte. Sie wandte sich in die Richtung, woher sie die Meuchelmörder hörte, und bat sie:

»Nur um ein Weilchen bitte ich, damit ich beten kann.«

Und der Tod wartete.

Ludmila betete und bat ein zweites Mal:

»Wenn ich schon sterben soll, dann schlagt mir den Kopf mit dem Schwert ab.« Sie wünschte nach Art der Märtyrer ihr Blut zu vergießen.

Den zweiten Wunsch erfüllte ihr der Tod aber nicht. Tuna und Gomon streiften Ludmila eine Schlinge um den Hals und erwürgten sie mit dem Strick, den sie mitgebracht hatten. So verschied Ludmila bei Einbruch der Nacht an einem Samstag in der Mitte des Monats September.

Die Mörder, geschützt von Drahomíras Begleitschar, bestiegen voller Freude die Pferde und kehrten noch in der gleichen Nacht im Galopp auf die Prager Burg zurück, um der Fürstin die Nachricht zu überbringen, auf die sie gewartet hatte.

Sobald Drahomíra erfuhr, daß die, die sie gehaßt hatte, tot war, freute sie sich. Die Mörder Tuna und Gomon beschenkte sie mit Gold und Silber, und sie gab ihnen die Güter, nach denen sie sich sehnten. Ruhigen Sinn, Behaglichkeit und Glück jedoch konnte sie ihnen nicht geben. Inmitten all der Pracht fehlte ihnen gerade dieser ruhige Sinn. Die Tat, die sie zu gleichen Teilen auf dem Gewissen hatten, verband sie nicht, sondern trennte sie voneinander. Es kam zwischen ihnen zu Zwietracht und Streit, und zu Streitigkeiten kam es auch mit Drahomíra. Tuna floh sodann vor Gomon außer Landes und trieb sich in fremden Ländern umher, wo er am Ende kläglich zugrunde ging. Gomon wollte später durch die Flucht vor dem Zorn der Fürstin Drahomíra sein Heil suchen, aber die Flucht gelang ihm nicht. Drahomíras Büttel nahmen ihn gefangen, und er wurde hingerichtet. Seine Nachkommen und Verwandten wurden erschlagen, und das Gold und Silber und die Güter gingen in andere Hände über. Der Besitz wechselt den Besitzer, ein guter Ruf und ein ehrlicher Name können ihren Besitzer nicht wechseln.

Der gute Ruf von der gerechten und gütigen Ludmila verbreitete sich in alle Winkel des Landes und überschritt die Grenzen. Es wird erzählt, daß sich um Ludmilas Grab auf der Burg Tetín ein Duft verbreitete, als blühte die Luft von tausend Blumen und als regnete es duftendes Öl. Und des Nachts geschah es, daß durchs Dunkel ein jäher Schein drang wie von einer flammenden Fackel.

Drahomíra erfuhr von den Wundern über Ludmilas Grab, und sie wurde von Furcht und Bangen befallen. Damit die Furcht von ihr wiche, ließ sie über dem Grab eine Kirche errichten. Und als ihr Sohn als Fürst Wenzel die Herrschaft ergriff, entsandte er nach Tetín eine Abordnung, bestehend aus Priestern und den Ältesten des Volkes, auf daß diese Ludmilas sterbliche Überreste aus der Erde höben und sie auf die Prager Burg brächten. Er hatte seine Großmutter zu ihren Lebzeiten geliebt und wünschte, sie auch nach ihrem Tode in der Nähe zu haben.

Wie groß war die Überraschung derer, die das Grab aufdeckten! Die Sage erzählt, daß sie darin Ludmilas unversehrten Körper fanden, so als hätte sie sich erst unlängst zum Schlafe niedergelegt. Und es kam ihnen vor, als sollte sie sogleich auferstehen, zum Leben erwachen und zu ihnen sprechen. Aber sie erwachte nicht zum Leben, lächelte nur leicht, versöhnt mit ihrem Schicksal.

Ihr Mund war verstummt. Ihre Stimme trat in die Sagen und Legenden, in die Lieder und in die Bücher ein.

Zwei Sterne

In dieser Zeit, da im Lande für die Lehre von dem einen und einzigen Gott ein erbitterter Kampf gegen die große Zahl von heidnischen Göttern geführt wurde, bestieg den Fürstenthron der Fürst Wenzel. Es wird erzählt, daß seine Herrschaft gerecht war, er erkannte nur ein und dasselbe Gesetz an für Reiche und Arme, suchte die Schuldigen in Streitfällen umsichtig und besonnen, immer zum Erbarmen geneigt. Niemals befahl er, die Häftlinge zu foltern, denn er hatte Mitleid mit jedem menschlichen Schmerz und mit jedem Kummer. In einer Zeit, da sich viele Fürsten grausame Strafen ausdachten und sich durch Strafe rächten, übte Fürst Wenzel Verzeihung und dachte sich statt einer Strafe lieber eine Hilfe aus.

In seinen Taten finden wir die friedliche Wesensart von Ludmila wieder, so wie in den Taten seines Bruders Boleslav der ungezügelte Charakter der Fürstin Drahomíra lebte. Während Boleslav in den Laubwäldern am Ufer der Elbe hoch zu Roß dem Hirsch nachjagte, mahlte Fürst Wenzel auf einer Handmühle Weizen, knetete aus Mehl den Teig und bereitete die Hostien für die christliche Messe zu. Es geschah häufig, daß sich an hohen Feiertagen, da eine Massentaufe stattfand, nur wenige Kinder zur Taufe einstellten. Dann schickte der Fürst seine Diener auf den Prager Sklavenmarkt und befahl ihnen, alle Kinder aus der Sklaverei freizukaufen und sie zu taufen. Und es war ein alter Brauch, das Wild in den Wäldern zu jagen, aber es war nicht der Brauch, Kinder von Sklaven freizukaufen, und es war nicht der Brauch, sich der Schuldigen zu erbarmen und sich dabei auf den christlichen Gott zu berufen. Deshalb murrten jene, welche die alten Sitten liebten, gegen den Fürsten Wenzel, und sie legten sich seine Sanftmut als Schwäche aus. Sie begriffen nicht, daß auch ein Feigling es fertigbringt zu schreien: In den Kampf, in den Kampf!, während ein unerschrockener Mann schweigend und ausdauernd seinem Stern folgt.

Als die Zwistigkeiten zwischen Wenzels Anhängern und Gegnern wie ein Frühjahrshochwasser über die Ufer zu treten drohten, griff der Fürst ein, obgleich ungern und mit Bedauern. Er befahl seiner Mutter Drahomíra, sich auf die Burg Budeč zurückzuziehen. In Drahomíra sahen Wenzels Ratgeber zu Recht das Haupthindernis für eine Versöhnung. Und siehe da, die Partei von Wenzels Widersachern, ihrer Stütze beraubt, beruhigte sich. Aber das war nur eine oberflächliche Ruhe, die Feinde hatten gelernt, einen Waffenstillstand vorzutäuschen.

Dafür wuchs in der nächsten Nachbarschaft des tschechischen Fürstentums auf dem Gebiet der zličanischen Fürsten die Lust, dem Fürsten Wenzel ein Stück des tschechischen Gebiets abzunehmen. Der Zličanerfürst namens Radislav oder Radslav, der auf der Burg Kouřim saß, zog mit einer Streitmacht gegen die Tschechen und begann tschechische Festen zu belagern. Er glaubte, der friedfertige Fürst Wenzel werde zurückweichen und die Zličaner würden einen leichten Sieg erringen.

Die Nachricht vom Vorrücken des zličanischen Heeres gelangte auf die Prager Burg. Fürst Wenzel wurde von Kummer ergriffen. Er liebte kein Blutvergießen, konnte jedoch den offensichtlichen Rechtsbruch nicht hinnehmen. Er befahl deshalb, sein Volk zu versammeln, und stellte sich selber an die Spitze des tschechischen Heeres und zog gegen Radslav von Kouřim zu Felde.

Unterwegs schloß sich Wenzels Streitmacht jung und alt mit der Waffe in der Hand an. Kampfeslüsterne Worte stiegen empor zu Wenzel, der mit gesenktem Haupt auf seinem Pferd einherritt. Er vernahm in diesem Rufen nach Vergeltung das Gekrächz der Raben und Krähen, die nach einem Kampf das Schlachtfeld umflattern. Er hörte das Rufen nach Beute, die niemals den Wert eines Menschenlebens aufwiegen kann. Und er sah unter seinen Kriegern die künftigen Gefallenen schreiten. Vor seinem inneren Auge waren die Schwerter der Zličaner und die Schwerter der Tschechen gegeneinander gerichtet, und sie bohrten sich in die Leiber, und das Blut der Feinde mischte sich mit dem Blut der Freunde. Fürst Wenzel empfand ein tiefes Bedauern, denn sein Herz zählte die Toten auf beiden Seiten, und es machte im Tode keinen Unterschied zwischen Tschechen und Zličanern.

So traf der Fürst mit der tschechischen Streitmacht an der Stelle ein, wo er in der Ferne die vorrückenden Haufen der Zličaner erblickte, die den Staub auf dem dürren Boden aufwirbelten. Beim Anblick der Gewappneten, die von beiden Seiten wie zwei Wolken gegeneinander zogen, kam Wenzel ein guter Gedanke. Er bestimmte rasch Boten und schickte sie mit einem besonderen Auftrag zu Radslav.

»Sagt ihm«, trug Fürst Wenzel den Boten auf, »daß es nicht so vieler Tode bedarf, damit einer von uns im Kampf siegt. Möge er mein und sein Volk verschonen, und wenn es ihn danach gelüstet, daß die Waffen entscheiden, dann möge er allein gegen mich fechten. Die Fürsten sollen kämpfen, und die Heere sollen abwarten. Wenn Radslav siegt, dann soll er über mein Fürstentum herrschen, und wenn ich siege, dann soll er sein Fürstentum mir überlassen.«

Die Boten teilten ohne Säumen Radslav mit, was Wenzel von ihm verlangte. Radslav hörte sich die Boten an und wunderte sich. Nie hatte er bislang gehört, daß über Sieg oder Niederlage zweier Heere der Zweikampf der Fürsten entscheiden sollte. Er konnte jedoch Wenzels Anerbieten nicht abschlagen, ohne sich selber der Feigheit zu zeihen. Er befahl deshalb, den Vormarsch der zličanischen Haufen einzustellen und versprach Wenzels Boten, sich an dem festgesetzten Platz einzufinden. Möge also Fürst mit Fürsten kämpfen, und möge ihr Kampf den Sieger bestimmen.

So blieben beide Heere stehen, und der Raum zwischen

ihnen war von der Sonne des Waffenstillstands beschienen. Die beiden Fürsten ritten aus der Mitte ihrer Streitmacht hervor, und die Krieger verfolgten, auf ihre Schilde und Lanzen gestützt, den tänzelnden Schritt der fürstlichen Pferde. Dann setzten sich die Pferde in Trab, und es sah schon so aus, daß die Fürsten zusammenprallten und die erhobenen Schwerter ihr Ziel fanden. Plötzlich aber zügelte Radslav sein Roß so jäh, daß sich die Hufe in die staubige Erde bohrten. Er senkte das Schwert und sprang vom Pferd. Er sprang herab auf die Erde, legte das blanke Schwert ins Gras und kniete nieder, zum Zeichen, daß er sich Wenzel unterwerfe. Und Wenzel sprang ebenfalls vom Pferd, hob den knienden Radslav auf und sagte zu ihm:

»Wenn du die Versöhnung begehrst, so wie ich sie begehre, dann zieh mit deinem Volk in Frieden ab und begnüge dich mit dem, was dir gehört, und laß in Ruhe, was nicht dein ist.«

Radslav kehrte zu den Seinen zurück und befahl, sich auf zličanisches Gebiet zurückzuziehen. Die zličanischen Haufen wichen zurück, aber die Stammesältesten der Zličaner murrten gegen ihren Fürsten Radslav.

»Warum hat er nicht gegen den tschechischen Fürsten das Schwert gebraucht?« warfen sie ihrem Fürsten vor. »Warum ist er vom Pferd gestiegen und hat sich niedergekniet, als fürchtete er sich vor Wenzel? Ohne Kampf hat er sich ergeben«, eiferten sie, »hat nicht einen einzigen Schwertschlag versucht.«

Radslav hörte, was sie untereinander sprachen, und er entgegnete:

»Wie hätte ich das Schwert erheben können? Die Hand mit ihm sank mir von selbst herab. Das Schwert war plötzlich schwer wie der Himmel und die Erde zusammen. Die Hand sank mir herab, und ich sah auf der Stirn des Fürsten Wenzel ein goldenes Kreuz, und zu beiden Seiten schwebten neben dem Fürsten erhabene geflügelte Gestalten. Da habe ich begriffen, daß der Fürst Wenzel ein gerechter Mensch ist, und ein Gerechter steht unter dem Schutz des Himmels.«

Und es fehlten auch erboste Stimmen in Wenzels Heer nicht. Die in den Kampf gezogen waren, verlangten nach

Beute, und sie konnten es dem Fürsten Wenzel nicht verzeihen, daß er Radslavs Demütigung nicht ausgenützt hatte.

Aber die Sehnsüchte des Fürsten Wenzel wandelten auf anderen Wegen. Er gründete christliche Kirchen und begann auf der Prager Burg die Kirche des heiligen Veit zu erbauen. Es wird erzählt, daß der Fürst von einem Leben in der Abgeschiedenheit eines römischen Klosters träumte. Dieser Mönchstraum, die Sorge für die Kirchen, der mit dem deutschen König geschlossene Frieden, der Wille, Frieden und Ruhe zu bewahren, dies alles reizte Wenzels Feinde. Heldentum, das alles außer sich selber verachtet, ist den Menschen zumeist näher als Besonnenheit, welche die wahre Mutter der Helden ist.

Während Wenzel auf der Prager Burg verfolgte, wie das Mauerwerk der Veitskirche in die Höhe wuchs, lebte sein jüngerer Bruder Boleslav auf seiner Burg auf dem nördlichen Elbufer. Diese Burg hatte einst Vratislav an einer ungewöhnlich günstigen Stelle gegründet, denn von drei Seiten schützte sie die Natur. Vom Süden, Westen und Norden schützten sie tiefe Tümpel, verräterische Sümpfe und die Flußarme der Elbe. Nur auf der Ostseite war sie durch einen Wall, das Werk von Menschenhand, geschützt. Vratislav hatte die Burg und die umliegende Gegend seinem Sohn Boleslav vermacht. Und das war ein bewaldeter Landstrich, reich an Wild und zur Jagd einladend. Und das war der Landstrich, der im Westen an das alte Stammesgebiet der Pšovaner und im Osten an das der Kroaten grenzte. Es war ein Landstrich am Rande des tschechischen Fürstentums, und die Burg von Boleslav bewachte die Elbfurt auf dem Wege nach Prag.

Groß und dicht und dunkel waren die Wälder an der Elbe und der Iser, aber noch größer und dunkler war der Ehrgeiz von Boleslav. Er gehörte zu denen, die Wenzel die Herrschaft im Lande nicht gönnten. Unzufriedene suchten oft die Burg an der Elbe auf, und Boleslav lieh ihnen stets Gehör. Er war unzufrieden mit seiner Stellung und dem Ort, den ihm der Vater Vratislav noch zu seinen Lebzeiten als Wohnsitz angewiesen hatte.

Eines Tages rief er die Ältesten seines Volkes auf seiner Burg zusammen, und als sie sich versammelt hatten, trat er auf einen erhöhten Platz und sprach zu ihnen:

»Ich habe euch zusammenrufen lassen, um euch meinen Willen kundzutun. Schaut euch um – Schanzen aus Holz, eine Burg aus Holz.«

Die Stammesältesten schauten sich um und begriffen Boleslavs Worte nicht. Die Burg war aus Holz, aber so hatte sie bereits Boleslavs Vater Vratislav bauen lassen. Es war damals nicht üblich, aus anderem Material zu bauen als aus dem, was der nahe Wald gewährte. »Wir verstehen dich nicht, Herr«, sagten die Ältesten.

»Ich habe erfahren, daß man anderswo Schanzen aus Stein baut, nach römischer Weise. Solche sollt ihr auch für mich bauen. Steinerne Schanzen, eine steinerne Burg.«

»Wir bauen, wie unsere Väter gebaut haben«, sagten die Ältesten, »und mögen es uns die Götter vergönnen, daß auch unsere Söhne so bauen.«

Diese Worte erzürnten Boleslav über alle Maßen, und der Zorn befahl ihm, das Schwert zu ziehen und sich auf die versammelten Greise zu stürzen. Ihre Augen waren entschlossen und unnachgiebig, schweigend musterten sie Boleslav. Der grimmige Zorn befahl Boleslav ein Zweites. Er packte den nächsten Ältesten an den Haaren und trennte ihm mit einem einzigen Schwertstreich das Haupt vom Rumpf. Den abgehauenen Kopf hob er in die Höhe und zeigte ihn allen Versammelten.

»Dieser Kopf hat mir den Gehorsam verweigert«, rief er, »aber mein Schwert wird nicht aufhören, mir zu gehorchen!«

Die Ältesten, eingeschüchtert durch Boleslavs Untat, fielen auf die Knie und gelobten laut Gehorsam. Noch am selben Tag machten sie das Volk mit Boleslavs Wunsch bekannt und begannen mit den Zurüstungen zum Bau.

Und es wird erzählt, daß Boleslav eine Burg errichten ließ, welcher er seinen Namen gab, und daß er befahl, innerhalb der Burg ein Kirchlein der Heiligen Kosmas und Damian aufzustellen.

Als der Namenstag jener kam, zu deren Ehren das Burgkirchlein geweiht war, nützte Boleslav die Gelegenheit aus und lud den Fürsten Wenzel auf seine Burg ein. Er wußte, daß sein frommer älterer Bruder nicht abschlagen würde.

Am letzten Sonntag im September bestieg der Fürst Wenzel sein Pferd und machte sich mit seinem Gefolge von der Prager Burg auf den Weg zur Burg Boleslav. Sie überschritten die Moldau, querten durch eine Furt den Bach Rokytnice und ritten hinein in die Wälder, die sich bis zur Elbe hinzogen.

Die Sonne fing sich in den Kronen der Bäume und enthüllte die ersten gilbenden Blätter, und der Fürst und sein Gefolge wischten sich alle Weile die feinen Spinnweben des Altweibersommers vom Gesicht. Auf allen Hängen begann die Pracht des Herbstes zu erglühen, und diese Pracht bedeutete Untergang. Die Begleiter des Fürsten beobachteten besorgt die Zeichen des nahenden Winters und stritten sich untereinander, ob ein harter oder ein milder Winter vor der Türe stehe. Der Fürst schwieg. Und ein unsichtbarer Begleiter ritt im Sattel mit, und sein Name war: Furcht.

Das letzte Gewässer, das sie durchwaten mußten, war die Elbe. Und hier war es, als nähme der Anblick des Flusses, welcher das Ende des Weges ankündigte, dem Fürsten die unbekannte Last von den Schultern, und er spornte sein Roß an, um so bald wie möglich in die Burg des Bruders einzureiten.

Kaum berührten die Hufe von Wenzels Pferd das gegenüberliegende Ufer, und kaum war Boleslavs Burg zwischen den Zweigen hindurch zu sehen, sprang aus dem Dickicht ein unbekannter Mann, stellte sich dem Fürsten in den Weg und rief:

»Herr, in diesem Dickicht wartet ein ausgeruhtes, frisches Pferd. Ich beschwöre dich, besteige es und reite so rasch wie möglich zurück nach Prag. Boleslav wird dich als Lebenden in seine Burg einlassen, aber verlassen wirst du die Burg als Lebender nicht mehr. Beeile dich, reite davon, rette dich!«

»Ich weiß nicht, wer du bist«, entgegnete der Fürst, »aber ich glaube dir. Ich weiß, daß mir mein jüngerer Bruder nicht wohlgesonnen ist. Aber wie könnte ich, mein unbekannter

Freund, etwas anderes wollen, als was Gott will, der mein Schicksal lenkt und leitet?«

Und Fürst Wenzel winkte dem Unbekannten zu und ritt weiter zur Burg.

An diesem Tage hatte die Burg zwei Gesichter. Ein sichtbares, festliches, gastfreies und freundschaftliches, und ein anderes, listig verborgenes, auf den geeigneten Augenblick lauerndes, ein heimtückisches. Auch Boleslav hatte zwei Gesichter. Freundschaftlich hieß er seinen Bruder Wenzel willkommen und geleitete ihn in den Saal, wo alles zum festlichen Mahl bereitet war. Sie speisten und tranken, und der Wein schwemmte bald die Vorsicht hinweg. Die versteckt gehaltenen Schwerter zeigten da und dort ihre Klinge, blitzten auf und verschwanden wieder in den Falten der Gewänder. Dreimal erhoben sich die Verschwörer Boleslavs von ihren Plätzen, entschlossen, auf den Fürsten Wenzel einzudringen, und dreimal setzten sie sich wieder.

Schon dämmerte es, als der Fürst den Festsaal verließ, um sich an der frischen Luft zu erholen. Aus dem Dämmer trat abermals jener unbekannte Mann zu ihm und flüsterte:

»Herr, noch ist Zeit, noch hast du die Gelegenheit, vielleicht die letzte. Beeile dich und besteige dein Pferd, und wir reiten gemeinsam im Dunkel von dannen.«

Aber der Fürst kehrte statt einer Antwort in den Festsaal zurück, brachte einen Trinkspruch aus, küßte alle Tafelgäste, ob Freund oder Feind, zum Abschied und zog sich auf sein Lager zurück.

Wenzel und sein Gefolge schliefen, aber Boleslav traf sich mit den Seinen zu einer Beratung. Ihren Streit verhüllte die Nacht mit ihrem schwarzen Flügel. Und so wurde am Ende die Morgenstunde, da der Fürst zum Frühgebet in die Kirche gehen sollte, festgesetzt. Und sie riefen den Pfarrer dieser Kirche zu sich und befahlen ihm, die Kirchentür abzuschließen.

Im Morgengrauen, bevor sich noch der Himmel die nebelbedeckten Augen gerieben hatte, erhob sich Fürst Wenzel von seinem Lager, kleidete sich rasch an und eilte zur Kirche, um sein Morgengebet zu verrichten. Unterwegs begegnete er seinem Bruder Boleslav.

»Sei gegrüßt, mein Bruder«, rief er ihm mit einem Lächeln zu und dankte Boleslav für die gestrige Bewirtung.

Aber Boleslav war bereit, seinen Bruder mit Eisen zu bewirten. Er zog das Schwert und hieb zu. Es geschah jedoch, daß er den Fürsten nur geringfügig verwundete. Wenzel packte den Arm des Bruders, entwand ihm das Schwert und zwang ihn mit aller Kraft, vor ihm auf die Knie zu fallen.

»Ich will dir nicht Gleiches mit Gleichem vergelten«, sagte der Fürst. »Leg deinen Zorn ab und laß uns in Frieden auseinandergehen.« Nach diesen Worten reichte er dem Bruder dessen Schwert, das er ihm vor einer Weile entwunden hatte, und setzte seinen Weg zur Kirche fort.

Boleslav, erregt durch das, was vorgefallen war, fühlte nicht mehr genügend Kraft in sich, um den Angriff zu wiederholen. Er stieß einen Schrei aus, um seine Freunde herbeizurufen, die im Hinterhalt lauerten. Diese brachen aus dem Versteck hervor, und ihre hungrigen Schwerter trafen Wenzel vor der Kirchentür. In einer letzten verzweifelten Hoffnung ergriff der Fürst den Türring, um in der Kirche Zuflucht zu suchen. Aber die Tür war verschlossen. Den Türgriff umklammernd, nahm er die Schwertschläge hin, ohne sich zu wehren. Auch als er seinen Geist ausgehaucht hatte, fiel er nicht in den Staub vor seine Mörder. Seine Hand ließ den Ring an der Kirchentür nicht los. Der Ring an einer Kirchentür war ihm sein ganzes Leben näher gewesen als der Griff eines Schwertes.

Hier ließen ihn die Angreifer zurück und flohen. Der Lärm weckte den Priester Krastej auf. Er wußte nicht, was geschehen war. Er trat hinaus auf den nunmehr wieder leeren und stillen Burghof und erblickte an der Kirchentür Blut und den Leib des Fürsten, reglos, ohne Leben. Entsetzt suchte er Wenzels Mutter Drahomíra auf und trug gemeinsam mit ihr den Toten in seine Wohnung. Sie wuschen den Leichnam und bahrten ihn unter Tränen in der Kirche auf.

Da war die Burg Boleslav bereits zum Leben erwacht, und überall herrschte große Erregung. Boleslavs Schar verfolgte gnadenlos alle jene, die mit dem Fürsten Wenzel gekommen waren, und schlachtete sie an der Schwelle des neuen Tages hin. An jenem Montag, dem 28. September des Jahres 929, wurde so viel Blut vergossen wie in einem Kampf mit dem Feinde. Und als Boleslavs Anhänger mit Wenzels Freunden abgerechnet hatten, ritten sie nach Prag und setzten ihr blutiges Werk auch dort fort. Drahomíra, rechtzeitig gewarnt, floh aus Boleslavs Burg nach Ostböhmen zum Stamm der Kroaten, sie war sich ihres Lebens nicht sicher.

Boleslav ließ Wenzels Leiche in größter Hast begraben und eilte nach Prag, um selber Fürst zu werden.

Die Sage erzählt, daß man die Blutspuren an den Mauern der Kirche des heiligen Kosmas und Damian und auf der Erde noch am selben Tage sorgfältig abwusch. Bald darauf erschien jedoch an den gleichen Stellen das Blut abermals. Man wusch es ein zweites Mal ab, und wieder trat es hervor wie die rote Sonne aus den Herbstnebeln. Dem Vernehmen nach ist es noch lange erschienen, zum Gedenken an die Missetat. Und es wird auch erzählt, daß Wenzels getreuester Diener, Podiven, sich vor den Verfolgern nach Deutschland rettete. Er lebte dort lange Zeit in Gram und Trauer, und erst als er glaubte, daß im tschechischen Fürstentum Ruhe eingetreten sei, kehrte er in die Heimat zurück. Er ging dann auf den Wegen, wo er mit dem Fürsten Wenzel gegangen war. Und je mehr er seines Fürsten gedachte, um so weniger war er imstande, den Mördern zu vergeben. Siehe, sagte er sich bekümmert, hier sind wir zusammen in Schnee und Frost gewandert. Als ich mich beklagte, daß mich an den Füßen friere, riet mir der Fürst, meine Füße in seine Stapfen zu setzen. Ich tat, wie mir geraten ward, und es war mir, als schritte ich über eine sommerlich erwärmte Wiese. Podiven erinnerte sich an viele Begebenheiten, der Haß wuchs in seinem Herzen wie ein mächtiges Kraut. Er ergriff das Schwert und rannte zu dem Hause, in dem einer von Wenzels Mördern wohnte. Er traf ihn im Dampfbad an und durchbohrte ihn auf der Stelle. Dann floh er in die tiefen Wälder.

Als Boleslav erfuhr, daß einer seiner Freunde durch Podiven umgebracht worden sei, ließ er den Wald umzingeln, in dem Podiven sich verbarg. Im Dickicht hetzten sie Wenzels Diener Podiven wie ein wildes Tier. Und an der Stelle, wo sie ihn schließlich fingen, hängten sie ihn ohne viel Federlesens auf.

Im Volk erzählte man später, daß Podiven drei Jahre lang an dem Baum gehangen und daß ihn weder ein Vogel, noch ein Raubtier, noch der Moder angerührt haben. Auch sollen ihm Bart und Nägel gewachsen und die Haare allmählich weiß geworden sein.

Boleslav ließ am Ende Podivens Leichnam begraben, aber seinen Ruhm und guten Ruf vermochte er nicht mit in die Erde zu legen.

Auch die Mörder des Fürsten Wenzel lebten im Munde des Volkes weiter. Alle ereilte ein unglückliches Schicksal. Die Sage berichtet, daß einer von ihnen namens Hněvsa sich unweit der Elbe ein Gehöft erbaute. Er konnte jedoch seine Habe nicht in Ruhe genießen. Wahnsinn befiel ihn einige Male im Jahr, und seine Nachkommen hatten zum Andenken an das vergossene Blut rote Haare. Ein anderer Mörder, der dem Vernehmen nach Štyrsa hieß, versank mit Pferd und Hund und Falken in den Wäldern um Stará Boleslav im Erdboden. Von ihm blieb nichts übrig als eine Grube, die sich schloß und bald mit Gras bewuchs. Wer hier am Jahrestag des Todes von Wenzel vorüberging, hörte aus der Erde sonderbare Geräusche. Aus den Tiefen erschallte Pferdegewieher, Hundegebell und das Klingen des Glöckchens am Hals des Falken. Andere Verschwörer sollen ertaubt sein, andere bei Lebzeiten verdorrt und wieder andere unter Qualen aus der Welt geschieden sein.

Nach einiger Zeit entschloß sich Fürst Boleslav, den Leichnam seines Bruders nach Prag überführen und in der Kirche des heiligen Veit beisetzen zu lassen. Er befahl seinen Dienern, Wenzel des Nachts heimlich aus der Burg Boleslav wegzuschaffen. Und so fuhr, wie erzählt wird, das Gefährt mit dem toten Fürsten heimlich mitten in der Nacht, von Bewaffneten begleitet, aus dem Burgtor, als schaffe es eine kostbare Beute, die kein Sonnenstrahl berühren darf.

Das Fuhrwerk gelangte an die Elbe, und der Wasserspiegel war in dieser Nacht gestiegen, und das Wasser hatte sich über die Wiesen ergossen. Es lag nicht in Menschenkräften, durch den aufgewühlten, schaumbedeckten Strom auf die andere Seite zu gelangen. Plötzlich aber war der Fluß nicht mehr vor dem Fuhrwerk, sondern hinter ihm. Die Begleiter waren baß erstaunt. Ihre Füße waren trocken, und trocken waren auch die Räder des Wagens, und dennoch war der Fluß bereits in ihrem Rücken. Sie setzten eilends ihren Weg fort bis zu dem Bach Rokytnice. Auch die Rokytnice war über die Ufer getreten, und dort, wo die Furt gewesen war, rauschten und brausten wilde Wellen. Ratlos standen Boleslavs Diener am Ufer. Und wie beim ersten Mal, so geschah es auch beim zweiten Mal. Das Gefährt stand plötzlich mitsamt den Begleitern am anderen Ufer, und sie konnten ihren Weg fortsetzen.

Und als der Tag anbrach, sahen sie, daß auch die Moldau bereits hinter ihnen lag, und sie konnten sich das nicht erklären. So überwand das Gefährt mit dem toten Fürsten die drei aufgewühlten Gewässer, die einst der Fürst an einem sonnigen Septembersonntag durchritten hatte. Und die Sagen sprechen von vielen anderen Wundern. Sieche und Kranke, die früher an Wenzels Grab nach Boleslav gepilgert waren, pilgerten nun nach Prag, in die Kirche des heiligen Veit. Damals stand dort aber noch nicht der berühmte riesige Veitsdom, und die Pilger füllten dicht das Kirchenschiff und den Platz vor der Kirchentür. Und es kamen auch Pilger aus dem Ausland. Man erzählt von einem Manne aus dem Frankenland, der sich seit Jahren nur auf Krücken schleppte und in Prag am Grabe des Fürsten Wenzel seine Gesundheit wiedergewann. Dieser Sagen und Wunderlegenden gab es viele, und weit und breit sprach man bald von dem toten Fürsten als einem Heiligen.

Fürst Boleslav aber war gesund und wohlauf. Sein Weg war nicht vom Duft des Weihrauchs und dem Gesang von Psalmen begleitet. Er hatte andere Sorgen. Er wartete auf die Gelegenheit zum Kampf, der ihm den Sieg bringen sollte. Und seine Zeit kam.

In Böhmen drangen in zwei Strömen die Heere des jungen deutschen Kaisers Otto ein. Boleslav siegte über sie als tapferer Heerführer. Für zweimal sieben Jahre entriß er Böhmen dem Verband mit dem deutschen Reich und erweiterte seine Macht auf große Gebiete außerhalb der Grenzen Böhmens.

Und es wird erzählt, daß nach zweimal sieben Jahren

Otto I. abermals mit einem Heer nach Böhmen zog und die Burg Boleslavs an der Elbe belagerte. Die Burg war für ihre Zeit fest und gut durch Wasser, aufgehäufte Wälle und eine Mauer geschützt, und es war nicht leicht, sie zu erobern. Über dem Lande brannte die Julisonne, und die Hitze quälte gleicherweise Belagerer und Belagerte. Die Burgbesatzung befehligte der Sohn des Fürsten Boleslav, gleichen Namens wie sein Vater. Er sollte dereinst als sein Nachfolger die Herrschaft antreten. Von einem Tage zum anderen nahmen auf der Burg die Vorräte ab, und allabendlich erhoben sich aus den vertrocknenden Sümpfen auf den Wiesen Wolken von Mücken. Es nahte der Augenblick, da die Belagerten den entscheidenden Sturmangriff erwarteten. Aber der Kaiser griff nicht an. Er wartete ab. Seine Späher hatten ihm die Nachricht hinterbracht, daß Fürst Boleslav mit seinem Heer dem Sohn zu Hilfe eilte. Der Kaiser wartete ab. Für ihn war es günstiger, die Ankunft des Fürsten abzuwarten und mit ihm Verhandlungen zu eröffnen, als die Eroberung der Burg zu versuchen.

Die Sage berichtet, daß sich der Kaiser und der Fürst über eine Aussöhnung einigten und gemeinsam in die Burg Boleslav einritten, um dort das Verbündnis des böhmischen Fürstentums mit dem deutschen Reich zu erneuern. Auf dem Burghof wurde dem Vernehmen nach für Kaiser Otto I. ein Thron an der Stelle errichtet, wo heute ein steinerner Löwe steht. Fürst Boleslav verpflichtete sich, an Deutschland Tribut zu entrichten, so wie es Fürst Wenzel getan hatte. Damit befreite er sein Land von der ständigen Bedrohung aus dem Westen. Wenigstens für eine gewisse Zeit. Aber diese Zeit war entscheidend für die Einigung des Landes unter einem einzigen Fürsten und für die Entstehung des tschechichen Staates.

Und die unerbittlich fortschreitende Zeit teilte den beiden fürstlichen Brüdern neue Beinamen zu. Boleslav, der auf seiner Burg den Bruder hatte ermorden lassen, nannte man den Grausamen, und den Fürsten Wenzel, den die Kirche zum Heiligen ausgerufen hatte, nannte man Wenzel den Heiligen. Seit diesen Zeiten leuchteten über Böhmen und Mähren zwei Sterne von unterschiedlichem Glanz. Der Stern des Kriegsruhms und der Stern des Nachsinnens über das menschliche Schicksal. Der erstere ließ die Hörner schallen und die Trommeln dröhnen und die Banner wehen, und der andere erleuchtete die Stirn der Denker und den leise knirschenden Federkiel, mit welchem der Schreiber seine Buchstaben zirkelte. Und die Zeit, die den Glanz beider Sterne verband, sollte erst noch kommen.

Vom fernen Vaterland

Das Schwert des Fürsten Boleslav I. erlahmte nicht. Seinem Sohn Boleslav II. hinterließ er ein ausgedehntes tschechisches Reich. Es umfaßte Böhmen, Mähren, die Slowakei und das Krakauer Land. Boleslav II. nahm dieses Erbe entgegen, aber das Schwert, das dem sterbenden Vater aus den erschlafften Fingern fiel, übernahm er nur mit Zaudern und Zögern. Boleslav II. war dem christlichen Glauben wohlgesonnen, er gründete das Prager Bistum, und die Zeit erkannte ihm den Beinamen »Der Fromme« zu.

Zu jenen Zeiten stand am Zusammenfluß zweier Flüsse, der Elbe und der Cidlina, eine mächtige Burg. Man nannte sie Libice. Auf der Burg lebte ein Nachkomme des alten Geschlechts der zličanischen Fürsten, Slavník. Seine Herrschaft war sehr ausgedehnt. Sie wurde von Grenzburgen geschützt. Auf dem tschechischen Grenzrain stand eine Burg auf dem Berge Osek, gegen die Deutschen die Grenzburgen Chýnov, Dúdleby und Netolice, an der mährischen Grenze Litomyšl und gegen die Polen die Burg Kladsko.

Die Burg Libice war der Sitz des Herrn über dieses Land, Slavník, und seiner Gemahlin Střezislava und der Mitglieder ihrer Sippe. Sie hießen nach ihm die Slavníkovci. Die Slavníkovci lebten mit dem Prager Fürsten in Freundschaft und erkannten freiwillig seine Oberhoheit an. Aber der Reichtum und die Macht der Slavníkovci bargen in sich Gefahren.

Slavník erhielt als großer Herr Kontakte mit dem polnischen und deutschen Reich aufrecht, und nach Libice kamen Abordnungen aus dem Ausland und hohe Besuche. Auf Libice wurden festliche Gastmähler veranstaltet, und der Ruf vom Glanz des Hofes von Slavník reichte über die Grenzen von Böhmen hinaus. Slavník hatte alles in Hülle und Fülle, aber den Reichtum seiner Güter und seines Vermögens übertraf noch der Reichtum seines Geistes. Und den Reichtum des Geistes vererbte er seinen Söhnen, wie andere ein Schwert vererben.

Und dieser Söhne waren es sieben an der Zahl, wie die Tage der Woche, und am bewundernswertesten war jener Sohn, der den Namen Vojtěch erhalten hatte.

Im zarten Kindesalter ward Vojtěch von einer bösen Krankheit befallen. Das Fieber ging in ihm um und verbrannte alle Jugendkraft. Er lag reglos auf seinem Lager, und seine Brust hob und senkte sich unregelmäßig wie ein durchschossener Vogelflügel.

Vojtěchs Eltern standen am Bett und hörten den Tod, wie dieser in einem Winkel der Stube ungeduldig von einem Bein aufs andere trat. In höchster Bangnis fielen sie vor dem Bett auf die Knie, riefen Gott an und gelobten, ihm ihren Sohn zu weihen, wenn er ihn rette. Und es geschah sodann, daß Vojtěch genas, und die Eltern führten ihn auf den Weg ihres Gelübdes.

Auf Libice wurde Vojtěch von seinem Erzieher Radla unterrichtet. Aber es dauerte nicht lange, und der Schüler konnte soviel wie der Lehrer, und der Lehrer wußte ihn nichts mehr zu lehren. In diesen Zeiten war eine berühmte Schule in Magdeburg. Hierher, weit ins deutsche Land, schickten die Eltern den jungen Vojtěch, damit er sich in den damaligen Wissenschaften und in der christlichen Religion bildete. Das Wissen und die Religion waren in dieser Zeit so miteinander verbunden, daß das erste auf das zweite gerichtet war und es also kein Wissen ohne Religion gab.

Vojtěch verließ zum ersten Mal Libice, sein Heimatland,

das böhmische Land. Er war jung und voller Hoffnung und Erwartung. Er ahnte noch nicht, daß es sein Los sein würde, das Land dereinst für immer zu verlassen, in dem er geboren war.

Lange Jahre lebte Vojtěch in Magdeburg, und aus dem Jungen wurde ein junger Mann, den man auf deutsch Adalbert nannte. Mit dem alten Vaterland verbanden ihn nur die Erinnerungen und die Elbe. Ihre silberne Wasserfläche glitzerte unter der väterlichen Burg genauso wie bei Magdeburg, wo der Strom auf seiner Wanderung zum Meer vorbeifließt. Aber die Erinnerungen an das Heimatland waren durch die Ferne vergoldet, und das Wasser im Fluß war schon längst ein anderes, ein fremdes.

Nach neun Jahren kehrte Vojtěch-Adalbert in sein Heimatland zurück. Seinen Vater, Slavník, traf er nicht mehr lebend an. Er sah nur seine Mutter und die Brüder wieder. Freude und Trauer begleiteten ihn an die vertrauten Stätten. Die alte Burg schien Vojtěch klein nach diesen in der Fremde verbrachten Jahren. Alles war anders, als er sich in der Ferne vorgestellt hatte. Auch die Menschen. Sie hatten sich taufen lassen und gingen in die Kirche zur Messe, aber im Herzen und im Sinn waren sie Heiden wie früher. Da erkannte Vojtěch, daß das Land, von dem er in den deutschen Landen geträumt hatte, weit entfernt war von dem Land seiner Sehnsucht. Und er sehnte sich danach, seine Sehnsucht in die Tat umzusetzen.

Er ging nach Prag und trat hier in den geistlichen Stand ein. Aber auch in Prag fühlte er sich nicht besser. Es hieß von ihm, er sei sehr streng. Den Leuten in seiner Umgebung gefiel seine unerbittliche Haltung nicht. Er verurteilte die Sklaverei, und so haßten ihn die Sklavenhändler. Er verurteilte das ungezügelte Leben der Priester, und so machte er sich eine Menge von Priestern zu Feinden. Er predigte gegen das Heidentum, und die heimlichen Heiden sahen in ihm ihren Erzfeind. Aber er hatte auch Freunde, die ihm wohlgesonnen waren und gerade das an ihm schätzten, was andere haßten.

Als der Prager Bischof Detmar starb, berief Boleslav II. einen Landtag der Magnaten und Geistlichen ein. Er berief ihn nach Levý Hradec ein, wo die erste in Böhmen gegründete Kirche stand.

Von allen Seiten kamen die Vertreter der vornehmen Geschlechter zusammen, die hochgeborenen Herren und die Priester, und Levý Hradec lebte auf wie in alten Zeiten ihres Fürstenruhmes. Sie trafen sich zur Beratung, wen sie als Prager Bischof vorschlagen sollten. Die Beratung war kurz. Alle riefen, wie aus einem Munde, daß Vojtěch Bischof werden solle. Vojtěch wehrte sich gegen eine solche Ehrung. Er war menschenscheu und liebte den weltlichen Ruhm nicht, diesen Schaum, der es dem Blick verwehrt, in die Tiefe der Menschen und der Welt einzudringen. Es gab jedoch damals keinen gelehrteren, edleren und würdigeren Nachfolger für Detmars Bischofssitz. So konnte Vojtěch seine Berufung nicht ablehnen, und er nahm sie an. Mit fünfundzwanzig Jahren wurde er Bischof von Prag.

Als er aus Italien zurückkehrte, wo er die Bischofsweihe empfangen hatte, begrüßte ihn im Vaterland auf den Prager Straßen Jubel und Gesang. Diesmal bot das heimatliche Land Vojtěch sein schönstes Gesicht dar. Vojtěch nahm es bescheiden entgegen. Durch die Mitte der lärmenden Menge und des Ruhms schritt der junge Bischof barfuß und schweigsam, verschlossen in seine Gedanken und Vorsätze. Er sehnte sich nach Vollkommenheit, nicht nur für sich, sondern auch für alle jene, die ihm zuwinkten. Aber das war eine Aufgabe, die über die Kräfte eines einzelnen Menschen ging.

Und es wird von der Genügsamkeit des jungen Bischofs erzählt, von seinem entsagungsvollen Leben und seiner Fürsorge für die Armen. Aber sein Sehnen und Trachten stieß auf Unverständnis, und seine Predigt fand nur die Ohren und fand nicht die Herzen. So zeigte ihm das heimatliche Land sein bitteres Gesicht.

Nach dem Tode der Mutter Střezislava verließ Vojtěch abermals Böhmen. Er wandte dem Lande den Rücken, wo es ihm nicht gelungen war, den Sklavenhandel, die heidnischen Bräuche und Rechte auszumerzen. Er ging nach Rom und trat dort mit seinem Bruder Radim ins Kloster ein. Und als er zwei Jahre später nach Böhmen zurückkehrte, wurde es sein Schicksal, dieses Land immer wieder zu verlassen.

Wir sehen ihn in Ungarn, um den dortigen Fürsten samt Familie zu taufen. Wir sehen ihn in einer Gegend Ungarns, wie er von einem Abhang auf eine Menge ungarischer Heiden herabschaut, die sich vor einem riesigen, aus einem Baumstamm geschnitzten Götzenbild verneigen. Schon steigt er vom Hang herab, groß und majestätisch, drängt die Menge auseinander und strebt schnurstracks auf den hölzernen Götzen zu. Vor dem Götzen flammt ein Feuer. Vojtěch hebt einen brennenden Zweig auf und zündet das Götzenbild an. Aus dem Götzen schlägt eine Flamme, und die Menge verstummt vor Entsetzen und wagt sich nicht zu rühren.

Wir sehen seine Unerschrockenheit im Kampf mit den alten Bräuchen, aber wir fühlen auch die Trauer seiner immer neuen Reisen und die Trauer der häufigen Wiederkehr in das heimatliche Land, wo sich die Verhältnisse nicht so ändern, wie es sich Vojtěch wünschte. Und so glich sein Leben einer Welle, die an das ersehnte Ufer rollt, aber das Ufer schickt sie zurück, weil sie zu eilig war.

Als Vojtěch wieder einmal außerhalb seines Landes war, traf seine Familie und die väterliche Burg Libice ein großes Unglück, dieses glich einem Gewitter, zu dem sich die Wolken lange sammeln, und wo in dem Augenblick, da man es am allerwenigsten erwartet, der erste Blitz herniederzuckt.

Im Gebiet der Litoměřicer lebte das hochedle Geschlecht der Vršovci, das eine große Macht an Boleslavs Hof hatte. Die Vršovci gönnten den Slavníkovci deren Güter nicht und auch nicht ihren Reichtum und ihre Stellung in Böhmen. Sie wußten, daß Boleslav II. gern das Gebiet der Slavníkovci beherrscht hätte, so wie er seine Ländereien und Burgen beherrschte. Es fehlte nur die passende Gelegenheit, um die Tat auszuführen.

In den letzten Jahren des zehnten Jahrhunderts rüstete der deutsche König zu einem Feldzug gegen die Heiden. Aus Böhmen zogen ihm zwei Heere zu Hilfe. Das eine befehligte der Sohn Boleslavs II. und das andere der älteste Sohn Slavníks mit Namen Soběbor. Auf den Burgen der Slavníkovci blieb jeweils nur die notwendigste Besatzung zurück. Niemand war auf etwas Böses gefaßt, und der Himmel dieses Herbstes war blau und kündigte Ruhe an.

An einem ruhigen Septembertag sprengte auf die Burg Libice im Galopp ein einsamer Reiter. Er brachte eine schlimme Nachricht. Unweit der Burg ziehe durch den Wald eine Streitmacht des Prager Fürsten, geführt von den Vršovci. Niemand auf Libice wollte ihm Glauben schenken. Die Wälder standen reglos im Schein der Sonne, auch die beiden schimmernden Streifen der Flüsse schienen ihre Strömung anzuhalten und spiegelten still die Ruhe des strahlenden Himmels wider. Der tiefe Frieden hielt, wie es schien, seine ruhige Hand über die Burg und das Land ringsum. Da erklang vom Burgturm die Stimme des Horns. Die Wache blies Alarm. Aus dem Wald ritten auf die weiten Auen unterhalb der Burg bewaffnete Reiter, und hinter ihnen lief Fußvolk mit Speeren und Schilden, und man sah ungeduldige Bogenschützen, die ihre Bogen gegen Libice hoben und die Sehnen überprüften und ein Ziel suchten.

Wer auf Libice einen festen Arm hatte, griff zur Waffe und lief zu den Schanzen, um die Burg zu verteidigen. Immer mehr Bewaffnete traten aus dem Wald heraus, und sie waren in der erdrückenden Übermacht. Sie umzingelten die Burg und nahmen den Kampf auf. Die Sage erzählt, daß Boleslav II. zu dieser Stunde vom Schlag gerührt in Prag auf seinem Lager ruhte und nur nebelhaft begriff, was im Lande geschah. Der Mönch, der ihm den Schweiß von der Schläfe und den Speichel vom Munde wischte, hätte viel eher herrschen können als er, wenn er darauf Wert gelegt hätte. Die Macht lag also in den Händen der Vršovci.

Der folgende Tag war der Feiertag des heiligen Wenzel, und die Belagerten baten um einen Waffenstillstand. Die Belagerer antworteten ihnen jedoch nur:

»Unser Herr ist nicht Wenzel, sondern Boleslav.«

Und sie warfen sich gegen die Schanzen wie die Wölfe, wenn sie reiche Beute wittern. Die Verteidiger wehrten sich tapfer, kämpften um jedes Stück der Schanzen, dann um jeden Fleck des Hofes und jedes Stück der Mauer und um jeden Balken. Am Ende flüchteten sich die letzten Verteidiger, die vier Brüder von Vojtěch namens Spytimír, Pobraslav, Porej und Čáslav, auf den Rat des alten Erziehers Radla in die Kirche. Es war üblich, daß einem Gegner, der sich in eine Kirche geflüchtet hatte, der Verfolger nichts antun durfte.

Die Vršovci pochten ans Kirchentor und riefen:

»Kommt heraus, wir verschonen euch. Wer wird euch auf den Altarstufen nähren, wer wird euch zu trinken geben? Die ganze Burg ist in unseren Händen. Kommt nur heraus, wir erweisen euch Gnade. Nichts wird euch geschehen.«

Die vier Brüder trauten dem Versprechen und traten aus der Kirche heraus. In diesem Augenblick sprangen Bewaffnete auf sie zu und machten sie treubrüchig nieder.

Die Slavníkovci waren damit ausgerottet, und Fürst Boleslav II. beherrschte nunmehr auch ihr Gebiet. Aus den neugewonnenen Gütern belohnte er die Vršovci, die sich um den Sturz des Geschlechts der Slavníkovci verdient gemacht hatten. Ihnen fiel auch die Burg Libice zu. Aber das Unheil und Verderben, das sie über die Slavníkovci gebracht hatten, fiel nach Jahren auf die Häupter der Vršovci zurück. Auch ihr Blut wurde auf Libice vergossen, auch sie wurden in den gleichen Mauern ausgerottet.

Aus Slavníks Sippe hatten sich nur die drei Brüder gerettet, die zu dieser Zeit im Ausland waren: der Heerführer Soběbor, Radim und der Bischof Vojtěch.

Als sich nach einiger Zeit der böhmischen Lande der polnische Herrscher Boleslav Chrobry bemächtigte, kehrte mit seinem Heer auch Soběbor nach Böhmen zurück. Nach Jahren stand er auf der Prager Burg in der Hoffnung, daß sich nun das Schicksal wenden werde. Aber das polnische Heer hielt sich nicht lange in Böhmen. Der deutsche Kaiser hatte mit den böhmischen Landen andere Absichten. Er zog mit einem Heer gegen Prag, und in diesem Heer waren die Přemysliden Jaromír und Oldřich. Die Polen mußten in größter Hast die Prager Burg verlassen. Am längsten nahm von seinem Heimatland Soběbor Abschied. Er verabschiedete sich von ihm mit dem Schwert in der Hand. Er stand auf der Brücke über den Burggraben und deckte den Rückzug seiner polnischen Waffenbrüder. Hier fiel er mit dem Schwert in der Hand, so wie einst auf Libice seine Brüder gefallen waren.

Vojtěch kehrte nicht mehr nach Böhmen zurück. Ihn verlangte es nicht danach, in ein Land zurückzukehren, das zum Grab für seine ganze Sippe geworden war, in ein Land, wo Gewalt, Mord und Treubruch die Macht der einen über die anderen aufrechterhielt. Sein Vaterland lebte weiter in einem großen Traum von einer gerechten Gesellschaft edler Menschen. Solcher Menschen, die nicht ihren Nächsten opfern, sondern sich selber zu opfern vermögen.

Er ging nach Polen und von dort zu den heidnischen Preußen, um durch Taten seinen Traum zu erfüllen. Unerschrokken drang er in die heidnischen Gebiete vor und trat ohne Furcht auf das den heidnischen Göttern geweihte Feld. In diesem Augenblick erschallte Geschrei, und die Heiden, die Vojtěch verfolgt hatten, eilten mit Beilen und Spießen herbei. Unter ihren Waffen hauchte Vojtěch seine Seele aus.

Den Leichnam des Bischofs Vojtěch kaufte der polnische Herrscher mit Gold los und ließ ihn in Gnesen bestatten. Der Ruhm von Vojtěchs Name wuchs nach seinem Tode noch, und berühmt ward auch seine letzte Ruhestätte. Es wird erzählt, daß der deutsche Kaiser, als er aus der Ferne die Burg und die Kirche erblickte, wo Vojtěchs sterbliche Überreste beigesetzt waren, vom Pferde sprang und barfuß zu der Kirche schritt.

Vojtěch, der Sohn des Slavník von der Burg Libice, der gelehrte böhmische Bischof, wurde heiliggesprochen, der heilige Vojtěch oder Adalbert.

Der jüngste Sohn Slavníks, Radim, wurde sodann am Gnesener Dom Erzbischof. Und als auch er starb, verlosch das letzte Licht von Slavníks Geschlecht.

Und doch strahlte einst von Libice ein so starker Glanz des Geistes und der Macht aus, daß Slavníks Burg in nichts der Burg der Prager Fürsten nachstand.

Die Jagden des Fürsten Oldřich

Die Sage berichtet, daß der tschechische Fürst Oldřich die Jagd liebte, und dazu gutes Essen und Trinken, und wenn ihn nach etwas verlangte, dann zögerte er nicht, es sich durch Gewalt oder List anzueignen. Die Wälder rings um Oldřichs Burg Dřevíč belebten sich oft durch das Gebell der Hundemeute, den Schall der Jagdhörner und das Stampfen von Pferdehufen. Fürst Oldřich, rot im Gesicht und glücklich, jagte dem Hirsch nach, den Spieß zum Stoß erhoben.

Einmal verirrte er sich mit seinem Jagdgefolge in den Wäldern um Postoloprty, und als er angenehm ermüdet und mit der reichen Jagdbeute zufrieden umkehrte, mußte er durch ein Dorf reiten. In den schrägen Sonnenstrahlen des späten Nachmittags gewahrte er ein Bild, das ihn zwang, sein Pferd anzuhalten. Mit ihm hielt auch sein ganzes Gefolge an. Sie schauten dahin, wohin der Fürst blickte.

Am Ufer des Baches, der durch das Dorf floß, kniete eine junge Frau, barfuß, mit nackten Armen, und sie spülte die Wäsche, und wie sie sich so über das Wasser beugte, schimmerten ihr Arm und Hals aus dem klaren, glänzenden Wasser entgegen, als beschaute sie sich im Spiegel. Oldřich blickte auf dieses doppelte Bild der Schönheit, auf die lebendige und auf ihre glitzernd gewellte Widerspiegelung im Bach. Die junge Frau spürte seinen Blick und stand verlegen von ihrer Arbeit auf. Ihr Gesicht war voller Liebreiz, ihr Wuchs und ihre Bewegungen erinnerten an die Frau eines Edelmanns.

»Wer bist du und wie heißt du?« fragte Oldřich sie.

»Ich bin Božena, die Frau des Křesin«, antwortete sie.

Fürst Oldřich ritt mit ihrem Namen auf den Lippen und ihrem Bild im Herzen weiter. Damals hielt sich in Böhmen noch der alte heidnische Brauch, daß ein Mann mehrere Frauen haben durfte. Auch Fürst Oldřich hatte seine Frau, aber alle Gedanken an sie überschattete das Bild derer, die er am Bach erblickt hatte. Und dieser Fürst wehrte sich niemals gegen seine Wünsche und Leidenschaften.

Kaum traf er auf der Prager Burg ein, befahl er, eine Truhe mit der einer künftigen Fürstin würdigen Kleidung zu füllen, mit einem kunstvoll geschmiedeten Gürtel, mit kostbarem Gewebe, mit Halsbändern und Ohrringen, und er schickte mit der wertvollen Fracht eine bewaffnete Schar und einige seiner Getreuen in die Gegend bei Postoloprty, wo sie das Dorf und in ihm die Frau suchen sollten, an welcher er solch ein Wohlgefallen gefunden hatte.

Sie mußten noch am selben Tage aufbrechen, und kaum waren sie losgeritten, hielt der Fürst bereits ungeduldig nach den Rückkehrenden Ausschau.

Und so kam die Schar mit den Geschenken in die Wälder bei Postoloprty, und sie fand das Dorf, wo der Bach hindurchfloß, und sie fand die Frau, die Božena hieß. Boženas Arme, gewohnt an Sonne und Quellwasser, hüllten sie in kostbare Gewebe, gürteten sie mit dem kunstvoll geschmiedeten Gurt und erwiesen ihr alle Ehren als der künftigen Fürstin. Sie halfen ihr das Pferd zu besteigen und ritten mit ihr gen Prag.

Fürst Oldřich hieß Božena auf der Prager Burg mit großer Freude und großem Gepränge willkommen. Er befahl, die Wladyken zusammenzurufen und das Hochzeitsmahl zu rüsten.

Und es kam die Stunde, da auf dem Hof vor dem Burgpalas Pferde wieherten und ihre Herren speisten und tranken, zu Ehren der neuen Fürstin, und es kam die Stunde, da die Krüge abnahmen und die Gespräche zunahmen.

»Höre, Fürst«, sprach einer der Wladyken, und das war

nicht nur sein Gedanke, er sprach für die Mehrzahl der an der Festtafel versammelten Edelleute, »höre, Fürst, wir haben erfahren, daß deine schöne Frau nicht aus hochgeborenem Geschlecht stammt, daß du ihr an einem Bach begegnet bist, wo sie die Wäsche spülte, daß sie die Frau eines Bauern ist.«

»Du sprichst die Wahrheit«, bestätigte Fürst Oldřich.

»Höre, Fürst«, fuhr der Wladyke fort, »deine Frau ist nicht hochgeboren. Seit wann herrscht in Böhmen die neue Sitte, daß sich Fürsten niedriggeborene Frauen zur Gattin nehmen? Gibt es in Böhmen nicht genug Wladykengeschlechter, die mit Töchtern beschenkt sind? Muß der tschechische Fürst eine Frau aus dem Bauernstand holen? Muß er aus einer Hütte wählen, wenn er aus Burgen und Festen wählen kann? Willst du, Fürst, neue Sitten einführen?«

»Du sprichst nicht die Wahrheit«, entgegnete Fürst Oldřich. »Aus welcher Abstammung waren denn unsere Vorfahren? Woher kam Přemysl auf den Fürstenthron? Fragt das Korn, welchen Namen das Feld hat, auf dem es keimt? Es kommt einzig und allein darauf an, daß der Boden fruchtbar ist. Ich hatte eine hochgeborene Frau, aber Kinder schenkte sie mir keine. Ich werde eine niedriggeborene Frau haben, aber vielleicht wird sie mir den ersehnten Sohn schenken.«

Es geschah, wie Fürst Oldřich gesagt hatte. Nach einiger Zeit gebar die Fürstin Božena einen Knaben. Er erhielt den Namen Břetislav, und die Nornen bestimmten ihm ein ruhmreiches Schicksal.

Fürst Oldřich pflegte seinen Willen mit Gewalt durchzusetzen, und bei ihm war es nicht der Brauch, von einem Weg, den er eingeschlagen hatte, abzuweichen. Im Zorn war er jäh, zu Freunden wohlwollend und gegen Feinde grausam. Zu denen, die ihm in seinem eigenen Lande nicht wohlgesonnen waren, gehörte das Geschlecht der Vršovci. So wie Oldřich das Wild belauerte, so belauerten die Vršovci den Fürsten.

Eines Nachts konnte Fürst Oldřich auf Vyšehrad nicht einschlafen. Er stand auf und zündete das Licht an. Da klirrte eine Bogensehne, und in den Raum flog ein Pfeil. Nur um Haaresbreite verfehlte er Oldřichs Kopf und bohrte sich so tief in einen hölzernen Pfeiler, daß alle sich wunderten. Den heimtückischen Bogenschützen fand man nie. Nur eine Einbaumleiter, einen grob entästeten Baumstamm, an das Fenster der Schlafkammer des Fürsten gelehnt, auf dem der Meuchelmörder hochgestiegen war.

Es war, als verliehe dieser nächtliche Vorfall dem Fürsten neuen Mut. Mit Feuereifer spornte er am nächsten Morgen sein Roß zum Galopp an, und voller Freude brach er mit ihm durch das betaute Dickicht in den Wäldern an der Moldau und Sázava. Oldřich verstand es, aus der Jagd Beglükkung zu schöpfen, er heilte sich durch die Jagd von Niedergeschlagenheit, wann immer sie ihn heimsuchte.

Die Sage berichtet, daß er in den Sázavawäldern einst einen Hirsch hetzte, und der Hirsch ihm dauernd entfloh. Plötzlich tat sich vor ihm eine Lichtung auf, und der Hirsch lief zu einem Mann, der dort einen jungen Eichenstamm behackte. Der Hirsch blieb bei ihm stehen und neigte den Kopf mit dem Geweih, als verbeugte er sich zum Gruß.

Der Mann, der dort das Holz für den Bau einer Hütte zuhieb, war der Priester und Domherr Prokop. Vor Jahren hatte er einem gelehrten Meister auf dem Vyšehrad gelauscht und von ihm gelernt, die Messe in slawischer Sprache zu lesen. Je länger er jedoch auf der Burg weilte, um so mehr sehnte er sich nach Abgeschiedenheit und Einsamkeit. Und er legte alle Ehren nieder und zog sich in die Wälder zurück.

Fürst Oldřich knüpfte mit Prokop ein Gespräch an. Die Weisheit und die besonnene Rede des ehemaligen Domherrn gefielen ihm.

»Du bist gewiß durstig, Herr«, sagte Prokop, »darf ich dir einen Schluck Wasser anbieten?«

Der Fürst bejahte und nahm eine Holzschale mit Wasser entgegen. Er kostete und wunderte sich.

»So einen guten Wein habe ich noch nicht getrunken«, sagte er, »das ist der edelste Wein, der in diesem Lande gereift ist.«

Fürst Oldřich erkannte, daß er einen ungewöhnlichen Mann vor sich hatte, und ihn verlangte es danach, ihm ein ungewöhnliches Geschenk zu widmen.

»Sag mir deinen Wunsch«, forderte er Prokop auf, »ich werde ihn dir gern erfüllen.«

»Herr«, antwortete Prokop, »wenn du ein gutes Werk tun willst, dann lasse in dieser Gegend ein Kloster errichten und teile ihm Boden zu.«

»Was ich versprochen habe, wird geschehen«, sagte Oldřich und setzte seinen Weg fort. An einen Hirsch und an die Jagd dachte er an diesem Tage nicht mehr. Er kehrte auf den Vyšehrad zurück und befahl den Bau eines Klosters. Dies war der Sage nach der Ursprung des Klosters an der Sázava. Prokop wurde darin der erste Abt, und die Gottesdienste fanden hier in slawischer Sprache statt, und das bereits zu einer Zeit, da sich in den übrigen Klöstern und Kirchen die lateinische Sprache durchgesetzt hatte.

Fürst Oldřich jagte nicht nur in den Sázavawäldern. Er ritt auch gern zur Jagd in die Forste des Böhmerwalds. Er suchte dort mit seinem Gefolge die kleinen Burgen und Festen auf, und oft zwang sie die hereinbrechende Dämmerung, nach Art der Jäger zu übernachten: am Feuer in der Waldeswildnis. An diesem ungebundenen freien Leben fand der Fürst sein Wohlgefallen. Er bahnte sich seinen Weg immer tiefer in die Wälder, spornte das Pferd zum Galopp an, wann immer sich vor den Jägern eine Wiese oder das ein Flüßchen begleitende Tal auftat. Er ritt durch die Dörfer, deren Namen er zum ersten Mal hörte.

Fürst Oldřich zog mit seinem Jagdgefolge durch die Grenzforste des Böhmerwalds und erfreute sich an der Jagd in dieser wildreichen Gegend. Er war ein unermüdlicher Jäger, und es geschah oft, daß sich das Gefolge zur Ruhe niederließ, während der Fürst weiter im Sattel blieb. Er ritt aus, um die Umgebung zu besichtigen, und kehrte erst zurück, wenn das Feuer bereits brannte.

Auf einem solchen Umritt geriet er auf eine Waldwiese, und als er den Kopf hob, erblickte er über den Baumwipfeln einen Hügel und darauf eine Burg. Er hielt sich nicht erst damit auf, sein Gefolge zu rufen, spornte das Pferd an und ritt den Hang hinauf zu der Burg.

Das war eine sonderbare Burg. Ringsum alles öde und tot, nur alte Sträucher und Bäume hatten den Wall und die

Schanzen im Sturmangriff genommen, und sie winkten mit den Zweigen im leichten Abendwind. Das Tor der Burg stand weit offen, aber die Brücke über den Burggraben fehlte. Sie war durchgefault und auf den Grund des Grabens gefallen. Der Fürst band sein Pferd an einen Baum und überquerte den Graben auf einem umgestürzten Fichtenstamm.

Der Hof war mit Gras bewachsen, nirgends die Spur einer lebenden Menschenseele. Der Fürst trat in den Burgpalas. Er sah einen Tisch mit nicht abgeräumten Tellern darauf, Kleidungsstücke über einem Stuhl und auf der erkalteten Feuerstätte einen Kessel und in dem Kessel verschimmelte Essensreste. Er sah eine Kammer voller Vorräte, muffiges Mehl, versteinertes Brot, vom Schimmel überzogene Säcke und Körbe. In einer anderen Kammer eine Truhe mit den morschen Gewändern einer vornehmen Dame, die zerfallenen Kleider eines Edelmanns, sich härende alte Pelze. Alle diese Kleider waren von altem Schnitt und ungewöhnlich genäht. Schließlich stieg der Fürst in den Keller hinab und ertastete dort Fässer. Er beklopfte sie und erkannte, daß sie voll waren. Er kostete aus dem nächsten. Auf der Zunge zerging ihm süß ein vortrefflicher alter Wein.

Inzwischen hatte sich die Dämmerung herabgesenkt. Höchste Zeit, zu dem Gefolge zurückzukehren. Oldřich stieg auf die zugewachsenen Schanzen und entdeckte unten im Walde einen rötlichen Schein. Dort hatten seine Jagdgefährten ein Feuer entfacht.

Der Fürst überquerte wieder auf dem Fichtenstamm den Graben, band sein Pferd los und ritt zurück in die Richtung zu dem Feuer. Aber die unbekannte verlassene Burg ließ ihm keine Ruhe. Das Geheimnis reizte ihn, wie das Wild, wenn es vor ihm flüchtete.

Er setzte sich zum Feuer und erzählte, was er erlebt hatte. Keiner aus dem Gefolge hatte geahnt, daß unweit ihres Lagerplatzes auf einem Hügel eine Burg aufragte. Und niemand wußte, daß jemals in dieser Gegend eine Burg gestanden hätte.

In den nächsten Tagen vernachlässigte der Fürst seine beliebte Jagdkurzweil und versuchte zu erfahren, wer der Herr der unbekannten Burg gewesen war und warum er sie verlassen und dabei all sein Eigentum in ihren Mauern zurückgelassen hatte.

Nach langem Herumfragen fand er in einem Einödhof einen Greis, der die Geschichte dieser Burg von seinem Vater kannte, welcher sie wiederum von dem seinigen erfahren hatte. Und die Geschichte war folgende:

Es lebte einmal am Hofe des deutschen Kaisers ein junger Mann adliger Herkunft. Er war an den Hof gekommen, um sich die höfischen Sitten anzueignen, wie es sich für einen Ritter geziemt. Der Jüngling war hochgewachsen, von hübschem Antlitz und sehr gelehrig. Er war beschlagen in Manier und Rede.

Der damalige deutsche Kaiser hatte eine liebreizende Tochter. Der junge Edelmann und die Tochter des Kaisers begegneten einander häufig, und stets schlugen sie in plötzlicher Verlegenheit die Augen nieder. Aber die Liebe, die sie insgeheim quälte, bewirkte, daß sie nacheinander Ausschau hielten und solche Orte aufsuchten, wo sie einander begegnen könnten. Ob in der Kirche, im Garten oder auf einem Ball im Burgsaal – wo der eine war, war auch der andere nicht weit. Und ihre Liebe wuchs mit der Zeit und hörte auf, die Augen niederzuschlagen. Eines Tages wechselten sie einige Worte miteinander. Am nächsten Tage umarmten sie sich, am dritten Tage küßten sie sich. Und sie gelobten sich einander an und schworen sich, niemals voneinander zu lassen. Ihre Liebe freute sie und entsetzte sie. Eine Hoffnung auf Heirat gab es nicht. Der Kaiser hätte niemals zugestimmt, daß seine Tochter die Gattin eines kleinen Landedelmannes würde. Er wollte sie an einen Mann aus königlichem Geblüt verheiraten.

Der junge Edelmann überlegte Tag und Nacht, wie seine Sehnsucht erfüllt werden könnte. Schließlich dachte er sich einen Plan aus und begann ihn zu verwirklichen. Er verkaufte seine Güter und trat aus dem Hofdienst aus. Dann verabschiedete er sich heimlich von der Kaiserstochter und versprach ihr, zu ihr zurückzukehren, sobald am Himmel ein günstigerer Stern aufginge. Von der kaiserlichen Burg begab er sich geradenwegs in die Wälder. Er ritt immer tiefer und tiefer, auf Pfaden wo das Pferd kaum durchkommen konnte, und in der Tiefe der Wälder suchte er einen geeigneten Platz. Dieser sollte dem menschlichen Auge verborgen sein, weit und breit sollte kein Dorf sein, kein Einödgehöft, keine Feste, aber von ihm sollte man Ausblick nach allen Seiten haben.

Lange ritt er über Stock und Stein, bis er auf einem Hügel im Grenzforst auf der böhmischen Seite sein Pferd zügelte. Diese Stelle auf dem Hügel war abgelegen, verborgen, weit von menschlichen Behausungen entfernt. Und dennoch konnte man von hier aus weit ins Land schauen.

Hierher, auf dem Gipfel des Hügels, holte der Edelmann Arbeitsleute und befahl ihnen, mit dem Bau zu beginnen. Inmitten der bewaldeten Hänge wuchs auf dem Hügel eine Burg empor. Der Edelmann spornte die Arbeitsleute zur Eile an, als erwartete er schon morgen den Feind. Die Tochter des Kaisers stand Abend für Abend in der Kaiserburg auf dem Hof, blickte auf zu den Sternen und forschte dort, wann denn nun ihr Glücksstern aufginge.

Die Burg im Grenzforst war fertig. Da führte der Edelmann die Arbeitsleute in eine Blockhütte und befahl, ihnen einzuschenken. Sie tranken und tranken, und es tranken auch jene, die ihnen einschenkten. Und als alle betrunken waren und schliefen, trat der Edelmann, der einzige Nüchterne, hinaus, schloß hinter sich die Tür und steckte die Hütte in Brand. So entledigte er sich aller unbequemen Zeugen des Baus und verwischte durch eine grausame Tat alle Spuren hinter sich.

Im Morgennebel brach er zu Pferde auf, hin zur kaiserlichen Burg. Er traf dort erst am Abend ein, als die Sterne am Himmel aufleuchteten. Heute war unter ihnen auch der Glücksstern, und unter seinem Schein trat er auf den Burghof. Er sagte der Geliebten, daß er für sie eine Burg erbaut habe, wohin er Lebensmittelvorräte habe schaffen lassen und wo verborgen sie abwarten könnten, bis der Zorn des Kaisers verraucht sei. Noch in derselben Nacht floh die Kaiserstochter mit dem Edelmann aus der väterlichen Burg. Unterwegs ließen sie sich heimlich in einem Dorfkirchlein trauen, und dann schloß sich hinter ihnen die grüne Wand des Waldes.

Fünf Jahre lang wußte der Kaiser nichts von ihnen, und

nichts wußte die Welt. Im fünften Jahr weilte der Kaiser in der Stadt Regensburg und ritt von dort des öfteren zur Jagd in die Wälder zwischen Bayern und Böhmen. Einmal verleitete ihn die Jagdleidenschaft bis auf böhmisches Gebiet. Plötzlich stand der Kaiser mit seinem Pferd inmitten des dämmernden Waldes, umringt vom Zweigwerk der Bäume. Er stieß ins Horn, um seiner Begleitung ein Zeichen zu geben, aber niemand antwortete ihm, nur das Echo gab ihm den Schall seines eigenen Hornes zurück. Und so entschloß sich der Kaiser, sich selber einen Weg zurück zu suchen. Die böhmischen Wälder waren zu jenen Zeiten dicht und ausgedehnt, und wer sich in ihnen verirrte, der fand nur schwer den Weg heraus. Und der Kaiser überschritt eine Irrwurzel, und er irrte drei Tage und drei Nächte umher und nährte sich nur von Waldesfrüchten und trank aus Quellen. An der Schwelle des dritten Tages gewahrte er gegenüber auf einem waldbewachsenen Hügel einen Burgturm. Der Kaiser freute sich und spornte sein Pferd an. Seit Mitternacht war ein feiner, ausdauernder Regen gefallen, und der Kaiser hatte durchnäßte Kleider und freute sich darauf, sich am flackernden Kaminfeuer zu wärmen. Er ritt ans Burgtor und stieß ins Horn. Das Tor öffnete sich, und der Kaiser stand Auge in Auge seinem Schwiegersohn gegenüber, ohne ihn zu erkennen. Die jungen Ehegatten hielten sich schon sehr lange versteckt und dachten bereits, man habe sie vergessen. Sie waren begierig auf jede Nachricht aus der Welt, und deshalb ließen sie von Zeit zu Zeit unbekannte Wanderer auf ihrer Burg ein. Auch den Kaiser bewirteten sie mit Speise und Trank und trockneten seine Kleider. Nach dem Essen fragten sie ihn nach diesem und jenem aus. Der Kaiser erkannte bald, wen er vor sich hatte, aber sie erkannten ihn nicht.

»Und wie geht es dem Kaiser, was macht er?« fragte ihn seine Tochter.

»Wißt ihr denn nicht, daß der Kaiser tot ist?« wunderte sich der Gast zum Schein und erzählte ein ausgedachtes Histörchen vom Tode des Kaisers und seinem Begräbnis.

»Ach, der arme Kaiser«, wehklagte die Tochter des Kaisers, »aber vielleicht wird jetzt Ruhe eintreten, und mein Gemahl wird nichts mehr zu befürchten brauchen.«

Der Kaiser übernachtete auf der Burg und ließ sich am nächsten Tag den Weg nach Regensburg zeigen und ritt von dannen. Nicht aber für lange. Er rief die Fürsten zusammen, befahl das Heer zu sammeln, und mit einem gewaltigen bewaffneten Haufen zog er vor die Burg seines unerwünschten Schwiegersohns. Er umzingelte die Burg und entsandte zu dem Schwiegersohn einen Herold mit der folgenden Botschaft:

»Ich habe dein Brot gegessen, ich habe deinen Wein getrunken, ich habe unter deinem Dach geschlafen. Aber du hast mir die Tochter entführt und meinem kaiserlichen Willen Gewalt angetan, und deshalb werde auch ich dir Gewalt antun.«

Um den Edelmann stand es schlimm. Er hatte kein Heer, und er hatte nicht einmal eine Waffe, die er gegen die große Zahl von Feinden gebrauchen könnte. Die Sehnen der Armbrüste waren schon längst verschimmelt und verfault, die Schwertklingen vom Rost zerfressen. Er blickte hinab von den Schanzen und sah ein Heer, das sich zum Angriff anschickte.

Die Tochter des Kaisers sah, daß ihr Mann litt, und sie hörte die Befehle unterhalb der Burg. Sie trat auf die Schanzen und rief den vorrückenden Soldaten entgegen:

»Rückt nur kühn und mutig vor, immer vorwärts, tausend Mann gegen einen. Aber merkt euch: wenn ihr meinen Mann des Lebens beraubt, will auch ich nicht mehr leben. Ich werde mich von den Schanzen hinabstürzen und so mein Leben beenden.«

Als der Kaiser dies vernahm, befahl er den Angriff einzustellen und beriet sich mit den Fürsten. Auf ihren Rat und die Fürsprache seines eigenen Herzens änderte er seine Entscheidung. Er erwies seiner Tochter Gnade. Der Edelmann und die Kaiserstochter traten aus der Burg, knieten vor dem Kaiser nieder, und dieser nahm sie beide als seine Kinder auf. Danach verließen sie in größter Hast die Gegend, die sie an die grausamen Stunden des letzten Tages erinnerte.

Fürst Oldřich teilte, so heißt es, die wüste Burg einem Mitglied seines Gefolges mit Namen Přím zu. Er sollte hier auf seiner Burg Wache halten an den Grenzen des böhmischen Landes. Přím gab der Sage nach der Burg den Namen Přimda.

Es wird erzählt, daß Fürst Oldřich die Jagd liebte, gutes Essen und einen guten Trunk. Auch der Tod ereilte den Fürsten bei der Tafel, die bedeckt war mit gefüllten Schüsseln und vollen Krügen. Mit unmäßigem Essen und Trinken hatte er nicht nur den Leib genährt, sondern auch seinen Tod.

Seine schöne Frau, die Fürstin Božena, überlebte ihn fast um zwanzig Jahre. Sie soll in Stára Boleslav in der Kirche inmitten der Burgmauern begraben worden sein.

Der tschechische Achilles

Der Sohn des Fürsten Oldřich und der Fürstin Božena hieß Břetislav. Und so wie er vom Knaben zum Manne heranwuchs, so wuchsen auch seine Tapferkeit und sein Mut. Noch zu Oldřichs Lebzeiten eroberte er von den Polen das Land Mähren und besetzte alle seine Burgen. Aber viele Burgen lagen in Schutt und Asche, und in den verwüsteten Dörfern hockten auf den verkohlten Balken die Raben. Der junge Břetislav sah das Verderben und Elend des mährischen Landes, und er träumte von seinem neuen Ruhm. Er machte sich daran, das Werk des Verderbens zu beseitigen, und aus den Ruinen erstanden neue Burgen auf, den Geruch der Brandstätten löste der Duft frisch gezimmerten Holzes ab, und die Felder empfingen wieder das Saatkorn.

Der junge Břetislav hörte jedoch um diese Zeit auf, das wahrzunehmen, was um ihn geschah. Er lieh sein Ohr der Sehnsucht, die in ihm heftig die Flügel ausbreitete und Unruhe in ihm erweckte. Er hatte von dem schönsten Mädchen unter der Sonne vernommen und wünschte sich, mit ihr auf seiner Burg zu leben. Das Mädchen, von deren Schönheit so viel gesprochen wurde, war die Tochter des deutschen Reichsfürsten Otto des Weißen, und sie hieß Judith. Die Tschechen nannten sie Jitka. Ihre Eltern hatten sie ins Schweinfurter Kloster zur Erziehung gegeben. In den Klostermauern verbrachte die schöne Judith ihre Tage mit Gebet und frommem Gesang. Und so wie der Schatten die weiße Li-

lie hervorstechen läßt, so leuchtete Judiths strahlende Schönheit durch die Klostermauern. Die Strahlen ihrer Schönheit berührten den Fürstensohn im fernen Mähren.

An eine übliche Heirat mit der Tochter eines Herrn aus dem Hochadel war nicht zu denken. Otto der Weiße hätte seine Tochter dem Fürstensohn Břetislav verweigert, weil dessen Mutter bäuerlicher Herkunft war. Aber Břetislav hatte vom Vater einen jähen Sinn geerbt und verband einen Gedanken ohne Aufschub mit der Tat. Er sammelte um sich ein Häuflein genauso junger und mutiger Männer, wie er selber einer war, und riet ihnen, sich für die Reise flinke und ausdauernde Pferde auszuwählen. Unter dem Vorwand, mit einer Botschaft zum deutschen Kaiser zu reiten, machten sie sich, Břetislav an der Spitze, auf den Weg. Kaum hatten sie den Grenzforst durchquert, und kaum klopften die Pferdehufe auf bayrischen Boden, strebte Břetislav gen Schweinfurt. Hier suchte er mit seinen Begleitern das Kloster auf und bat um Nachtlager. Es gab damals kein Kloster, das einem Wanderer das Nachtlager versagt hätte. So fanden auch Břetislav und seine Gefährten Nachtruhe unter dem Dach des Klosters.

Während sich die Nacht zum Morgen neigte, überlegte Břetislav, wie er zu Jitka vordringen könnte. Er suchte mit seinem Blick die Fenster ab und merkte sich die Wege durch die Flure, durch die er geschritten war, und er schmiedete und verwarf einen Plan nach dem andern.

Was Břetislav die dunkle Nacht nicht vergönnt hatte, das gewährte ihm der helle Tag. Der nächste Tag war ein Feiertag, und es war im Kloster Brauch, daß die Zöglinge an Feiertagen in die Kirche gingen, um zum Nachmittagsgottesdienst, zur Vesper, zu läuten. Zu dieser Zeit trat auch Břetislav in die Kirche und schaute sich aufmerksam um, ob er nicht die sähe, nach der er sich sehnte. Bald erkannte er sie zwischen den Mädchen. Ihre Schönheit rief ihn zu sich. Er stürzte unter die verblüfften Mädchen, packte Jitka, trug sie in größter Eile aus der Kirche und schwang sich mit ihr auf das bereitstehende Pferd. Mit der kostbaren Last galoppierte er zum Klostertor. Aber die Wachen des Klosters schlossen flugs das Tor und legten die Kette vor. Břetislav riß sein Schwert heraus und zerhieb mit einem kraftvollen Schlag die Kette wie einen Grashalm. Noch einige Schwerthiebe, und das Tor flog auf, und Břetislav war mit Jitka in Freiheit. Ihm folgten seine Gefährten. Diese hatten nicht so viel Glück. Manch einer von ihnen fiel zu Tode getroffen auf den Klosterhof, andere wurden gefangen und gefoltert und verstümmelt. Nur einige wenige holten Břetislav und Jitka ein und eilten mit ihnen nach Böhmen.

Aus Schweinfurt ritten die Verfolger aus. Aber die Dämmerung senkte sich hernieder und verhüllte alle Spuren. Břetislav ritt mit Jitka und den verbliebenen Gefährten die ganze Nacht hindurch, ohne sich auch nur eine Ruhepause zu gönnen.

In Böhmen suchte Břetislav zuerst seinen Vater, den Fürsten Oldřich, auf. Der Fürst freute sich, als er vernahm, was sich zugetragen hatte, und er freute sich, daß Břetislav aus einer solchen Gefahr gesund und unversehrt zurückgekehrt war. Die Tat und die Braut gefielen dem Fürsten, und er erkannte mit Genugtuung in dem Sohn seinen eigenen Charakter wieder. Und er befahl dem Prager Bischof, Břetislav und Jitka zu trauen. Jitka fand Gefallen an dem stattlichen Fürstensohn und zögerte nicht, seine Frau zu werden. Nach den Hochzeitsfeierlichkeiten verließen beide die Prager Burg und begaben sich nach Mähren.

Es geschah sodann, daß an einem Novembertag mitten im Schmausen Fürst Oldřich aus dieser Welt schied. Die Ältesten der Tschechen beriefen auf den Prager Fürstenthron Břetislav.

Im vierten Jahr seiner Herrschaft entschloß sich Břetislav, den Polen die Unbill heimzuzahlen, die sie einst Böhmen und Mähren zugefügt hatten. Er ließ durchs ganze Land einen Baststrick tragen zum Zeichen, daß derjenige, der sich nicht unverzüglich an dem festgesetzten Ort einstellte, aufgehängt werde. Und es kamen viele Männer und viele Waffen zusammen. Das Heer versammelte sich, und Břetislav, der Fürst, befehligte es. Dieser große Haufe bewaffneten Volks rückte vor gen Norden, ins polnische Land. Wo es durchzog, nahm es überall reiche Beute. Eine Burg nach der anderen ergab sich dem tschechischen Heer.

Es fiel Krakau und wurde Břetislavs Beute mitsamt seinen Schätzen. Posen brannte nieder, und der Engel des Sieges schritt vor dem tschechischen Heer und der Engel des Todes hinter ihm. Die Tschechen erreichten die mächtige Burg Gdeč. Seine Bewohner, die Hedžaner, kamen dem Fürsten Břetislav mit Goldbarren in den Händen entgegen und baten, ihnen neue Wohnsitze in Böhmen anzuweisen. Sie wollten lieber Auswanderer als Gefangene werden. Fürst Břetislav nahm sie in Gnaden auf und erlaubte ihnen, mitsamt ihrer Habe und ihrem Vieh nach Böhmen umzusiedeln. In Böhmen wies er ihnen ein großes Waldstück zu, genannt Černín, unweit des heutigen Beroun. Hier sollten sie leben und sich an ihr Recht und ihre Bräuche halten.

Das Ziel des Feldzugs war Gnesen, gut befestigt und durch seine Lage geschützt, wo im Dom die sterblichen Überreste des Bischofs Vojtěch ruhten. Zu dieser Zeit war sein Ruf bereits durch die Welt gewandert. Solange Vojtěch am Leben war, hatten die Tschechen seiner Ratschläge nicht geachtet. Nun begehrten sie, sich seines Leichnams zu bemächtigen und ihn auf die Prager Burg zu überführen. Bei Lebzeiten war er in Böhmen unwillkommen gewesen. Nun aber, tot und in der gesamten Christenheit berühmt, war er den Tschechen nahe. So war es und so ist es nun einmal der traurige Brauch. Der mit Schmerzen im Herzen aus Böhmen weggegangen war, sollte nun als Toter mit Jubel zurückgeführt werden.

Die Tschechen eroberten Gnesen leicht. In der eroberten Burg versammelte Břetislav sein Volk um Vojtěchs Grab. Er hob die Hand über dem Grab und forderte die übrigen auf, ebenfalls ihre Rechte zu erheben. Hier an diesem teuren Ort sollten sie geloben, die Gebote einzuhalten, die er ihnen verkünden würde. Und es waren die gleichen Gebote, die einst in Böhmen durchzusetzen sich Vojtěch vergeblich bemüht hatte: daß der Mann nur eine Frau und die Frau nur einen Mann haben sollte, daß Mord bestraft und Gewalt nicht geduldet werde, daß den Lastern, die aus den Schenken herrühren, Einhalt geboten werde, daß die Säufer mit Strafen belegt werden, daß die Feiertage eingehalten werden und daß jeder, der seine Toten nach heidnischer Art begrabe, mit einer hohen Strafe belegt werde.

Alle hoben die Rechte und schwuren feierlich. So erkannten sie erst nach Jahren die neuen Sitten und Gebräuche an. Das Gelöbnis bekräftigten sie durch Gesang und Gebet. Danach traten sie ans Grab, hoben Vojtěchs Leichnam heraus, hüllten ihn in Seide und luden ihn zu den erbeuteten Schätzen auf einen Wagen.

Mehr als hundert Wagen mit reicher Fracht begleiteten das tschechische Heer beim Rückmarsch nach Böhmen. Mehr als hundert Wagen führten die polnischen Schätze mit, Gold und Silber, und unter den Schätzen auch die sterblichen Überreste von Vojtěch und seinem Bruder Radim. Mit großem Pomp führte das tschechische Heer die sterblichen Überreste der zwei berühmtesten Slavníkovci heim. Die erbeuteten polnischen Glocken drückten die Wagenachsen nieder, und in der tiefen Spur der Räder schleppte sich der lange Zug der Gefangenen dahin.

Die siegreiche Streitmacht gelangte glücklich nach Prag und lagerte an dem Bach mit Namen Rokytnice. Bei Tagesanbruch kam ihnen aus Prag ein festlicher Zug der Geistlichen und des Prager Volkes entgegen, um die Sieger zu begrüßen. Auf einem freien Gelände am Ufer der Rokytnice vermischten sie sich, das Heer und das heimische Volk, und zogen gemeinsam auf die Prager Burg. Als erste schritten Fürst Břetislav und der Bischof Šebíř, und sie trugen auf ihren Schultern die Bahre mit Vojtěchs sterblichen Überresten. Im Zug schritten die Erzpriester mit dem Leichnam von Vojtěchs Bruder, und zwölf Priester folgten ihnen, die ein riesiges Kruzifix aus purem Gold trugen. Nur mit Mühe hoben sie es an, so schwer war es. Der polnische Fürst Měšek hatte einmal für ein goldenes Kreuz dreimal so viel an Gold gestiftet, wie er selber wog. In der Morgensonne flammten die Goldplättchen, mit denen der Gnesener Altar belegt war. Er wurde in der Menge hinter dem Kruzifix getragen, und auf den Plättchen blitzten Edelsteine und Bernstein und Kristall. Der gesamte erbeutete Schatz wurde auf der Prager Burg zur Aufbewahrung niedergelegt.

Die Kunde von den tschechischen Taten in Polen und von der großen Kriegsbeute gelangte nach Rom und erweckte dort Unwillen und das Verlangen, den tschechischen Fürsten und seinen Bischof zu bestrafen. Da entsandte Fürst Břetislav nach Rom eine Abordnung mit Geschenken, um jene zu erweichen, die man erweichen mußte. Und die Abordnung kehrte mit der Botschaft nach Böhmen zurück, daß der Fürst, wenn er Verzeihung erlangen wolle, zum Zeichen seiner Bußfertigkeit eine neue Kirche erbauen müsse. Břetislav gehorchte. Er ließ innerhalb der Mauern von Stará Boleslav eine Kirche errichten, und die Kirche erhielt den denkwürdigen Namen des Fürsten Wenzel.

Rom zu versöhnen, war also Břetislav gelungen, aber da stand ein anderer Feind auf. Der deutsche Kaiser Heinrich. Er forderte vom tschechischen Fürsten die gesamte polnische Beute und drohte mit Krieg. Die Tschechen antworteten:

»Seit den Zeiten des Sohnes von Karl dem Großen zahlen wir seinen Nachfolgern auf dem Kaiserthron einhundertzwanzig ausgesuchte Ochsen und fünfhundert Pfund Silber. Gegen diesen alten Brauch wehren wir uns nicht. Aber einen anderen Tribut abzuliefern lehnen wir ab.«

Der Kaiser entbrannte in Zorn. Er befahl den Sachsen, auf dem Wege über Chlumec in Böhmen einzufallen, und zog selber mit einem zweiten Heer aus Bayern nach Böhmen. Aber dort, wo früher der Weg nach Böhmen frei gewesen war, stieß der Kaiser mit seinen Kriegern auf Verhaue und Befestigungen. Er teilte also sein Heer in zwei Gruppen. Die erste mit dem Kaiser wartete ab. Die zweite sollte die Befestigungen umgehen und den Tschechen in den Rücken fallen.

Der Teil des Heeres, der die tschechischen Befestigungen umgehen sollte, rückte nur mühsam vorwärts. Der Grenzforst verhielt sich dem Feind gegenüber wie ein Jäger zum Wild. Er legte ihm die Schlingen und Netze des Dornengestrüpps und Dickichts in den Weg. Er stellte ihm Fallen in den Sümpfen und Mooren, Gruben von den entwurzelten Bäumen und Verhaue aus den umgestürzten Stämmen. Nur langsam drang das Heer durch den Wald vor.

Der Teil des Heeres, der vor der Befestigung verharrte, schickte eine Vorhut voraus. Zur Vorhut gehörten die ersten Edelleute des Reiches, selbstbewußt und ihres Sieges sicher. Hinter den tschechischen Verhauen herrschte Stille. Die Vorhut wagte sich weiter und weiter: und siehe da: die

Befestigung war verlassen, und nirgends eine Spur von den tschechischen Kriegern.

»Sie sind vor unseren Schwertern und Schilden erschrokken«, machten sich die Deutschen über die Tschechen lustig, »sie sind geflohen, haben sich in ihren Löchern versteckt.« So höhnten und spotteten sie und eilten weiter. Kampfeslüstern drangen sie in ein Tal mit waldbedeckten Hängen ein. Kaum waren sie darin, überschüttete sie der Wald von beiden Seiten mit Pfeilen, als wäre jeder Zweig ein Bogen und jede Spinnwebe eine Sehne. Die Vorderen bemühten sich zurückzuweichen, die weiter hinten drängten nach vorn. Da stürzten aus dem Walde die tschechischen Krieger und schlugen auf den verwirrten Haufen ein. In dieser Schlacht konnte der Feind fallen oder in Gefangenschaft geraten. Einen dritten Weg gab es nicht.

Der Kaiser erwartete die Meldung der Vorhut auf dem Gipfel eines Berges. Aber vor der erhofften günstigen Nachricht erreichten ihn noch die tschechischen Krieger. Hastig sprang er auf sein Pferd und floh.

Der andere Teil des deutschen Heeres ahnte nicht, welch eine Niederlage die Tschechen dem Kaiser bereitet hatten. Sie griffen von hinten die Befestigungen an. Von der anderen Seite jedoch konnte ihnen keine Hilfe mehr kommen. Alle tschechischen Waffen wandten sich gegen den neuen Angreifer.

Der Sieg der Tschechen war groß. Und es ging dieser Tag in die Bücher und in den Volksmund ein als der Tag der Niederlage der Bayern in Böhmen.

Jetzt zog Fürst Břetislav in die Gegend um Bílina, wo auf des Kaisers Weisung die Sachsen eingedrungen waren. Der Burggraf von Bílina, Prkoš, sollte das Land verteidigen. Ihm eilten eine Streitmacht aus Mähren und starke Abteilungen aus Ungarn zu Hilfe. Prkoš fehlten weder Krieger noch Waffen, aber ihm fehlten der ehrliche Sinn, Tapferkeit und Treue. Er hörte sich insgeheim sächsische Boten an und glaubte, der Kaiser werde diesen Krieg gewinnen. Er hatte zu wählen zwischen der Macht des deutschen Kaisers, welcher Böhmen angriff, und der Wahrheit des tschechischen Fürsten Břetislav, der sein Land verteidigte. Und wie alle

Schwachen neigte sich auch Prkoš der Macht und dem Golde zu. Er nahm von den Sachsen eine Bestechungssumme entgegen und verwehrte ihnen nicht den Grenzübergang, wie es seine Pflicht gewesen wäre. Die Sachsen drangen ins Tal der Bílina ein und hausten übel darin.

Fürst Břetislav jedoch eilte mit seinem Heer noch zur rechten Zeit herbei. Er zwang die Sachsen, das tschechische Land zu verlassen und maß dem verräterischen Prkoš eine harte Strafe zu. Er befahl, ihn zu blenden, ihm eine Hand und einen Fuß abzuhacken und ihn in dem Fluß Bílina zu ertränken, inmitten des Landstrichs, den er hatte verteidigen sollen. Von der Burg Bílina wurde als von der Burg eines Verräters gesprochen.

Der deutsche Kaiser rüstete zur Vergeltung für seine Niederlage. Er zog ein neues Heer zusammen und brach damit unverhofft bis in die Mitte Böhmens vor, wo er die Prager Burg belagerte.

Der Weg zur Versöhnung mit dem Kaiser war schmerzensreich. Fast ganz Böhmen war verwüstet. Und als das tschechische Land endlich zur Ruhe gekommen war, zog Fürst Břetislav gegen die Ungarn. Sein Leben war dem Kampf und Kriegsruhm verbunden, so wie das Leben des Fisches mit dem Wasser verbunden ist, in dem er lebt, und so wie das Leben des Vogels mit der Luft verbunden ist, in der er sich des freien Fluges erfreut.

Der alte Chronist Kosmas ehrte den Fürsten Břetislav durch den Beinamen »Tschechischer Achilles«. So wie der griechische Achilles neben Herakles der berühmteste Held des griechischen Altertums war, so gehörte Břetislav zu den berühmtesten Helden der tschechischen Vergangenheit. Und so wie Achilles Troja belagerte, belagerte Břetislav manche mächtige Burg und eroberte sie auch. Er ließ viele Burgen und Festen in Polen und im ungarischen Land schleifen.

Die Prager Burg befahl er mit festeren Mauern zu schützen. Zu den neuen Bauarbeiten auf der Prager Burg berief er den ältesten Sohn Spytihněv.

Nach zwei siegreichen Feldzügen ins Ungarland entschloß sich Fürst Břetislav zu einem dritten. Er begab sich mit Edelleuten gen Mähren, und das Heer sollte ihm folgen.

Unterwegs jedoch, auf der Burg Chrudim überfiel den Fürsten ein Unwohlsein, und er legte sich nieder. Er lag da, schaute zur Decke auf und sah auf den geschwärzten Balken die Bilder vergangener und künftiger Schlachten. Der Tod schritt in diesen Bildern in voller Rüstung einher, aber er, der unermüdliche Kriegsmann, ahnte, daß er im Bett, unter einem Dach sterben würde. Und ins Herz des Fürsten trat die Furcht. Nicht um das eigene Leben, sondern um das Werk, das er seinen Söhnen hinterließ.

Er rief mit schwacher Stimme, daß sich die führenden Männer des Volkes, die ihn auf seinem Wege begleiteten, an seinem Lager versammeln sollten. Sie kamen und stellten sich um das Bett mit dem kranken Fürsten.

»Ich hatte niemals Angst vor dem Kampf mit dem Feind«, hub der Fürst an, »ich befürchte jedoch Kämpfe zwischen euch und zwischen meinen Söhnen. Befolgt deshalb meinen letzten Willen: Fürst soll immer der Älteste der Sippe werden. Diesen unterstützt, ihm helft, bei ihm steht getreulich.« Der Fürst verstummte, und seinen Atem wehte der Tod hinweg.

Aus der Burg Chrudim flog die Kunde vom Tode des Fürsten durchs ganze Land, und überall herrschte Jammern und Wehklagen. Das Volk hatte seine Tapferkeit und seinen Stolz bewundert. Wegen seiner niedrigen Herkunft mütterlicherseits war er den einfachen Menschen nahe. Und nun war er von ihnen gegangen.

Dem Wunsche des sterbenden Fürsten folgend, bestieg den Fürstenthron der älteste Sohn Spytihněv.

Fürst Spytihněv setzte den Umbau der Prager Burg fort. Er ließ die kleine Kirche des heiligen Veit, wie sie einst vom Fürsten Wenzel erbaut worden war, niederreißen und begann mit dem Bau einer größeren Sankt-Veits-Kirche. In der neuen Kirche wollte er die sterblichen Überreste aller jener zur letzten Ruhe betten lassen, die man Erben des tschechischen Landes nannte. Den Fürsten Wenzel und den Bischof Vojtěch. Diese sollten inmitten der Burgkirche Wache halten über die Burg, das Land und sein Volk.

Das Ende des Baus erlebte Spytihněv nicht mehr. Aber nach Jahren ruhten in dieser Kirche auch seine Gebeine.

Blaník

Es gibt Berge, von denen aus man weit ins Land schauen kann, und es gibt Berge, von denen aus man weit hinter den Horizont bis in die tiefe Vergangenheit schauen kann, woher die Sage erwächst.

Oft gab es in Böhmen schlimme Zeiten. So wie die Wespen auf einen süßen Kuchen fliegen, so stürzten sich die Feinde seit Menschengedenken immer wieder auf den Reichtum Böhmens. Ihre Scharen ergossen sich in mehrfachen Strömen übers Land, belagerten die Burgen, mordeten und raubten in den Dörfern. Der Rauch der Feuersbrünste verhüllte den Himmel, und der Weg der Feinde war der Weg des Verderbens.

Einmal, so heißt es, drang ein feindliches Heer bis in die Gegend vor, wo der mächtige Berg Blaník zum Himmel aufragt. Der Feind zog durch einen Landstrich ohne Menschen. Alle waren bei der Kunde von dem anrückenden Heer auf den Blaník geflüchtet. Auf seinem Gipfel standen Befestigungen, Schanzen und Wälle. Hierher auf den eingegrenzten Raum hatten die Leute zusammengetragen, was sie an Wertvollstem besaßen, hierher hatten sie Getreide gebracht und das Vieh getrieben.

Und der Feind zog heran wie eine Gewitterwolke und belagerte den Berg mit der burgartigen Befestigung auf dem Gipfel. Die Tschechen standen unter der Führung von Zdeněk Zásmucký und unten, ihnen gegenüber, der Feind, an Zahl um ein Vielfaches stärker.

Und es lag auf der Seite der Fremden die große Zahl, aber auf der Seite der Tschechen die Tapferkeit.

Siebenmal berannten die feindlichen Haufen die tschechischen Schanzen im Sturmangriff, siebenmal klommen sie die steilen Hänge empor, drangen durchs Gebüsch, rutschten auf den Felsen ab, und siebenmal mußten sie unverrichteter Dinge umkehren. Über den Flanken des Berges kreisten die Raben, sie spürten die Beute.

Wer im tschechischen Feldlager eine Waffe trug, schlief auf den Schanzen vor Erschöpfung ein. Und es gab niemanden, der sie abgelöst hätte. Viele Tschechen waren verwundet und viele im Kampf gefallen.

Der feindliche Heerführer wählte aus seinem mächtigen Heerhaufen die frischesten Krieger aus und griff erneut an. Einen Tag und die folgende Nacht verwandelte er in eine ununterbrochene Schlacht. Das Gras unterhalb der Schanzen rötete sich vom Blut der Feinde. Im Kampf brach der neue Tag an, im Kampf neigte sich der Tag seinem Ende zu. Hinter den Mauern, bei den Tschechen, waren es mehr Tote als Lebende.

Und als der Feind zum letzten Mal die tschechischen Befestigungen angriff, antwortete seinem Feldgeschrei Stille. Die fremden Haufen kletterten über die Wälle und standen inmitten einer toten Burgstätte. Die tschechischen Krieger lagen hier leblos auf der Erde, die sie bis zum letzten Atemzug verteidigt hatten, und jeder umklammerte in den erstarrten Fingern die unbewegliche Waffe.

Das feindliche Heer schleppte aus der Burgstätte auf dem Blaník die Vorräte und angehäuften Schätze weg und zog weiter. Der Blaník verwaiste.

Die Nacht löste den Tag und der Tag die Nacht ab. Der Mond am Himmel nahm zu und nahm wieder ab und nahm wieder zu. Die Wunden, die der Feind dem Lande geschlagen hatte, begannen zu heilen, und in die Gegend unterhalb des Blaníks kehrten die Menschen zurück. Die Freunde derer, die auf dem Blaník gefallen waren.

Sie klommen den Hang zu den Schanzen empor und suchten in der Burgstätte ihre Lieben, aber überall wuchs nur Gras, nirgends die Spur eines Menschen. Niemand war da, dem sie durch ein Begräbnis die letzte Ehre erweisen konnten. Und nirgends auch gewahrten sie die Knochen eines toten Pferdes. Dieses Rätsel konnten sie sich nicht erklären.

Als aber ein weiteres Jahr vergangen war, vernahm ein Bauer am Hange des Blaník ein Getöse im Bergesinnern. Pferde schlugen dort mit den Hufen an den Fels und wieherten, und es klirrten Waffen. Der Bauer lief ins Dorf und holte die Nachbarn, damit auch sie hörten, was da im Berg geschah. Sie lauschten, die Herzen von Angst umklammert. Der Lärm und das Getöse im Blaník erinnerte sie an das Gelärm eines Heerhaufens, der sich zum Ausfall anschickt.

Und in der Zeit, die nun folgte, ereigneten sich sonderbare und nie gehörte Dinge. Da begegnete ein Bauer am Blaník dem Feldhauptmann Zdeněk Zasmucký und seinen Gefährten. Alle ritten auf Pferden. Der Bauer verbarg sich im Dickicht und sah, wie die Ritter ihre Pferde in dem Bach namens Blanice tränkten. Ein andermal gewahrte ein Pflüger eine Ritterschar, die zum Blaník strebte. Er verließ den Pflug und folgte aus Neugier der Schar. Die Ritter ritten zum Fuß des Berges, der Fels öffnete sich vor ihnen und fiel hinter ihnen wieder leise zu.

Den sonderbarsten Vorfall erlebte ein Schäfer, der unterhalb des Blaník seine Schafe weidete. Gegen Abend, als er bereits die Herde nach Hause treiben wollte, entdeckte er, daß ihm ein Hammel fehlte. Er vertraute die Herde dem Hütehund an und machte sich auf die Suche nach dem vermißten Schaf. Im Wald herrschte Dämmer, die Nacht bereitete sich ihr Nest im Gebüsch, und da klaffte vor dem Schäfer plötzlich ein Felsen in der Mitte weit auf, als lüde er ihn in sein Inneres ein. Der Schäfer erschrak vor der schwarzen Öffnung, aber dann sagte er sich: kann sein, der Hammel hat sich hineinverirrt. Er beugte also den Kopf und trat ins Dunkel ein. Kaum war er drin, vernahm er hinter sich ein leises Knirschen. Er schaute sich um – der Fels hatte sich hinter ihm geschlossen. Er stand in einem steinernen Gang. Am Ende des Ganges schimmerte ein schwacher

Schein. Der Schäfer ging dem Schein nach und gelangte in einen riesigen Saal mit hoher Decke. Überall, wohin er nur schaute, lagen Krieger und schliefen. Sie schliefen aber nicht, wie ein Mann im Frieden schläft. Sie schliefen wie Männer im Krieg, in voller Rüstung, die Helme auf den Köpfen, die Schwerter in der Hand, sie schliefen im Sitzen wie zwischen zwei Schlachten, bereit, auf den ersten Zuruf hin aufzuspringen. Erstaunt schritt der Schäfer zwischen ihnen hindurch und sah neben den Kriegern schlafende Pferde, gesattelt und bereit, unverzüglich aufzubrechen. Und wie er so hindurchging, verspürte der Schäfer, daß sich der Schlummer auf ihn senkte. Er setzte sich in den nächsten Winkel, lehnte sich mit dem Rücken an den Fels und schlief ein wie die Ritter um ihn.

Ihn weckte ein Getöse, das Geklirr von Waffen und Schilden. Rings um ihn erhoben sich die Ritter, stiegen auf ihre Pferde, und unmittelbar dem Schäfer gegenüber tat sich der Fels auf, als schlösse man ein Burgtor auf. Durch dieses Tor konnte man in den Wald und auf die Wiesen schauen, wo der Schäfer am Abend seine Schafe geweidet hatte. Er erhob sich ebenfalls und wollte zu seiner Herde eilen. Aber einer der Bewaffneten vertrat ihm den Weg und legte ihm die Hand auf die Schulter.

»Vergiß nicht«, sprach er den Schäfer an, »daß wir alle, wie du uns hier siehst, bereit sind, uns wieder in den Kampf zu stürzen. Sag allen Lebenden, daß wir ewige Wacht halten. Wenn unser Vaterland seine schlimmsten Tage erlebt, wird es bei uns Hilfe und Schutz finden. Und richte allen da oben aus, sie mögen ihr Land und ihre Rechte bis zum letzten Atemzug verteidigen, so wie wir das getan haben.«

Der Schäfer gelangte hinaus aus dem Felsensaal, er wußte selber nicht wie. Die Herde auf der Wiese fand er jedoch nicht. Verwirrt und verstört rannte er nach Hause. Im Dorf begrüßte man ihn, als wäre er von den Toten auferstanden. Zwischen seinem Verschwinden und seinem neuerlichen Auftauchen war gerade ein Jahr vergangen. Das ganze Jahr hatte er im Blaník verschlafen.

Der Schäfer berichtete, was ihm widerfahren war, und die Kunde von den Rittern im Blaník überschritt die Berge und

Flüsse. Jedes Jahr, so heißt es, öffnet sich an dem Tage, da seinerzeit der Blaník vom Feind erobert wurde, die Erde, und aus dem Berg reiten die Krieger in voller Bewaffnung aus. Sie üben sich im Schießen, Hauen und Stechen nach dem Schlaf eines ganzen Jahres. Am Ende tränken sie ihre Pferde in der Blanice und kehren in den Blaník zurück.

Oft waren in Böhmen schlimme Zeiten. Aber niemals war es am schlimmsten, so daß die Blaníkritter hätten aus dem Berg herausreiten und ihrem Land zu Hilfe eilen müssen. Und wenn es schon schien, daß alles verloren war, vermochten es die Lebenden, mit Klugheit und mit Waffen ihre Rechte zu verteidigen. Und die im gerechten Kampf gefallen sind, so heißt es, steigen hinab zu den Blaníkrittern in den Felsensaal und halten dort die ewige Wacht der Helden.

Chropyně

Inmitten des mährischen Landes breitete sich seit altersher das Gebiet des hanakischen Stammes aus, und mitten in diesem Gebiet soll einst eine Burg gestanden haben. Sie hieß Chropyně, und der Herr über die Burg und das umliegende Land war friedfertig und gut, und seine Gemahlin war freundlich und voller Mitgefühl.

Es geschah einmal, daß in Mähren viele Herrscher aufstanden, aber nur ein einziger konnte die Herrschaft ausüben. Es wurde also notwendig, unter den Herren einen Herrn zu wählen. Sie beriefen eine Ratsversammlung ein, stritten sich und warfen sich gegenseitig ihre Fehler vor. Jeder sah den Mangel an dem anderen. Nur der Herr von Chropyně stritt sich nicht, er schwieg und hörte zu und beteiligte sich nicht an den unklugen Streitereien. Als die Herren, von der Zwietracht erschöpft, verstummten, bemerkten sie den Herrn von Chropyně. Niemandem war er aufgefallen, niemanden hatte er angegriffen, und von niemandem war er angegriffen worden.

»So einen Herrscher brauchen wir«, sagten die Herren. »Der wird in Ruhe und Frieden über das Land herrschen.«

Der Herr von Chropyně wurde also Herrscher, und niemand zweifelte daran, daß das eine glückliche und günstige Wahl gewesen war. Sie vergaßen, daß mancher Mensch mit einem besseren Rock auch ein schlechteres Gesicht anzieht.

Die stille Burg Chropyně verwandelte sich zur Unkenntlichkeit. Der neue Herr paßte sie seiner Macht an. Kutschen füllten den Hof, und edle Gäste nahmen an den Tischen Platz und mit ihnen ihre Günstlinge und Speichellecker. Die Woche auf der Burg hatte sieben Sonntage. Das Burgtor stand dauernd offen wie ein hungriger und durstiger Mund. Alles, was es weit und breit zum Essen und Trinken gab, wanderte durch dieses Tor in die Burgküche. Und es war kein Unterschied zwischen Tag und Nacht. Gelächter, Gesang, Geschrei, Musik und das Rauschen der tanzenden Paare hallten weit ins Land, so daß die Möwen entsetzt ihre Nester in den Sümpfen und Gewässern verließen, die die Burg umgaben.

Am schlimmsten ging es zu, wenn sich der Burgherr mit dem Wildreichtum in den nahen Wäldern brüsten wollte. Er schwang sich dann im Verein mit den Gästen aufs Pferd und brach aus der Burg hervor, über Stock und Stein durch die ganze Umgebung. Unter den Hufen der Pferde schwand die Hoffnung auf Ernte. Wann immer die Herrschaft aus der Burg zu ihrem wilden Ritt hervorbrach, schlossen sich die Bauern in ihren Hütten ein, als jagte durchs Land ein schlimmer Sturm, der alles hinwegfegt, was ihm im Wege steht.

Und ein weiterer Schlag fiel auf sie herab. Der Herrscher auf Chropyně brauchte immer mehr Geld für Vergnügungen und Gastmähler, für Geschenke und ein fürstliches Leben. Er schickte deshalb seine Diener ins Land, damit sie von allem Volk Abgaben herauspreßten und diese auf die Burg brächten. Wer nicht bezahlen wollte oder wer kein Geld hatte, den schleppten die Bewaffneten ins Burgverlies. Bald war im Verlies kein Platz mehr.

Da faßten sich die Leute im Lande ein Herz und schickten auf die Burg eine Abordnung, um sich auf die alte Freundlichkeit des Herrn zu berufen. Aber dem Herrn von Chropyně hatte das hohe Amt auch das Herz verwandelt. Er stand vor den armen Leuten aus den Dörfern, die Beine gegrätscht, wie zum Sprung bereit, und bei ihren Bitten stieg ihm das Blut ins Gesicht.

»Die Hunde!« schrie er, und das war seine einzige Antwort, »die Hunde, holt die Hunde!«

Er befahl, die kläffende, reißende Hundemeute auf die Bittsteller loszulassen. Und so kehrten die Ärmsten zerfetzt und aus vielen Wunden blutend nach Hause zurück. Die Herrschaft vergnügte sich an den Fenstern am Anblick ihrer Flucht vor den Hunden.

In der Burg lebte jedoch wenigstens ein mitfühlendes Herz. Die Frau des Burgherrn verfolgte voller Mitleid und Scham das Handeln ihres Mannes. Als er die Armen aus der Burg vertrieben hatte, suchte sie ihn auf und bat ihn um Erbarmen für jene, die wehrlos sind und leiden.

»Frau«, schrie sie der Herrscher an, »noch ein Wort der Fürsprache für diese Bettler – und ich verfahre mit dir, wie ich mit ihnen verfahren bin!«

Die Frau von Chropyně war standhaft und setzte mit sanfter Stimme ihre Bitten fort. Und gerade die Sanftheit und Freundlichkeit ihrer Worte reizte wie eine Peitsche den Zorn ihres Mannes. Er stieß sie weg, daß sie strauchelte, und rief Bewaffnete herbei, damit sie sie aus der Burg verjagten, und er rief nach den Hunden, damit diese sie hinausbegleiteten.

Die Hunde jedoch kannten ihre Herrin und schmiegten sich an sie, aber die Knechte, die weder von Gefühl noch Zuneigung beseelt waren, verstanden nur den Befehl und trieben die Burgherrin mit ihren Lanzen hinaus.

So lief die Frau von Chropyně aus der Reichweite der Lanzen fort, sie rannte über den Hof und durchs Tor, und die Bewaffneten ihr nach. Wie ein Reh hetzten sie sie in die Unterburg, daß sie dabei die Schuhe verlor und sich die zarten Fersen an den scharfen Steinen wundscheuerte. Unterhalb der Burg reifte ein Gerstenfeld. Die gehetzte Burgfrau lief in die Flut der Ähren und ging darin unter wie in einem goldenen See. Die Bewaffneten schauten sich um, wo da wohl ihr Opfer verschwunden war, aber der barmherzige Wind kräuselte die Ähren des weiten Feldes und glättete alle Spuren.

Am Abend des gleichen Tages zogen die Leute aus den umliegenden Dörfern gegen die Burg. Der Herr von Chropyně befahl das Tor zu schließen. Aber die Menschen brandeten heran, Welle um Welle, sie hoben das Tor aus den Angeln, drangen in den Hof ein und überfluteten die Flure und Säle. Lange hatten sie auf Gerechtigkeit gewartet, und jetzt wollten sie sie sich selber holen. Sie schlugen die prassenden und gefühllosen Tafelgäste mitsamt dem Herrn von Chropyně tot. Danach steckten sie die Burg in Brand. Und als am Tage darauf über der Hana der weite blaue Himmel aufleuchtete, waren von der Burg nur geschwärzte Mauern und die Erinnerung an den grausamen Burgherrn übriggeblieben.

Bald darauf reifte die Ernte, und die Schnitter gingen in die Felder. Sie mähten den ausgedehnten Gerstenschlag unterhalb der Burgruine, und als sie die Mitte des Feldes erreichten, erstarrten sie vor Überraschung.

Zwischen den Gerstenhalmen saß eine holdselige Frau und hielt auf dem Schoß einen schönen Knaben. Das Kind hatte Augen blau wie der Himmel zur Erntezeit, und seine Haare leuchteten wie ein reifes Gerstenfeld im Sonnenschein.

Die Schnitter fragten die Frau des langen und breiten aus, woher sie sei und warum sie sich im Gerstenfeld verstecke. Die Frau schwieg. Vielleicht hatte ihr die Angst oder die langwährende Bangnis den Mund verschlossen.

»Quält sie nicht durch eure Fragerei«, herrschte eine Greisin, die hier mitarbeitete, die Schnitter an. Sie wußte, daß nicht auf jede Frage die Antwort leicht ist. »Bringt sie lieber ins Dorf und gebt ihr zu essen und zu trinken.«

Sie führten die Unbekannte ins Dorf, versorgten sie, und die Frau blieb fortan mit ihrem Söhnchen im Dorf. Alle hatten sie gern, und sie hatten auch ihren Jungen gern. Die Frau war still, sprach nur wenig, aber der Knabe war fröhlich wie alle Kinder. Weil man ihn in einem Gerstenfeld gefunden hatte, gab man ihm den Namen Gerstchen, auf tschechisch Ječmínek.

Niemand ahnte, daß die stille Frau die Gattin des ehemaligen Herrn von Chropyně und daß das Kind ihr Sohn war, den sie unter freiem Himmel geboren hatte.

Einmal im Winter kamen die Nachbarinnen zur Spinnstube zusammen. Sie spannen gemeinsam in einer großen Stube Flachs. Sie spannen Flachs und spannen das Garn ihrer Gespräche. Das Dunkel vor den Fenstern und das flakkernde Licht der Kienspäne schien die Vergangenheit herbeizurufen. Man erzählte von vergangenen Zeiten, und die Rede kam auch auf den Herrn von Chropyně. Auf seinen Charakter, der sich umgedreht hatte wie eine Geldmünze von der Vorder- auf die Kehrseite. Und man sprach auch von seinem schlimmen Ende.

»Das war mein Mann«, sagte plötzlich die stille Frau. Sie saß an der Feuerstätte, in Gedanken versunken, und als alle sie anschauten, schlug sie die Augen nieder. »Mein Junge ist sein Sohn«, sagte sie und schloß das Kind in die Arme. »Sein Vater hat euch zur Verzweiflung gebracht, aber mein Sohn wird eure Hoffnung sein. Wenn es ganz schlimm steht, wird er euch zu Hilfe kommen.«

In der Stube hätte man ein Haar zu Boden fallen hören können, so eine Stille herrschte mit einem Male. Und in dieser Stille sahen alle, wie die Frau mit dem Knaben am Feuer durchsichtig wurde, wie sie sich auflöste und verschwand. Nach einer Weile sahen sie nur noch einen grauen Winkel und die Flammen des Feuers, und auf der Schwelle hörte man leise Schritte, und diese Schritte entfernten sich, bis sie verhallten.

Erst jetzt fanden die Frauen in der Stube die Sprache wieder. In dieser Nacht schloß keine ein Auge, und immer wieder erzählten sie von dem wundersamen Ereignis. Die Kunde davon flog durch die ganze Gegend und durchs ganze mährische Land. Der Name Ječmínek wanderte von Mund zu Mund.

Wann immer es den Menschen in Mähren schlecht erging, erinnerten sie sich an Ječmínek. Des Nachts, wenn der Feind nahte und in die Finsternis über dem Horizont der blutige Schein brennender Dörfer aufzuckte, hörte man auf der Vorschwelle der Hütten Schritte. Ječmínek kam, um zu trösten und aufzumuntern. Wenn die Burgherren den Untertanen Unrecht zufügten und sie bedrückten, ging Ječmínek in den Dörfern um, in einem nebelgrauen Mantel, und er gab den Menschen Mut und spornte sie zum Aufruhr an.

Die Herren auf den Burgen fürchteten Ječmínek, und es fürchteten ihn alle, die keine redlichen Absichten hatten und die den Armen und Schwachen schadeten. Wann immer man auf einer Burg erfuhr, daß in der Umgebung Ječmínek umgehe, schickten sie die Häscher nach ihm aus. Es geschah, daß die Häscher wirklich einen jungen, stattlichen Mann im grauen Mantel auf dem Dorfanger inmitten von Zuhörern antrafen.

Der Befehlshaber der Wache zeigte auf Ječmínek und rief:

»Fesselt ihn!»

Der Herr im grauen Mantel stand auf, öffnete den Mantel auf der Brust, und dort funkelte ein heller Stern und verletzte die Verfolger mit seinem Licht, so daß sie sich nicht von der Stelle rühren konnten.

»Ich bin Ječmínek«, sagte er. Kaum hatte er seinen Namen verraten, verschwand er, und nach einiger Zeit tauchte er an einem anderen Ort wieder auf.

Es wird erzählt, daß einst in Mähren ein feindliches Heer eindrang und das Land überzog wie eine Gewitterwolke den klaren Himmel. Die Mährer wichen vor der Übermacht bis in die Hana zurück, und hier, auf der Ebene, entbrannte eine unerbittliche Schlacht. Und es ruhte das Schwert nicht von früh bis abends, und es ruhten nur die Schwerter der Gefallenen. Gegen Abend begannen die entkräfteten Mährer zurückzuweichen. Da erschien den Zurückweichenden in der Ferne ein Stern, und das war kein himmlischer Stern, sondern ein irdischer, er strahlte in blendendem Licht und näherte sich rasch dem Schlachtfeld. Endlich erkannten sie einen Reiter, der Stern strahlte auf seiner Brust, und in der Hand schwang er das Schwert wie einen zuckenden Blitz.

»Mir nach!« rief er den Zurückweichenden zu, »alle mir nach!« rief er.

Und die Mährer spornten die Pferde an und sprengten dem Reiter, seiner Stimme und dem Stern nach. Es war ein glücklicher Stern. Er führte sie zum Sieg.

Das feindliche Heer, entsetzt über den geheimnisvollen Reiter und das Licht, das von ihm ausging, schwankte. Die mährischen Haufen fuhren dazwischen wie ein Messer und schlugen es in die Flucht.

Nach der gewonnenen Schlacht schauten sich die Mährer nach ihrem Retter um. Aber nirgends war er zu sehen. Nur fern im Wald erlosch ein Schein zwischen den Bäumen.

Dieser Reiter war Ječmínek gewesen, und er war zur rechten Zeit zu Hilfe gekommen. Und wenn es den Menschen in Mähren schlimm ergeht, wird er abermals zurückkehren. Sie werden seine Schritte unter den Fenstern hören, die Türen werden sich öffnen, und Ječmínek wird eintreten, und mit ihm das Licht der Wahrheit und Gerechtigkeit. Wenn es ganz schlimm ist, wird im Dunkel der helle Stern Ječmíneks aufgehen und wird sein Volk zum Siege führen.

Eine Rittersage über das böhmische Wappen

Einst herrschte, so erzählt man, in Böhmen ein tapferer Fürst. Viel wurde von ihm erzählt, aber seinen Namen haben die Erzähler abgewandelt. Die einen nennen ihn Štylfrýd, andere Stanimír und noch andere Stůjmír. Aber was liegt an dem Namen, wenn uns Heldentaten rufen.

Fürst Stůjmír hatte ein besonderes Wappen geerbt. Darauf war ein Kessel auf rotem Feld gemalt. Stůjmír hatte sein Wappen als Zeichen der Schande entgegengenommen. Er nahm sich vor, in der Fremde wieder das alte böhmische Wappen, den Adler, zu erkämpfen. Er nahm also Abschied von Frau und Kindern, schwang sich in den Sattel seines treuen Pferdes und ritt mit einem kleinen Gefolge aus seiner Burg hinaus. Er hatte sich für die Reise nur einige der liebsten Freunde ausgewählt, damit niemand erkenne, daß hier ein Fürst reise.

Er ritt mit seinen Gefährten durch Wälder, durchwatete Flüsse, stieg hinauf in die Berge und von den Bergen talwärts, wanderte weiter gen Süden, bis er das große blaue Meer erblickte. An der Landschaft am Meer fand er Gefallen. Er trat in die Dienste des Königs von Neapel und wartete. Er wartete auf den glücklichen Zufall, der sein

Schwert und seine Lanze aus dem Müßiggang wecken sollte. Und er brauchte nicht lange zu warten.

In das Land des Königs von Neapel brach der englische König ein. Wo er durchzog, brandschatzte er und nahm die Leute gefangen, und was im Feuer verbrennen konnte, das steckte er in Brand. Und es brach unter dem Volk Niedergeschlagenheit aus, und die Furcht verließ keinen während der ganzen Zeit.

»König«, sprach in diesen düsteren Tagen Stůjmír den neapolitanischen Herrscher an, »warum ziehst du nicht mit der Waffe in der Hand gegen das englische Heer? Warum erlaubst du, daß die fremden Eindringlinge deinen wehrlosen Untertanen Leid zufügen?«

»Wie kann ich und mein armes Land mit dem reichen englischen König kämpfen?« sagte der König von Neapel.

»Solange mir nicht das Schwert aus der Hand fällt, will ich gegen das Unrecht kämpfen, das Unschuldigen angetan wird«, sagte Stůjmír. »Besser ist es, das Leben als Held zu verlieren denn es als Feigling zu behalten.«

So sprach Stůjmír mit dem furchtsamen neapolitanischen König, bis dieser sich zu Taten bewegen ließ. Er rief seine Ritter zusammen und zog mit ihnen gegen das englische Heer. Als sie auf einen Hügel stiegen, erblickten sie unter sich auf der Ebene das Feldlager des englischen Königs. Es breitete sich nach allen Seiten aus und schien selbst am Horizont nicht zu enden. In dem riesigen Wald von Zelten und Bannern erscholl das Geschrei von Menschen, der Lärm von Wagen und das Schmettern von Hörnern. Vor solch einer Masse von Soldaten und Waffen ließ der neapolitanische König den Kopf hängen.

»Es sind ihrer zu viele«, sagte er leise, »wie könnten wir uns mit ihnen in der Feldschlacht messen?«

»König«, entgegnete Stůjmír, »wenn du die Niederlage im Kampf fürchtest und wenn du einen sicheren Sieg davontragen willst, dann höre auf meinen Rat. Schreib dem englischen König einen Brief, und in dem Brief teile ihm mit, was ich dir sagen werde.«

Der König von Neapel vertraute Stůjmírs Rat und schrieb dem englischen König einen Brief.

»König von England«, schrieb er, »dieweil du meinem Volk Leids zufügst, meine Dörfer niederbrennst und Wehrlose und Unschuldige gefangennimmst, will ich mit dir meine Kräfte messen, wenn du in deinem großen Heer zwölf tapfere Ritter findest. Wenn du unter den Deinen zwölf Tapfere findest, dann lasse zweitausend Pferde satteln und hänge an jeden Sattel tausend Pfund Gold. Auch ich werde zweitausend Pferde satteln lassen und an jeden Sattel das Gleiche hängen wie du. Dann schicke deine zwölf Ritter aus, auf daß sie sich einer nach dem andern mit einem Ritter schlagen, den ich aussenden werde. Wenn deine zwölf Ritter über meinen Ritter siegen, gehören die Pferde und das Gold dir, und ich unterwerfe mich dir mit meinem ganzen Königreich. Wenn mein Ritter aber über die deinen siegt, gehören alles Gold und die Pferde mir, und du unterwirfst dich meinem Willen.«

Der englische König las sich den Brief durch und berief den Rat der tapfersten Ritter ein.

»Nimm diesen Vorschlag an, König«, rieten ihm alle. »Auch wenn der Ritter des neapolitanischen Königs einen von uns schlagen sollte, so wird er den zweiten nicht schlagen. Und wenn er vielleicht doch den zweiten besiegt, dann den dritten bestimmt nicht mehr. Wer hat je gehört, daß ein einziger zwölf tapfere Ritter einen nach dem anderen besiegt hätte?«

Der englische König stimmte zu und befahl, zweitausend Pferde mit der vorgeschlagenen Goldfracht vors Lager zu führen. Der König von Neapel belud gleichfalls seine Pferde und schickte sie an den vereinbarten Ort. Zu den Pferden und dem Gold stellte jeder König eine Wache.

Und es sammelten sich die Zuschauer aus den beiden Heeren auf den anliegenden Hängen, jedermann wollte diesem Kampf zuschauen. Die beiden Könige ließen sich an den entgegengesetzten Enden des Kampfplatzes nieder, und am englischen Thron standen zwölf beherzte Männer aus den vornehmsten Geschlechtern, und am Thron des neapolitanischen Königs stand nur ein einziger mutiger Mann. Der tschechische Fürst Stůjmír. Hinter ihm wehten im Wind zwölf Wimpel auf zwölf Lanzenschäften, und jeder Wimpel hatte eine andere Farbe.

Der englische König schickte den ersten Ritter aus, den Stolz Englands, und das Pferd unter diesem Ritter tänzelte vor Sehnsucht, sich im Zweikampf zu messen.

Stůjmír ergriff die Lanze mit dem Wimpel von weißer Farbe, denn weiß bedeutet die Heiterkeit der Seele. Dann spornte er sein Pferd an. Er flog wie ein geschleuderter Stein und prallte mit dem fremden Ritter so heftig zusammen, daß er ihn mit seiner heiteren Lanze aus dem Sattel warf. Sogleich sprang er vom Pferd und drang mit dem Schwert auf den Ritter ein. Der Engländer fiel ein zweites Mal zu Boden und ergab sich.

Kaum war Stůjmír wieder im Sattel, griff schon der zweite Ritter an. Diesmal wählte Stůjmír die Lanze mit dem Wimpel von grüner Farbe. Grün bedeutet Hoffnung, und die hatte Stůjmír nötig. Er schoß jäh wie ein Falke los und warf den neuen Gegner mit solch einer Wucht vom Pferde, daß der Ritter nicht mehr aufstehen konnte.

Stůjmír ergriff die Lanze mit dem Wimpel von der Farbe des Feuers. Mit dieser Farbe entzündete er sein Herz zum dritten Kampf. Und auch der dritte Ritter fiel getroffen zu Boden.

Stůjmír ergriff die Lanze mit dem Wimpel von gelber Farbe. Durch die Luft zuckte das Gelb, in dem Treue und Unnachgiebigkeit eingeschlossen sind, und auch dieser Gegner stürzte zu Boden, und sein Schild und sein Helm kollerten ins Gras.

Stůjmír nahm die Lanze mit dem azurblauen Wimpel und besiegte den Gegner mit der Farbe der männlichen Klugheit. Und er nahm die Lanze mit dem rotbraunen Wimpel als Zeichen des Zorns, er nahm den violetten Wimpel als Zeichen der Tapferkeit. Er nahm Lanze nach Lanze, und sobald der Wimpel an der Lanze nur ein wenig im Seewind flatterte, fiel ein weiterer der englischen Ritter zu Boden.

Elf Söhne aus hohen englischen Geschlechtern trugen aus dem Kampf mit dem tschechischen Fürsten Stůjmír eine Niederlage davon, und einige büßten dabei ihr Leben ein. Die Soldaten auf den Hängen, die Könige auf den Thronen wollten ihren Augen nicht trauen.

Der zwölfte Ritter galoppierte auf Stůjmír zu, die Lanze

mit einem goldenen Wimpel gefällt. Stůjmír ergriff die letzte Lanze. Daran flatterte ein Wimpel von der Farbe eines Löwen zum Zeichen der Ehre und des Ruhmes der tschechischen Sprache. Stůjmír flog dahin wie ein Habicht aus den Moldauwäldern, und der englische Ritter flog ihm wie ein Adler entgegen. Die Lanzen prallten aufeinander, daß die Schäfte nur so splitterten. Stůjmír geht aus dem Zusammenprall unversehrt hervor, dem englischen Ritter springen vom Schild vier aufgemalte Rosen ab. Wieder reiten sie aufeinander los, der Morgenstern Englands und der Morgenstern Böhmens. Wieder prallen sie mit Geklirr aufeinander. Stůjmír kommt unversehrt davon, dem fremden Ritter fliegt der Schild aus der Hand. Zum dritten Mal reiten sie gegeneinander, und der englische Ritter stürzt vom Pferd. Da springt auch Stůjmír vom Pferd und zieht das Schwert. Sie schlagen sich mit dem Schwert. Die Sonne steht auf dem Scheitelpunkt ihrer Bahn, als sie beginnen, und als es zur Abendvesper läutet, ist ihr Zweikampf noch nicht zu Ende. Erst als die Schatten länger werden, weicht der englische Ritter einen Schritt zurück, dann um zwei und um drei, das Blut fließt von ihm wie der Schweiß. Er fällt und ergibt sich Stůjmír auf Gnade und Ungnade.

Stůjmír winkte, und seine Gefährten entrollten das Banner des Sieges, den Kessel auf rotem Feld. Jetzt sah alles Volk, daß über die zwölf englischen Ritter der tschechische Fürst gesiegt hat.

Der König von Neapel erhob sich von seinem Thron und ging Stůjmír entgegen.

»Wie soll ich dir meine Dankbarkeit bekunden, nenne mir einen Wunsch, und ich erfülle dir alles, was in meinen Kräften steht.«

»König«, entgegnete Stůjmír, »ich bitte um kein Geschenk, nur meiner lieben tschechischen Sprache möchte ich gern eine Ehre erweisen. Deshalb bitte ich dich um ein neues Wappen. Gib mir einen schwarzen Adler auf goldenem Felde, und ich werde durch diesen Adler das alte Wappen mit dem Kessel ablösen.«

Der König von Neapel ließ einen Maler rufen und befahl ihm, Stůjmírs Schild und Banner zu übermalen.

Stůjmír hatte erreicht, was er sich gewünscht hatte. Er verabschiedete sich von dem neapolitanischen Land und machte sich mit dem neuen Wappen auf den Heimweg. Der dankbare König ritt mit ihm, und hinter ihnen trabten die zweitausend Pferde mit der goldenen Last. Das erlauchte Gefolge und das kostbare Geschenk begleitete eine Menge bewaffneten Volks. Wo der Zug hindurchkam, verließen die Leute die Häuser und Werkstätten, und sie liefen von den Feldern zusammen. Die Kunde von der Rückkehr Stůjmírs in Begleitung des neapolitanischen Königs eilte dem Zug voraus. Und als sie sich der Stadt Prag näherten, begannen die Glockenklöppel zu schwingen, und die Prager Bürger traten aus den Toren. Mit Gesang und feierlichem Glockengeläut hießen sie ihren Fürsten willkommen.

Die Sage erzählt uns, daß der König von Neapel Wohlgefallen an Stůjmírs Sohn Bruncvík fand und diesem seine Tochter versprach. Er kam dann später mitsamt der Tochter nach Böhmen, und sie feierten eine fröhliche Hochzeit.

Nach Stůjmír trat Bruncvík die Herrschaft an. Er hatte vom Vater das unruhige Blut und die Sehnsucht geerbt, dem Vaterland ein besseres Wappen zu gewinnen.

»Mein Vater hat das Wappen des Adlers erobert«, sagte er zu seiner Frau, »ich werde in das Landeswappen den Löwen erobern.«

Er legte sodann die Herrschaft in die Hände des Vaters seiner Frau und ritt mit dreißig Reitern zu einer langen abenteuerlichen Ritterfahrt aus. Sieben Jahre zog er über Land und Meer. Er kämpfte mit Ungeheuern und überwand mit seinem Zauberschwert Hunderte von Feinden. Und als er nach Böhmen zurückkehrte, brachte er einen treuen Gefährten mit, einen Löwen. Ihm hatte er einst das Leben gerettet, und der Löwe vergaß ihm diesen Freundschaftsdienst nie. Der Löwe trat auf tschechischen Boden, und er trat auch in das Wappen von Böhmen ein. Der weiße Löwe auf rotem Feld begleitete die Tschechen fortan in die Schlachten, und die besten Söhne des Landes wurden niemals dem Zeichen des Löwen untreu. Sie waren treu und verließen den Freund nicht in der Gefahr, so wie den Fürsten Bruncvík sein Löwe nie verließ. Und den Löwen trugen sie auch im Herzen.

Von ruhmreichen Taten der Burgherren und von ihren Wappen

Viele böhmische und mährische Herren zeigten in den Schlachten Unerschrockenheit, und die Geschichten über ihre Tapferkeit sind in die Wappen ihrer Familien eingeschrieben.

In der Mitte des zwölften Jahrhunderts kündigten einige italienische Städte dem deutschen Kaiser Friedrich Barbarossa den Gehorsam auf. Der Kaiser entschloß sich, sie durch eine Kriegsmacht zu demütigen. In dieser Zeit verhalf er dem tschechischen Fürsten zum Königsthron. Und Vladislav zog mit dem Kaiser als König und Bundesgenosse nach Italien.

Der Ruf der tschechischen Krieger war in jenen Zeiten groß. Die Kämpfe auf italienischem Boden sollten den Ruhm der tschechischen Kriegerschaft auch im Süden verbreiten. Das kaiserliche Heer zog mit seinen Verbündeten an den Fluß Adda, aber die Brücken über den Fluß waren verschwunden. Die Bewohner der gegnerischen Stadt Mailand hatten die Brücken abgerissen, sobald ihnen Kundschafter die Nachricht zutrugen, daß der Kaiser mit seinem Heer nahte. Der Fluß war an diesen Stellen so breit, daß es nicht einmal den Mailänder Bogenschützen und Schleuderern gelang, ein

Ziel auf dem kaiserlichen Ufer zu treffen. Die unsichere Tiefe und die heftige Strömung verwehrten es den Kriegern, auf die andere Seite hinüberzuwaten.

Nahe an einer weggerissenen Brücke befahl der Kaiser die Zelte seines Feldlagers aufzuschlagen, und es waren ihrer so viele, daß sie das weite Gefilde bedeckten. Eine Meile weiter stromabwärts schlug der tschechische König Vladislav mit seinem Bruder Děpolt, dem Prager Bischof Daniel und mit seinen Herren und Kriegern das Lager auf. Die Zelte wurden aufgestellt, die Feuer entfacht, und der König und seine Leute ließen sich zum Essen und zur Ruhe nieder.

Während der König mit seinem Gefolge speiste, trieb das unruhige, kampfeslüsterne Blut drei tschechische Ritter aus dem Lager. Sie bestiegen ihre Pferde und machten sich daran, auf eigene Faust eine Furt über den Fluß zu suchen. Zuerst stürzte sich auf seinem Roß Odolen, der Sohn des Stříž, in die Wellen, und nach ihm Bernhard, der Sohn des Soběslav, und schließlich faßte sich auch der dritte Ritter ein Herz, aber dieser drehte bald sein Pferd um. Odolen und Bernard hielten aus, obwohl die Pferde den festen Boden unter den Hufen verloren und schwimmen mußten und von der Strömung mitgerissen wurden. Sie drehten sich im wildschäumenden Wasser, kämpften mit dem unerbittlichen Element, aber am Ende gelang es ihnen, eine ruhigere Stelle am gegenüberliegenden Ufer zu finden und auf festen Boden hinaufzusteigen.

In diesem Augenblick bemerkte man auf der tschechischen Seite, daß zwei ihrer Ritter glücklich ans andere Ufer gelangt waren. Und man lief mit der Neuigkeit zu König Vladislav.

Der tschechische König befahl die Trommeln zu rühren. Seine Krieger griffen zu den Waffen, bestiegen die Pferde und trieben sie zum Fluß. König Vladislav ritt an der Spitze seines Heeres in die Wellen und gab durch seine Beherztheit den übrigen ein Zeichen. Der Übergang war nicht leicht, und einige Wagemutige fanden in den Wellen den Tod. Die Mehrzahl der Tschechen bestand den Kampf mit dem Fluß siegreich und traf am anderen Ufer die beiden Ritter wieder, die dort als erste angelangt waren.

Wie eine Sturmflut wälzte sich das tschechische Heer auf das Lager der Feinde zu, schloß es ein und griff es von allen Seiten an. Die Mailänder hatten eine solche plötzliche Katastrophe nicht erwartet und wurden in einem kurzen Kampf übermannt.

Die Kaiserlichen am anderen Ufer begriffen anfangs nicht, was vor sich ging. Erst die verständliche und ihnen bekannte Sprache der tschechischen Kriegstrommeln verkündete ihnen, daß die Tschechen als erste aufs andere Ufer vorgedrungen waren. Im kaiserlichen Lager brachen Jubel und Geschrei aus.

Die Kaiserlichen begannen von ihrer Seite aus eine neue Brücke zu bauen und die Tschechen von der anderen.

Im Morgengrauen des nächsten Tages schickten die Mailänder eine neue Streitmacht aus, um den Brückenbau und den Flußübergang zu verhindern. Die Tschechen ließen von der Arbeit an der Brücke ab, griffen zu den Waffen, ritten dem Mailänder Heer entgegen und schlugen es in die Flucht.

So eröffnete der tschechische König mit seinen Kriegern erfolgreich den italienischen Feldzug. Der Kaiser vergaß die Tat der beiden tschechischen Ritter nicht. Er bedachte sie mit kostbaren, eines Kaisers würdigen Geschenken und verlieh ihnen zum Andenken an ihre Tat ein Wappen. Odolen erhielt ein Wappenschild mit blauen Streifen auf weißem Feld. Blau ist die Farbe des Wassers, und weiß ist die Farbe der Reinheit. Bernard teilte der Kaiser ein Wappen mit einem goldenen Karpfen auf blauem Feld zu.

Das Heer des Kaisers und seiner Verbündeten belagerte die widerspenstige Stadt Mailand. Da ging den tschechischen Kriegern bereits der Ruf voraus, daß jeder von ihnen die Kraft von fünf Männern habe, und es wurde über sie geschrieben, daß jedes tschechische Schwert das Schwert des Achilles sei. Und es gab unter den Mailändern viele, die an das Gerücht glaubten, wonach die Tschechen Menschenfresser seien. Und es wird erzählt, daß die Tschechen dieses Gerücht bewußt nährten, denn die Angst auf seiten des Feindes war ihr Bundesgenosse. Sie kneteten Teig zu menschlichen Formen und Gestalten, spießten ihn auf den Rost und buken ihn über dem Feuer. Die Mailänder beobachteten von den Schanzen herab voller Grausen dieses Schauspiel.

Beim Angriff auf die Mauern von Mailand setzten die tschechischen Krieger, so wird weiter erzählt, Masken auf, und die abergläubischen Verteidiger hielten sie für Teufel. Und so wie die Tschechen beim Übergang über den Fluß die ersten gewesen waren, so standen sie auch als erste oben auf den Schanzen. Der Herr von Poděbrady kletterte als erster über die Sturmleiter auf die Stadtmauer. Für seine Tapferkeit belohnte ihn der Kaiser mit einem Wappen, auf dem eine goldene Leiter auf blauem Feld schimmerte.

Unter den Belagerern von Mailand war auch ein Vorfahre der Herren von Pardubice. Es wird erzählt, daß er nachts mit einem Häuflein seiner Leute über Leitern auf die Mailänder Mauern stieg, an einer Stelle, wo die Verteidiger der Stadt schlummerten. Die Tschechen drangen unbemerkt in die Stadt ein. Als sie dann von einigen Mailändern in den Straßen der Stadt erblickt wurden, schlugen diese Alarm, daß der Feind bereits die Mauern überstiegen habe. Aufgeschreckt rannten ganze Bürgerfamilien durch die Nacht, um sich vor den Eindringlingen in den Kellern zu verstecken, andere griffen zu den Waffen, um die Stadt zu verteidigen. Die Straßen der Stadt erwachten, und die Mauern reichten das Getöse und Geschrei weiter. Mailänder Bürger in voller Bewaffnung eilten auf den Marktplatz und auf die Schanzen. Jetzt erst erkannten sie, daß das Dunkel die Zahl der Feinde in den Straßen vervielfacht hatte. Sie erkannten, daß nur eine kleine Abteilung von Tschechen das nächtliche Gefecht entfesselt hatte.

Die Tschechen jedoch waren bereits zu einem der Mailänder Stadttore zurückgewichen. Die Stadt hatten sie zu Fuß betreten, aber sie verließen sie zu Pferde. Im Dunkel hatten sie Pferde und reiche Beute ergattert.

Unaufhörlich kämpfend zogen sie sich bis zum Tor zurück, zerhieben es und machten sich den Rückweg frei. Jeder von ihnen teilte noch einige Schwertstreiche aus und preschte dann auf seinem Pferd hinaus ins Dunkel vor den Mauern der Stadt. Als letzter verließ die Stadt Ješek von Pardubice. Als er durchs Tor ritt, riefen die Mailänder der Torwache zu, sie solle den Strick durchhauen, mit welchem das schwere eiserne Gitter herabgelassen und hochgezogen wurde. Die

Wache hieb ohne Zögern zu, und das Gitter rasselte dicht hinter Ješeks Rücken herunter, und sein scharfer Grat hieb Ješeks Pferd in der Hälfte durch. Ješek überlebte unversehrt den Sturz seines Pferdes, packte sich die Beute auf die Schultern und kehrte zu Fuß ins tschechische Feldlager zurück.

Von Ješeks Tat erzählt das Wappen der Herren von Pardubice, mit dem der tschechische König ihren Vorfahren belohnte. Auf dem Wappen war auf schwarzem Feld ein halbes silbernes Pferd mit goldenem Zaum aufgemalt. Das Wappen übernahmen später die Städte Pardubice und Hlinsko, die einst zur Herrschaft dieses tschechischen Adelsgeschlechts gehört hatten.

Die Stadt Mailand wurde in eine strenge Belagerung eingeschlossen, und wo immer ein Kampf entbrannte, dort waren die Tschechen ein Muster an Beherztheit. Und so wie die Klinge des Schwertes mit dem Knauf verbunden ist, so war die tschechische Tapferkeit verbunden mit ritterlicher Großmut. Und so wandten sich die Mailänder an den tschechischen König Vladislav mit der Bitte, er möge für sie den Frieden und die kaiserliche Gnade erwirken.

Und als sich die Mailänder dem Kaiser Friedrich Barbarossa unterworfen hatten und der Kaiser ihnen Gnade erwies, wurde der Frieden durch einen Festgottesdienst im Zelt des Kaisers besiegelt. Das war ein ungewöhnlich großes Zelt, wunderbar verarbeitet, ein Geschenk des englischen Königs.

Hier, beim festlichen Gottesdienst, schmückte der Kaiser das Haupt des tschechischen Königs vor den Augen des deutschen und italienischen Hochadels mit der Königskrone. Dies tat er, um öffentlich seine Anerkennung für die wertvollen Dienste im Kampfe gegen die Mailänder zu bekunden, zum Zeichen seiner Hochachtung vor dem Heldentum der tschechischen Krieger. König Vladislav wurde sodann mit kaiserlichen Geschenken geehrt. Darunter war der Sage nach auch das neue böhmische Wappen: der weiße zweischwänzige Löwe mit einer goldenen Krone auf dem Kopf auf rotem Feld.

Aus den Zeiten der Kreuzzüge

Die Sage erzählt uns, daß sich den gen Süden ins Heilige Land ziehenden Rittern auch tschechische Herren zugesellt haben. Sie verließen ihre Burgen und Familien und bahnten sich mit dem Schwert in der Hand den Weg ins Innere der heidnischen Länder. Nicht jeder von ihnen kehrte zurück. Und die Zurückgekehrten hatten zumeist ihre Gesundheit in den heißen Ländern Afrikas und Asiens um das Mittelländische Meer gelassen. Sie kamen zurück, um ihre Gebeine in den Boden der alten Heimat zu betten.

Damals, so wird erzählt, ritt aus einer der tschechischen Burgen ein junger Edelmann auf einem guten Pferd und in guter Laune aus, denn an nichts erfreut sich ein junger Mensch so wie an dem Abenteuer, das ihn erwartet. Unterwegs begegnete der junge Edelmann noch anderen tschechischen Herren. Sie strebten gen Süden zu dem Heer, in dem sich Ritter aus ganz Europa versammelt hatten, um zu einem Kreuzzug gegen die Heiden aufzubrechen.

Nach langer Wanderschaft trafen die tschechischen Herren am Meer ein, wo auf einer Ebene Tausende bewaffneten Volks unter Zelten lagerten. Sie warteten auf die Schiffe, die sie an die heidnische Küste übersetzen sollten. Und unter den Waffenträgern waren auch viele Priester und Bischöfe.

Sie feuerten den Mut der Kreuzfahrer an und sorgten für ihre Seelen. Jeder von diesen in dem Lager um die Feuer versammelten oder in den Zelten schlummernden Männern war entschlossen, den Tod ins Land der Heiden zu tragen, aber keiner von ihnen wußte, wann der Tod die Hand nach ihm ausstrecken würde.

Endlich trafen die Schiffe ein und nahmen in ihrem Unterdeck die gesattelten und geschirrten Pferde auf, und die Decks schimmerten von den Rüstungen, wie sie die große Zahl der Ritter trugen. In dieser Ritterschar waren auch Tschechen, und unter den Tschechen war auch jener junge Edelmann, der sich ihnen angeschlossen hatte.

Es geschah sodann, daß das Kreuzfahrerheer über die Heiden siegte und daß das heidnische Heer gezwungen wurde, zurückzuweichen. In diesen Kämpfen schlugen sich einige tschechische Ritter so tapfer, daß sie weit nach vorn gerieten. Aber ihre Tapferkeit war blind. Bevor sie sich dessen versahen, waren sie von Feinden umringt, wurden von den Pferden gerissen und in die Gefangenschaft verschleppt. So fiel auch der junge tschechische Edelmann in Gefangenschaft. Und sie wurden je zu zweit aneinander gefesselt und von Wachen begleitet tief ins heidnische Land getrieben. Sie waren gezwungen, unter der heißen Sonne durch Wüsten und felsige Ödnisse zu wanken, bis sie von Palmen und den weißen Mauern einer großen Stadt begrüßt wurden. Hier wurden sie auf dem Markt verkauft, so wie in den tschechischen Landen Schafe feilgeboten wurden. Auch der junge Edelmann erhielt einen neuen Herrn. Er wurde Sklave eines der Reichen der Stadt. Dieser reiche Mann fand Wohlgefallen an dem Jüngling und wies ihm eine leichtere Arbeit zu. Der Jüngling war gelehrig und erlernte bald die heidnische Sprache und führte seinem Herrn die Wirtschaft.

Es kam der Herbst und mit ihm die Zeit, da aus unserem Lande die Störche gen Süden ziehen. Im Süden frieren die Gewässer niemals zu, und kein Schnee bedeckt die Sümpfe. Ein Storchenschwarm ließ sich auf seiner Wanderschaft der Sonne nach unweit der Stadt nieder, wo der junge Edelmann diente. Kaum verbreitete sich die Nachricht davon in der Stadt, liefen viele Neugierige zusammen und beobachteten von weitem die Störche. Die großen Vögel stolzierten auf ihren langen, schlanken Beinen im Morast umher und suchten Nahrung. Für die Zuschauer war das ein seltener Anblick, sie wunderten sich, zeigten auf die Störche und lachten.

Den Zuschauern gesellte sich auch der reiche Mann mit seinem jungen Sklaven zu. Als er sah, wie sich alle Leute vergnügten, während sein Sklave schweigend und traurig dastand, fragte er ihn:

»Warum schweigst du, gefällt dir dieses Schauspiel vielleicht nicht?«

Der junge Edelmann erwiderte:

»Es gefällt mir, Herr, es gefällt mir sehr, aber es weckt in mir Sehnsucht nach der Heimat. Auf dem Dach der väterlichen Burg hat einer von diesen Vögeln sein Nest, und er kehrt jedes Jahr zu uns zurück. Ich erinnerte mich an das heimatliche Dach. Herr, ist es nicht besser, ein freier Vogel zu sein als ein Mensch, der keine Flügel hat?«

»Was sind das für Worte!« rief der reiche Mann und brach in Lachen aus. »Du willst mir doch nicht einreden, daß einer von diesen Vögeln dein alter Bekannter vom Dach der väterlichen Burg ist? Beim Barte des Propheten, ruf ihn heraus aus dem Haufen, und wenn er dich erkennt und zu dir kommt, dann lasse ich dich frei, auf daß du in dein Vaterland zurückkehren kannst.«

Und der Jüngling fiel auf die Knie und rief in seiner Muttersprache Gott an, und vor seinen Augen sah er das süße Bild der Heimat, und die Sehnsucht danach und der Glaube entzündeten in seinen Augen ein großes, glückliches Licht. Er erhob sich, streckte die Hand zu dem Storchenschwarm aus und rief. Da geschah etwas Niegesehenes und Niegehörtes: Einer der Störche drehte den Kopf in die Richtung, und so als erkennte er einen alten Bekannten wieder, lief er zu dem jungen Edelmann und blieb vor ihm stehen.

Der reiche Mann war baß erstaunt.

»Sonderbar, sehr sonderbar«, sagte er. »Aber was ich versprochen habe, will ich auch erfüllen.«

Er ließ den Jüngling frei und stattete ihn für die Reise mit allem aus, was vonnöten war. Das Glück war dem jungen

Mann auch unterwegs hold. Er gelangte aus dem fernen sonnigen Land nach langer Wanderschaft bis nach Böhmen. Schon zum dritten Mal seit seinem Auszug suchten die Herbstnebel das tschechische Land heim. Aber der Jüngling sah auch im Nebel klar und verirrte sich nicht, denn die Wege nach Hause leuchten auch in Nebel und Dunkel.

Weit und breit erzählte man in Böhmen von seiner abenteuerlichen Rettung, und er wurde auch zu Hofe geladen, um dort von seinen Schicksalen zu berichten. Der Herrscher, so heißt es, übergab ihm ein neues Wappen. Zum Gedenken an das wundersame Ereignis war auf dem Wappen ein Storch abgebildet, stehend auf einem Bein. Die Nachkommen dieses Edelmanns, die Herren von Počepice, führten lange dieses Storchenwappen.

Und immer neue Ritter schlossen sich immer neuen Kreuzzügen gegen die Heiden an. Die einen aus christlicher Überzeugung, die anderen aus Abenteuerlust und die dritten aus schnöder Gier nach Gold und Edelsteinen.

Auch vom Bezděz ging einer Sage nach der Burgherr auf Abenteuer aus und ließ seine Frau mit den Kindern zurück. Sie war eine gute Frau, freundlich, kundig der Krankenheilung und der Heilkräuter. Aus der weiten Umgebung kamen die Leute mit ihren Gebresten und Leiden zu ihr, und allen vermochte sie zu raten und eine Arznei zu verordnen.

Nur gegen ihre Verlassenheit kannte sie keine Arznei. Sie dachte an ihren fernen Mann und hätte ein Vermögen dafür gegeben, wenn sie gewußt hätte, ob er gesund und wohlbehalten aus dem Kreuzzug zu ihr zurückkehren würde. Die Sorgen um ihn ließen sie auch des Nachts nicht schlafen. Sie wachte, die Augen ins Dunkel gerichtet, und wartete, bis sie der Schlaf von den traurigen Gedanken abbringen würde.

Einmal lag sie wieder in dunkler Nacht auf ihrem Lager, sie schlief nicht und grübelte, als im Dunkel ein leises Knarren ertönte, als öffnete jemand behutsam die Tür. Ins Schlafgemach schlüpfte durch den Türspalt ein kleines blaues Lichtlein, es huschte über den Fußboden, und als die Burgfrau aufmerksam auf diese Stelle schaute, sah sie, daß das Licht von einer winzigen Laterne ausging, die ein Gnom mit langem weißem Vollbart in der Hand hielt.

»Frau ...«, flüsterte der Gnom.

Aber die Burgfrau schwieg und brachte vor Überraschung keinen Laut hervor. Und da rief sie der Gnom noch einmal an und dann ein drittes Mal.

Die Frau faßte sich ein Herz, richtete sich auf dem Lager auf und fragte:

»Wer bist du und was wünschst du?«

»Frau«, sagte der Gnom, »die Tochter unseres Königs ist krank, und wenn du ihr nicht hilfst, wird ihr niemand mehr helfen. Komm mit mir und nimm deine Kräutlein, Salben und Arzneien mit. Hilf ihr. Niemals werden wir es dir vergessen.«

Sobald die Burgfrau vernahm, daß ein Kranker ihrer Hilfe bedurfte, stand sie auf, kleidete sich rasch an, nahm die Arzneien und eilte dem blauen Lichtlein nach, das vor ihr auf dem Fußboden zuckte.

Sie traten aus dem Schlafgemach hinaus, und kaum hatte sie einige Schritte durch den Flur getan, blieb der Gnom vor der Mauer stehen. Er hob die Laterne, und im bläulichen Schein wurde eine kleine Tür sichtbar, die niemals an dieser Stelle gewesen war. Der Gnom öffnete die Tür und führte die Burgfrau eine Treppe hinab, immer tiefer und tiefer, ins Innere des Berges, auf dem die Burg stand. Je tiefer sie hinabstiegen, um so mehr hellte es sich auf.

»Wir sind an Ort und Stelle«, sagte der Gnom, und um sie war lichter Tag.

Mitten auf einer Wiese, die schimmerte, als wäre sie aus Glas und Edelsteinen, stand eine Burg, aber so klein, daß die Burgfrau nicht eintreten konnte. Doch da kam aus der Burg bereits ein Zug von Gnomen geschritten, und sie trugen auf einer Bahre die kranke Prinzessin. Die Burgfrau schaute sich nicht um und überlegte nicht lange. Sie untersuchte die Kranke, goß ihr eine Arznei in einen kristallenen Pokal, schüttete etwas Gewürz ab, schrieb vor, wie sie es kochen und wann sie es der Kranken reichen sollten, und ließ sich dann auf dem gleichen Wege zurück in ihr Schlafgemach führen. Draußen tagte es bereits, als sie sich zu Bett legte.

Am Morgen schien es der Burgfrau, sie habe alles nur geträumt. Aber als die nächste Nacht anbrach und sie wieder, von Sorgen um ihren Mann gequält, nicht einschlafen konnte, tauchte das blaue Lichtlein abermals auf. Wieder verneigte sich der Gnom bis zur Erde und sagte:

»Gute Frau, der Prinzessin geht es nach deiner Arznei viel besser. Der König der Gnomen dankt dir vielmals und schickt dir einen Pokal voller Glück. Du mußt dich nur hüten, den Pokal zu zerschlagen.«

Der Gnom verstummte, und auf die Burgfrau fiel eine große Müdigkeit, sie schloß die Augen und schlief ein, und sie schlief, bis die Sonne sie weckte. Schon dachte sie wieder, daß ihr alles nur geträumt habe. Aber auf dem Fußboden neben dem Bett stand ein Kristallpokal und blitzte in der Morgensonne. Sogleich erkannte sie ihn. Es war der Pokal, den die Gnomen ihr gereicht hatten, damit sie die Arznei für die Prinzessin hineingösse. Sie hob den Kristallpokal auf, und kaum hielt sie ihn in der Hand, erschallte draußen Rufen und Hörnerklang. Der Burgherr kehrte glücklich aus dem Kreuzzug heim. Die Burgfrau stellte vorsichtig den Pokal hin und eilte ihrem Gemahl entgegen.

Der Pokal wurde in der Familie in großer Wertschätzung gehalten, und niemand wagte es je, aus ihm zu trinken, aus Angst, ihn zu zerschlagen und mit ihm das Glück, das von Stund an die Burg nicht mehr verlassen hatte.

Nach Jahren wechselte die Burg den Besitzer. Der neue Ritter fand auf der Burg den Pokal vor und ließ sich seine Geschichte erzählen.

»Märchen«, rief er lachend und lud von weit und breit die befreundeten Edelleute zu einem großen Festschmaus ein. Während des festlichen Tafelns befahl er den Kristallpokal zu bringen und mit Wein zu füllen. Er hob das Gefäß in die Höhe, trank spöttisch auf das Wohl aller Gnomen des ganzen Landes und zerschmetterte den Pokal.

Noch in der gleichen Nacht entführte einer der ritterlichen Gäste die Tochter des Burgherrn. Zornentbrannt schwang sich der Ritter aufs Pferd und preschte dem Entführer nach.

Der genossene Wein verwirrte ihm jedoch die Sinne und den Weg. Er stürzte vom Pferd und brach sich das Genick. Bald nach dem Tode des Ritters fiel die Burg Bezděz einem Brand zum Opfer. So war mit dem Pokal auch das Glück zerbrochen.

In der Zeit der Kreuzzüge wurde der Orden der Templer gegründet. König Balduin überließ ihnen damals in Jerusalem einen Teil des Palastes an der Stelle, wo einst Salomons Tempel gestanden hatte. Nach dem Wort »Tempel« erhielt der neue Ritterorden seinen Namen.

Auch von der böhmischen Burg Blatná erzählt die Sage, daß die Templer sie gegründet hätten. Und dies deshalb, weil im Burgspeisesaal an einer Wand ein eigenartiges Bild aufgemalt war. Auf diesem Bilde wandelten in einer düsteren, felsigen Landschaft Tempelherren. Ein Mohr zeigte auf einen Felsen vor sich und leuchtete dabei mit einer erhobenen Laterne.

Die Burgherren wechselten sich ab, aber das Bild blieb an seinem Platz, und niemand wußte, was es darstellte. Bis auf die Burg ein junger vorwitziger Schreiber kam. Tagsüber fuchtelte er mit dem Federkiel über den Burgakten, aber nachts wälzte er sich unruhig auf seinem Bett hin und her und versuchte, das Rätsel des Bildes zu lösen. Die Templer hatten immer eine Menge Gold, sagte er sich, und suchte einen Zusammenhang zwischen den Tempelherren auf dem Bild, dem Mohren und der Stelle, auf welche dieser zeigte.

Eines Nachts konnte er seine Neugier und das Verlangen nach dem Golde nicht mehr bezähmen. Er stahl sich auf Zehenspitzen aus seiner Kammer und machte sich daran, beim Schein einer Kerze das Bild sorgfältig zu untersuchen, zu betasten und abzuklopfen. Als er auf die Stelle klopfte, wohin der Mohr zeigte, klang es hohl. Der Schreiber überlegte nicht lange. Er holte noch in derselben Nacht Hammer und Meißel. Vorsichtig löste er das Bild an dieser Stelle von der Wand, behutsam klopfte er mit dem Hammer und brach mit dem Meißel das Mauerwerk auf. Es erschien eine Öffnung, die in ein Versteck voller Gold und Silber, voller kostbarem Schmuck und wertvollen Gefäßen führte.

Vergebens suchte man am Morgen den Schreiber. Er war

mitsamt seinem Fund geflohen, und niemand sah ihn seitdem wieder. Zurück blieb nur die leere Öffnung in dem Wandbild. Das beschädigte Gemälde verwitterte von Stund an und verfiel später dem völligen Verderb. Seine Aufgabe hatte es erfüllt. Es hatte den Schatz herausgegeben, und der Schatz war die Ursache seiner Vernichtung.

Ein ähnliches Schicksal ereilte auch die führenden Ritter des Templerordens. Nachdem man sie gezwungen hatte, ihre Reichtümer auszuliefern, endeten sie in den Flammen der Scheiterhaufen.

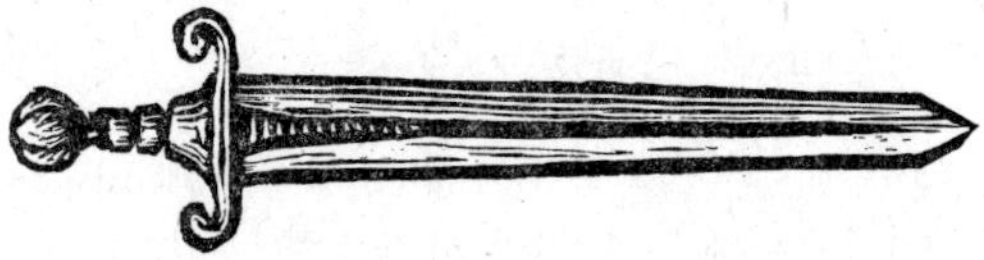

Hrubá Skála

In Böhmen breitet sich eine Landschaft aus, lieblich und anmutig, wo die knetenden Finger des Schöpfers länger verweilt haben als anderswo und wo jeder Winkel Freude über die Schöpfung und ein glückliches Auge verrät. Man nennt diese Gegend das Böhmische Paradies, und darin sind viele Kennzeichen, die das Paradies zum Paradies machen: der duftige Schatten der Haine und Wälder, das hurtige durchsichtige Wasser der Quellen und die Ruhe der Waldseen, das zarte Fell der Felder, die Anmut der blumigen Auen und rauhen Felsen, sonnige Holzschläge und der feuchte Dämmer der Felsenschluchten.

Inmitten dieses Landstrichs stand seit altersher eine feste Burg auf einem Felsen, und sie glich dem Horst von Raubvögeln. Man nannte sie Hrubá Skála (Groß-Skal). Die Sage erzählt uns, daß in der Zeit des böhmischen Königs Přemysl Otakar I. der Herr der Burg Beneš Heřmanov war.

Und dann wieder gab es Zeiten, da sich das gedämpfte Klirren von Waffen über die Berge an den Grenzen des Landes ergoß und sich vom Norden her ein Strom bewaffneter Sachsen nach Böhmen wälzte. Während dem Lande ein Krieg drohte, führte Beneš Heřmanov einen anderen Kampf in seiner Familie. Seine Tochter Svatava war zum Brautalter herangewachsen, und ihre Schönheit und ihr gutes Herz hatten Vojmil, den Sohn des Herrn von Zbiroh, angezogen. Aber Herr Beneš Heřmanov von Hrubá Skála war mit Herrn von Zbiroh im Bösen auseinandergegangen. Er war deshalb seinem Sohn nicht wohlgesonnen. Vergeblich bemühte er sich, die unsichtbaren Fesseln zu durchhauen, die seine Tochter Svatava an Vojmil banden. Er wußte nicht, daß auf der Welt noch kein Schwert geschmiedet wurde, das die reine und beständige Liebe überwinden könnte.

Die Sachsen spannten schon die Bogensehnen im böhmischen Land, und ihre Lanzen und Streitäxte färbten sich mit Blut. Schmerz und Leid traten ein ins böhmische Land, Fahnen von schwarzem Rauch wehten am Horizont, und das Volk flüchtete aus den Dörfern in die Wälder. Das Unrecht feierte Hochzeit mit dem Haß, nur Svatava und Vojmil dachten an die Liebe und schickten einander Botschaften über einen getreuen Diener, den niemand eines solchen Dienstes verdächtigte.

Schon hatten die Sachsen die Burg Trosky erreicht und drangen vor gen Hrubá Skála, schwärmten auf den Wegen aus, suchten die Dickichte und Felsverstecke ab, trieben das dort versteckte Vieh weg und kehrten mit der muhenden und blökenden Beute zu ihrem Haufen zurück.

Beneš Heřmanov rüstete zur Verteidigung. Er versammelte unterhalb der Burg in den Felsen seine Leute und das Volk der befreundeten Ritter und wartete ab. Schreckensnachrichten von dem Rauben und Plündern gingen dem sächsischen Heer voraus, und der Tschechen bemächtigte sich Kampfbegierde. Und es eilten die Späher von dem Wege nach Prag herbei und meldeten, daß die Sachsen im Anzug seien. Wie wenn Funken aufsprühen, wie wenn Schwärme von Adlern mit den Flügeln schlagen, so öffnete sich mit Rauschen und Lärmen der Wald, er blitzte auf und entließ aus seinem Schatten die kriegerischen Tschechen. Beide Heere prallten aufeinander. Das Geschrei derer, die Wunden austeilten, vermischte sich mit dem Geschrei derer, die Wunden empfingen, und verstört flüchteten die Vögel aus den Baumkronen, die Felsen erzitterten vom Getöse der Schlacht, und die Hindinnen suchten Zuflucht im dichtesten Gestrüpp.

Der Sachsen waren es viele, wie eine unheilverkündende

Wolke, und die tschechischen Scharen mußten mit verdoppelter Wucht kämpfen. Beneš Heřmanov, von den Wellen der Sachsen umringt, wehrte sich mit letzter Kraft. Schon erlahmten den Tschechen die Glieder, und die Sachsen fühlten, wie sich trotz der furchtbaren Verluste der Sieg auf ihre Seite neigte. Plötzlich tat sich zum zweiten Mal der Wald auf, und aus seinen grünen Toren brachen Reiter in schwarzer Gewandung hervor, frisch und mit gezogenen Schwertern. Sie stürzten sich auf die Sachsen, und im Nu war die Schlacht entschieden. Der Ritter, der sie führte, hieb sich einen Weg durch den Feind geradenwegs bis zu Beneš von Hrubá Skála, der in arger Bedrängnis war. Er befreite ihn aus der Umklammerung durch die Feinde und führte ihn heraus an einen sicheren Ort. Da sprengte auf seinem Pferd ein sächsischer Reiter herbei und schwang gegen den Herrn Beneš sein Schwert. Der unbekannte Ritter fing jedoch den Schlag auf, wobei das Schwert des Sachsen seinen Helm spaltete.

Die Sachsen wichen zurück, sie machten kehrt und flohen durch Felder und Wälder bis zu den Grenzen des böhmischen Landes.

Beneš Heřmanov schaute sich nach seinem Retter um. Aber wo waren da schon die schwarzgewandeten Kämpfer und wo war der, der sie geführt hatte! Die Wälder waren verstummt und hatten sich hinter dem Haufen der Retter, welche die Schlacht entschieden hatten, geschlossen. Sie hatten sich mit einem singenden Schloß verschlossen, denn es war Frieden, die Vögel waren zurückgekehrt und begrüßten mit Gesang die Stille und Ruhe.

Svatava wußte, wer ihrem Vater in der allergrößten Not zu Hilfe geeilt war. Sie fürchtete sich nur, den Namen des Retters zu verraten.

Beneš Heřmanov ließ sodann auf seiner Burg einen Festschmaus für alle seine Freunde und Bundesgenossen richten und verkündete, daß jener Krieger, der seinen eigenen Helm dem ihm, Beneš, zugedachten Schlag ausgesetzt und damit den schicksalhaften Schwertstreich aufgefangen habe, nicht ohne Belohnung bleiben solle. Und falls er noch ledig sei, werde er ihm seine Tochter zur Frau geben.

So lange jagte Herr Beneš nach der Wahrheit, bis er eine Lüge erjagte. Es meldete sich ein Jüngling mit durchhauenem Helm, und der Burgherr empfing ihn mit großer Dankbarkeit als seinen Retter. Er setzte ihn auf den Ehrenplatz, legte ihm selber die besten Bissen vom Braten vor und schenkte ihm Wein ein. Der junge Mann nutzte die Gunst des Burgherrn aus. Er bat um die Hand Svatavas, die ihm laut dem Versprechen des Herrn Beneš gebührte.

»Schau her«, sagte der Herr Beneš zu seiner Tochter Svatava, »das ist dein Bräutigam.« Und er zeigte auf den jungen Mann mit dem durchhauenen Helm. »Einen Tapferen wirst du kaum finden. Noch in dieser Woche rüste ich eine prunkvolle Hochzeit aus.«

Svatava erschrak. Fast hätte sie es hinausgeschrien, daß Vojmil es gewesen sei, der den Vater gerettet habe, und daß dieser junge Mann lüge. Aber dann sagte sie entschlossen:

»Bevor ich den da nehme, heirate ich lieber niemanden.«

Empört sprang Herr Beneš vom Tisch auf, daß die Kanne auf der Tischplatte umfiel und der Wein aus ihr floß wie Blut.

»Das ist mein Wunsch«, rief er.

Svatava schwieg jedoch, Tränen in den Augen.

Der Vater erteilte einen Wink, und Wachen liefen herbei. Auf Befehl ihres Herrn führten sie Svatava in den tiefsten Kerker der Burg. Und dieses Verlies war in den Fels gehauen, war kalt und feucht, und die Tage und die Nächte schleppten sich hier im Dämmer dahin, denn das Fensterchen war klein, nur wie wenn sich im Felsen ein Spalt bildet.

Tag für Tag, sieben Tage lang, suchte der Vater die Tochter auf und forderte sie auf, ihm zu gehorchen und den Jüngling zum Manne zu nehmen. Sieben Tage lang entgegnet die Tochter:

»Ich kann ihn nicht zum Manne nehmen.«

Am Abend des siebenten Tages entschloß sich Beneš Heřmanov, seine ungehorsame Tochter einmauern zu lassen. Im Fackelschein trugen die Diener Steine herbei und mauerten das Verlies zu.

Svatava sah im Krug das Wasser schwinden. Weinend nahm sie Abschied vom letzten Licht. Zum letzten Mal schaute sie auf zu dem Fensterchen und erblickte einen einzigen Stern am Nachthimmel. Sie erblickte einen einzigen Stern und vernahm eine Stimme:

»Svatava, hab keine Angst, schon bin ich dir nahe.«

Verwirrt blickt Svatava auf zu dem Stern. Hatte der Himmel zu ihr gesprochen, oder war es ein Mensch?

»Ich bin es, Vojmil«, erklingt es wieder, und im Fensterchen zeigt sich der Schatten eines Menschenkopfes.

Über den steilen Felsen war Vojmil bis zum Burgverlies hochgeklettert. Er band einen Strick an und brach Stück um Stück des Sandsteinfelsens um das Fensterchen heraus. Schon konnte er Svatava die Hand reichen, schon hörte er ihr freudiges Herz schlagen. Er preßte sie an sich und ließ sich gemeinsam mit ihr an dem Seil hinunter in die tiefe Schlucht.

Kaum berührte Vojmil mit den Füßen das Moos und legte die geschwächte Svatava ins Gras, stürzten aus dem jungen Eichenwald Bewaffnete des Burgherrn, und Herr Beneš selber trat vor Svatava und Vojmil.

»Leuchte mir«, befahl er einem Mann mit Fackel und beschaute sich den Entführer seiner Tochter. Er sah Vojmil in schwarzer Gewandung, und er sah die frische Narbe auf seiner Stirn. Er sah Svatava, kniend im Gras, und die Erkenntnis und das Mitleid schnürten ihm die Kehle zu, so daß er keines Wortes mächtig war.

Im stillen Zuge kehrten alle auf Hrubá Skála zurück, und der junge Mann, der Betrüger, huschte an ihnen vorbei und verschwand auf Nimmerwiedersehen im Walde.

Und es wurde die festliche Hochzeit Vojmils mit Svatava gefeiert, und es waren auf der Burg Lichter, daß sie weit ins Land strahlte, als stünde sie in Flammen. Und all dieser Schein leuchtet bis heute jenen auf den Weg, die sich so getreulich lieben, daß weder Mauern noch Felsen ihre Liebe trennen können.

Aus den Zeiten des Tatareneinfalls

Unter der Herrschaft des Königs Wenzels I. zog ein riesiges Tatarenheer aus dem Osten in die westlichen Länder, drang in Polen und Ungarn ein, hauste dort schlimm, und alle westlichen Länder ergriffen Furcht und Entsetzen. König Wenzel I. scharte ein starkes böhmisches Heer um sich und rückte aus nach Polen, dem Feind entgegen. Er war ein jäher und furchtloser König, ein Verfechter der ritterlichen Sitten und ein leidenschaftlicher Jäger. Bei einer Jagd hatte er sich an einem spitzen Zweig ein Auge verletzt, und dieses mußte ihm herausgenommen werden. Aber auch als Einäugiger stand er von seiner Jagdleidenschaft nicht ab. Und es wird erzählt, daß selbst die Späher der Tataren vor ihren Heerführern über den böhmischen König voller Hochachtung sprachen.

»Vorwärts, nur immer ohne Bedenken vorwärts«, rieten sie, »aber mit dem böhmischen König laßt euch nicht in einen Kampf ein, dem weicht lieber aus.«

Die Tataren strömten vorwärts, und ihre Schnelligkeit erweckte Entsetzen, und die Berichte über sie lösten Furcht aus. Ihr Vergnügen, so hieß es, sei die Grausamkeit, ihre Nahrung Schlangen, Frösche und Hunde, und sie schreckten angeblich nicht zurück, auch Menschenfleisch zu essen.

»Wo kommen die her? Warum fallen sie in unsere Länder ein?« fragten sich die Leute.

Statt einer einzigen Antwort ging durchs Land eine Menge

von Gerüchten. Es hieß, die Tataren strömten aus dem Osten herbei, um die Leichname dreier Könige zu holen, die vor geraumer Zeit von Mailand nach Köln übergeführt worden seien. Hatte man denn nicht tatarische Kundschafter bis nach Köln erblickt? Andere behaupteten, die Tataren suchten ein fruchtbares Land, das sie ernähren könnte, und wieder andere meinten, die Tataren zögen gegen die deutsche Hoffart zu Felde. Und es gab viele sonderbare und törichte Gerüchte. Und es wurde auch die Sage von einer tatarischen Prinzessin erzählt.

Es lebte einst ein mächtiger Tatarenchan, ihm gehörten unermeßliche Gebiete, und er herrschte über eine Unmenge von Untertanen. Aber über alle Schätze, über alles Gold und Silber und über alle Edelsteine teuer war ihm seine Tochter. Von ihrer Schönheit sangen die Vögel und flüsterte das Gras. Aber das Herz der schönen Prinzessin war unruhig. Es sehnte sich danach, sich an immer neuen Bildern von Landschaften zu weiden. Sie kannte die staubigen Wege ihres Landes und wünschte, immer weiter und weiter in die Länder zu reisen, wo die Sonne untergeht und wo Ritter leben, die den christlichen Gott verehren.

Der große Chan konnte seiner Tochter nichts abschlagen. Er erlaubte ihr also, sich auf diese weite Wanderschaft aufzumachen und rüstete für sie ein Gefolge von Wächtern und dienstbaren Frauen aus.

Lange reiste die Prinzessin in westlicher Richtung, lernte viele Länder kennen und viele Burgen und Städte, und überall hieß man sie mit Hochachtung willkommen, und überall begleitete sie Bewunderung. Eines Abends traf sie mit ihrem Gefolge im südlichen Mähren ein. Ein Gewitter braute sich zusammen, und die Dämmerung senkte sich rascher als sonst herab. Da erblickten die bewaffneten Begleiter vor sich auf einem Felsen eine Burg. Es war die Burg Děvičky. Erfreut strebte die Prinzessin mit ihrem Gefolge hin zu dieser Burg.

Der Burgherr befahl, das Tor zu öffnen und den hohen Besuch mit allen Ehren zu empfangen. Während draußen das Gewitter losbrach, nahmen die Tataren mit der Prinzessin im Burgsaal an der reichgedeckten Tafel Platz. Der Burgherr sorgte für Unterhaltung, lud Musikanten ein, aber er selber hörte der Musik nicht zu. In den Ohren klang ihm eine andere Musik: Die kostbaren Armbänder der Prinzessin, der Glanz der teuren Fingerringe, das leise Knistern ihres perlenbestickten Gewandes. Dem Burgherrn klang die Musik dieses unermeßlichen Reichtums in den Ohren.

Nach dem festlichen Abendessen zog sich die Prinzessin mit ihren Gefährtinnen in ihr Schlafgemach zurück, und ihre tatarischen Wächter legten sich in der ihnen zugewiesenen Stube zur Ruhe nieder. Nur den Burgherrn ließ der Teufel nicht einschlafen, und immer wieder führte er ihm den Glanz der Fingerringe und Armbänder vor Augen, das Gold der Halsketten und die Perlen. Er war von Besitzgier ergriffen. Schließlich erhob er sich von seinem Lager und weckte seine getreuesten Diener. Mit ihnen drang er ins Schlafgemach der tatarischen Prinzessin ein, durchbohrte sie und machte auch ihr Gefolge nieder. Er erschlug selbst den Hund, der seine Herrin verteidigte. Der stürmische Wind und der Donner übertönte das Geschrei, und keiner der tatarischen Wächter ahnte, was sich zugetragen hatte.

Die toten Leiber der Frauen befahl der Burgherr aus den Burgfenstern zu werfen. Dann eilte er mit seinen Dienern zum Schlafraum der Tataren. Alle machten sie mit dem Schwert nieder bis auf einen, der in diesem Augenblick im Stall bei den Pferden wachte. Als er erkannte, was hier geschah, versteckte er sich, und am Morgen entkam er ungesehen aus der Burg.

Noch in derselben Nacht ergötzte sich der Burgherr an seinem Raub, ließ das Gold durch die Finger gleiten und streichelte die Perlen, und er konnte sich an seinem Schatz nicht sattsehen. Im Morgengrauen trat er ermüdet ans Fenster. Er blickte in die Tiefe unter der Burg, und da schnürte ihm der Schauder die Kehle zu. Dort steckten die Leiber der Gefährtinnen der Prinzessin auf den Felsklippen und schauten empor in das Gesicht ihres Mörders, und unter ihnen auch die Prinzessin, erhaben und streng. Die Prinzessin und ihr weibliches Gefolge sowie der tote Hund hatten sich in Stein verwandelt, um noch nach Jahrhunderten den Wanderern das blutige Werk des Burgherrn anzuzeigen.

Sobald der Ritter das grausige Bild unter den Fenstern der

Burg gewahrte, verwirrte sich sein Verstand, und er wurde wahnsinnig.

Der Tatar, der sich gerettet hatte, ritt zurück zu seinem Chan. Der unglückselige Ritter hatte den Samen des Todes gesät. Jetzt blühte er zur Rache auf und trug vielfache blutige Frucht.

Die Tataren überschwemmten Polen, drangen in Schlesien ein und führten überall siegreiche Kämpfe. Bevor der böhmische König Wenzel zu Hilfe eilen konnte, wurde bei Liegnitz Heinrich der Fromme geschlagen. Und die Tataren strömten weiter. Nach Böhmen gelangten sie jedoch nicht. Im Glatzer Land stand der böhmische König mit seinem Heer auf Wacht. Dafür ergossen sich die Tataren rasch über Mähren, wo sie der König nicht erwartet hatte.

Als am Horizont die ersten Rauchsäulen aufstiegen und die ersten Flüchtlinge das herannahende Verderben ankündigten, flohen die Mährer in die Wälder, um dort in Verstecken abzuwarten, bis die Gefahr vorüber war.

Die Sage erzählt uns von dem Landedelmann Svatoš und seinem Sohn Rostislav, die ihr Gehöft mitsamt der Familie, dem Gesinde, mit Vorräten und dem Vieh verließen und tief in den Wäldern Zuflucht suchten, wo Rostislav vor einiger Zeit eine geräumige Höhle entdeckt hatte. Was für die Herren die festen Burgen waren, das wurde für Svatoš' Familie diese Höhle. Sie verbarrikadierten den Eingang mit Felsblöcken, und es schien, daß sie kein sichereres Versteck vor den räuberischen Tataren finden konnten.

Der Mensch denkt sich etwas Gutes aus, aber er vermag es auch zu verraten. Einer von des Svatoš Knappen, der sich einbildete, für ihn habe die Glücksstunde geschlagen, verließ die Höhle und suchte das nächste Tatarenlager auf. Er versprach den Tataren, ihnen zu sagen, wo sich ein Edelmann mit seiner Habe versteckt halte, wenn sie ihm einen Anteil von der Beute abgäben.

Der verräterische Knappe suchte sich den Augenblick aus, da der Edelmann Svatoš mit den Männern in den Wald gegangen war, um frisches Wildbret zu erjagen, und führte die Tataren zu dem Eingang in die Höhle. Die Tataren fällten sogleich Bäume und benutzten sie als Hebel, um die riesigen

Blöcke vor dem Eingang wegzuwälzen. Die in der Höhle hörten von draußen die Schläge und das Knirschen von Gestein und Geschrei in der fremden Sprache. Sie errieten, was sich da draußen abspielte und was sie erwartete. Todesfurcht befiel sie. In der Höhle waren nur Frauen und Kinder und einige Greise. Einer von ihnen war ein Priester. Dieser stimmte ein frommes Lied an, die anderen stimmten mit ein, und das war ihr einziger Trost, ihre einzige Waffe.

Die Tataren wuchteten einen Stein nach dem anderen heraus, und der verräterische Knappe spornte sie an. Er hätte sich gewünscht, daß der Raub geteilt würde, bevor der Edelmann zurückkehrte. Schon gab der letzte Felsblock nach, und vor den Tataren tat sich eine genügend weite Öffnung auf, damit sie eintreten konnten. Der Gesang ließ sie jedoch stutzen. Sie blieben zögernd vor dem Eingang stehen, aber der Knappe drängte sich durch zur Höhle und ermunterte sie, mit ihm die Höhle zu betreten. Die im Innern konnten bereits die wilden Gesichter der Tataren vor der Höhle unterscheiden, und sie sahen den Knappen, der sie verraten hatte, aber sie sangen mit zitternden und verzweifelten Stimmen weiter.

Da geschah ein Wunder. Vor der Höhle schlug eine mächtige, grelle Flamme herab, sie versengte die feindlichen Krieger und den verräterischen Knappen, sie schlug sie zu Boden und verwandelte sie in Asche. Als die Tataren, die weiter weg standen, sahen, was ihre Gefährten vor der Höhle getroffen hatte, schlugen sie die Flucht ein und fielen dem Edelmann Svatoš und seinem getreuen Volk in die Hände.

Und es wird erzählt, daß Svatoš von Stund an den Tataren Schaden zufügte, wo immer er mit seinen Bewaffneten auf sie stieß, und seine Tapferkeit wurde weit und breit gerühmt. Als die Tataren aus Mähren abgezogen waren, schenkte der Herrscher dem tapferen Edelmann das große Waldstück, in dem seine Familie während des Tatareneinfalls eine Zufluchtsstätte gefunden hatte.

Der Edelmann Svatoš erbaute hier eine Burg, und zur Feier des Friedens nach den grimmigen Kämpfen erhielt sie den Namen Mírov nach dem tschechischen Wort für Frieden – mír.

Das Geschlecht der Herren von Mírov hatte ein besonderes Wappen. Dafür hatte sich der tapfere Vorfahre verdient gemacht. Er zog einst seinem Herrscher zu Hilfe und fertigte sich eine ungewöhnliche Waffe an. Eine eigenartige Hellebarde, eine mit einem Haken versehene eiserne Spitze an einem langen Schaft. Mit dem Haken zog er die feindlichen Reiter vom Pferd, und mit der Spitze durchbohrte er sie. Er machte sich mit seiner neuen Waffe um den glücklichen Ausgang der Schlacht verdient, und der Herrscher zeichnete ihn daraufhin mit einem Wappen aus, wo auf blutrotem Feld die Hellebarde mit dem Haken abgebildet war.

Aber in der Zeit, da die Tataren Mähren verwüsteten, stand die Burg Mírov noch nicht, und manch anderer Hügel konnte sich ebenfalls noch nicht mit Zinnen und Türmen brüsten, die den Zurückweichenden und Fliehenden Rettung gewährt hätten.

So geschah es der Sage nach, daß ein Haufen bewaffneter Mährer bei Dřevohostice überraschend von einer tatarischen Abteilung überfallen wurde. Die Tataren waren überlegen, und den von allen Seiten bedrängten Mährern begannen die hurtigsten Schwerter in den Händen zu erlahmen. Als ihr Führer Vněslav erkannte, wie geschwächt sie waren, während die Tataren immer neue Krieger in den Kampf warfen, befahl er zurückzuweichen. Er selber deckte mit einer Handvoll Mährer den Rückzug seines Volkes. Ununterbrochen kämpfend, zogen sie sich an den Fluß des Berges Hostýn zurück. Der Berg deckte ihnen den Rücken, und der Schatten der Bäume auf seinen Hängen kühlte ihnen die erhitzten Schläfen. Neu gestärkt durch diese kleine Erfrischung, die ihnen der Berg gewährte, stießen die Mährer erneut gegen den Feind vor und schlugen ihn in die Flucht. Sie wußten jedoch recht wohl, daß sie sich der Tataren nicht für lange entledigt hatten.

Bevor der Tag in die Nacht überging, stiegen sie eilends auf den Gipfel des Berges. Von dort konnte man weit ins Land schauen, und die Gegend sah mit ihren stillen Wiesen und Wäldern, aus denen bereits die Nacht aufstieg, wie ein Bild der Ruhe und Behaglichkeit aus. Nur in der Ferne kündete ein feuriger Schein, wohin das tatarische Heer zog.

Aber Zeit war nicht übrig. Vněslav spornte sein Volk zur Arbeit an. Die einen fällten in größter Hast Bäume, andere schütteten Wälle auf. Die ganze Nacht hindurch bauten die Mährer auf dem Gipfel des Hostýn eine Befestigung, die ganze Nacht hindurch wuchs der Bau, der ihnen eine Burg ersetzen sollte.

Der Morgen graute, und die Mährer verstummten auf ihren Wällen und Schanzen vor Bestürzung. Unten breitete sich rings um den Berg das tatarische Feldlager aus, und der Tataren waren es mehr als Ameisen im Walde, mehr als Fische im Meer und als Sterne in einer frostklaren Nacht. Und dort unten war ein Ameisengewimmel und war Unruhe, und Rüstungen schimmerten wie Fischschuppen oder wie das unheilverkündende Flimmern von Unglückssternen. Und aus der Unruhe und dem Gewimmel heraus bewegten sich Schwärme und Scharen, und sie klommen von allen Seiten an den Hängen des Hostýns hoch, und die riesige Masse der Tataren brandete gegen die mährische Befestigung. Die Verteidiger hörten das Klirren der Waffen und das Kriegsgeschrei, schon sahen sie die grimmigen Gesichter und hörten den keuchenden Atem. Da ließ Vněslav den ersten Pfeil von der Sehne schnellen, und seinem Beispiel folgte sein ganzes Volk. Über die Tataren ging ein Pfeilregen nieder, und viele von ihnen sanken in die Knie und fielen zu Boden. An ihre Stelle traten sofort andere, und alle drangen wiederum vorwärts. Und da befahl Vněslav, auf die tatarischen Haufen die Baumstämme hinabzuwerfen, welche die Mährer des Nachts gefällt hatten. Die Stämme rollten dröhnend hangabwärts, rissen die Angreifer um und sprengten ihre Reihen. Da zogen sich die verbliebenen Tataren an den Fuß des Berges zurück und warteten die weiteren Befehle ihrer Führer ab.

Die Verteidiger freuten sich. Ihre Freude war jedoch kurz. Durch die mährische Befestigung flog die Nachricht, daß der tapfere Vněslav im Sterben lag. Ein tatarischer Pfeil hatte ihn so schwer getroffen, daß mit dem Blut auch seine Seele aus dem Körper rann. Es brach eine trübselige Nacht an und nach ihr ein trübseliger Morgen. Die Mährer begrüßten zum ersten Mal die Sonne eines neuen Tages ohne ihren

Heerführer. Und der Berg, der ihnen im ersten Kampf Schatten gewährt und ihnen den Rücken gedeckt hatte, der Berg, der ihnen im zweiten Kampf die Baumstämme zur Vernichtung der Tataren geliefert hatte, schien sie nach Vněslavs Tode vergessen zu haben. Die mährischen Krieger litten Durst. Auf dem Gipfel des Hostýn sprudelte keine Quelle, und die Sonne ruhte auf den Wällen und Schanzen mit sengender Hand und trocknete den Tau auf den Grashalmen weg und erhitzte jedes Steinchen.

»Ergeben wir uns«, rieten einige. Sie hofften mehr auf die Gnade der Tataren als auf die der gnadenlosen Hitze.

»Lieber den Tod mit dem Schwert in der Hand als sich wie Schafe abschlachten lassen«, schworen jene, die Vněslavs Mut eingedenk blieben.

Und die Sage berichtet, daß viele die Augen zum Himmel wandten und auf Ritterart, stolz und voller Ehrfurcht, den Himmel um Hilfe baten. Ihre ausgedörrten Kehlen flüsterten, die rissigen Lippen raschelten wie dürre Blätter.

Auf dem Firmament erschien eine Wolke als einsamer Vorbote, und hinter ihr zeigten sich die weißen und grauen und schwarzen Mähnen der Wolkenreiter, und bald füllte das Himmelsgewölbe das Donnern einer Schlacht und das Blitzen funkelnder Lanzen, und aus den Wunden des Himmels rann statt des Blutes auf die ausgedörrte Erde reich der Regen nieder. Die Mährer boten den Wasserströmen die Münder und Gesichter und Arme dar, und in ihre Leiber kehrten Kraft und Frische zurück.

Und auch die dritte Schlacht half ihnen der Berg zu gewinnen. Von den Flanken des Hostýn strömten zum Fuß des Berges ins tatarische Lager tosende Wassermassen hinab und rissen die Zelte hinweg, und die Menschen und Pferde ertranken in den trüben Fluten. Was das Wasser nicht vernichtete, das trafen die Blitze.

Das Gewitter ging über die Köpfe der Verteidiger hinweg und tat ihnen nichts. Dafür reichten sich im tatarischen Lager Tod und Verderben die Hand.

Und es wird erzählt, daß die tatarische Streitmacht sodann in großer Hast durch Mähren zog, ohne sich irgendwo mit einer langen Belagerung aufzuhalten.

Aus der Zeit der letzten Přemysliden

In alten Büchern steht geschrieben, daß Přemysl Otakar II. aufging wie eine schöne Blüte. Seine Herrschaft war ruhmvoll, sein Reich groß, sein Heldentum ehrenwert und seine Sitten und Gewohnheiten waren ritterlich. Während seiner Herrschaft wuchsen neue Burgen empor und die älteren erhielten eine imposante Gestalt. Es wurden Klöster gegründet und die königlichen Städte České Budějovice, Kolín, Polička und Nymburk. Přemysl Otakar war ein kriegerischer König, und viel wird von seiner Tapferkeit erzählt.

Und es geschah in einem Jahr, daß sich in Böhmen die Wölfe ungemein vermehrten. Sie bedrohten einsame Wanderer, und die Leute wagten sich nur im Haufen und mit der Waffe in der Hand in den Wald und auf die Felder. Des Nachts zogen die Wölfe zu den menschlichen Behausungen und schnüffelten an den Umzäunungen. Das Morgengrauen deckte im Schnee unheilverkündende Spuren auf. Magere, schleichende Wolfsschatten belagerten des Nachts auch die Tore der Prager Burg. Durch die funkelnde Sternennacht hallte ihr Heulen. Die alten Weiber und Greise lauschten dem Wolfsgeheul voller Angst und Bangen und prophezeiten dem böhmischen Lande eine böse Zukunft.

Binnen zwei Jahren erfüllte es sich, was die alten Leute vorhergesagt hatten, und das Unheil suchte Böhmen heim. König Přemysl Otakar II. zog in den Kampf gegen den römischen König Rudolf von Habsburg. Das Heer des römischen Königs war zahlenmäßig stärker, aber Přemysl Otakar verließ sich auf seine schwere Reiterei. In ihr kämpften Seite an Seite tschechische und deutsche Ritter.

Die Schlacht entbrannte bei Dürnkrut auf dem Marchfeld an einem Freitag, dem Tag des heiligen Rufus. König Rudolf hielt den Freitag für seinen Glückstag. Er hatte sich einen günstigen Tag und eine günstige Stunde gewählt. Ein Teil von Otakars Heer war nicht im Lager. Sie waren ausgeritten, um Pferdefutter zu besorgen. Die Sage erzählt, daß der Angriff auf den Ratschlag des Herrn Milota von Dědice begann, und dieser Rat war Verrat.

Es entbrannte ein grimmiger und erbarmungsloser Kampf. Das Heer des böhmischen Königs Otakar stürzte sich mit dem Schlachtgeschrei »Praha« in den Kampf, das Heer Rudolfs mit dem Schlachtruf »Rom und Christus«. Im entscheidenden Augenblick verriet Milota von Dědice den König zum zweiten Mal. Milotas bewaffnete Rotten verließen das Schlachtfeld vorzeitig.

Přemysl Otakar sah den Untergang seines Heeres, aber sein Streitroß floh die verlorene Schlacht nicht. Der König wich und wankte nicht und schlug sich bis zum letzten Atemzug.

Die Kunde von seinem Tode wanderte durchs ganze Königreich, aber viele Leute glaubten nicht daran. Es hieß, König Přemysl Otakar sei zwischen den Heeren verschwunden wie zwischen zwei Wogen, aber eines Tages werde er bestimmt wieder unter den Seinen auftauchen. Die auf seine Wiederkehr warteten, wurden jedoch enttäuscht. Die Sonne seines Lebens war untergegangen. Sein Ruhm aber ging nicht unter, und dessen Schein strahlte durch ganz Europa. Für die einen war König Přemysl Otakar ein Löwe, für andere ein Kleinod, der Schild und die Säule der Christenheit und der Ruhm der Tschechen.

Der König fiel auf dem Marchfeld, es fiel der erste Ritter seines Landes, ein Vorbild an Rittertugend. Sein Tod war nicht nur der Tod eines Königs, sondern auch der Tod der

Ruhe und Ordnung im Königreich. Er ließ einen verlassenen Thron und ein reiches Erbe zurück. Der Sohn Wenzel war noch ein Kind.

Und es flogen die Erbanwärter auf das Land der böhmischen Krone herbei wie Raben auf eine fette Beute, um aus dem lebendigen Körper einen Anteil herauszureißen. Und die beutegierigen ausländischen und einheimischen Herren beglichen ihre persönlichen Rechnungen, und es herrschten Unruhe und Unsicherheit. Und die Unsicherheit gebar Unrecht und Diebstahl und Elend.

Vormund des kleinen Wenzel, des Sohnes von Přemysl Otakar, wurde Otto von Brandenburg. Auch für Otto war das böhmische Königreich nur eine Schatzkammer, aus der man nimmt, in die man aber nichts einlegt. Die Rotten des Vormunds nahmen im böhmischen Land, was ihnen behagte. Was Wunder, daß Otto von Brandenburg beim tschechischen Volk und bei den tschechischen Herren unbeliebt war. Und diese Abneigung verwandelte sich in Haß.

In einer Februarnacht traten in die Prager Wohnung von Kunigunde, der Witwe von Přemysl Otakar, Boten von Otto von Brandenburg und forderten sie auf, sich mitsamt dem kleinen Wenzel für die Reise fertigzumachen. Man brachte sie auf die Prager Burg, und noch in der gleichen Nacht traten sie die Reise an.

Die Räder des Wagens hüpften über den gefrorenen, furchigen Boden, das Dunkel langte mit naßkalten Fingern in den Wagen und rührte die Königin und ihren Sohn an, daß ihre Gesichter erstarrten. Wenzel schlief ein, die Mutter wischte ihm die Tränen ab und schaute starr ins Dunkel. Aber in dieser Nacht schliefen alle Sterne, und jeder war allein mit seiner Verzweiflung und seinen Hoffnungen.

Ziel des traurigen Wagens und seiner Begleiter war die Burg Bezdéz. Hierher hatte der Vormund Otto von Brandenburg die königliche Familie zu verbringen befohlen, auf den Berg, auf dessen Gipfel hinter starken Mauern der junge Wenzel mit seiner Mutter leben sollte. An einem trüben Februartag stiegen die Königin-Witwe und ihr Sohn aus dem Wagen auf den Burghof, und beide zitterten vor Kälte. Otto von Brandenburg beließ in ihrer Nähe nur einige wenige bekannte Gesichter. Aber auch diese wurden mit der Zeit weniger. Und so herrschte auf der Burg mehrfache Kälte: die Kälte der Jahreszeit und die Kälte der Fremdheit und Demütigung.

Im Frühjahr gelang es der Königin, aus dem Machtbereich Ottos von Brandenburg zu fliehen. Sie flüchtete vom Bezděz nach Mähren, nach Znojmo, wohin man aus Wien den Leichnam Přemysls Otakars übergeführt hatte, und dann auf ihre Güter ins Troppauer Land. Der Vormund, seiner Herrschaft in Böhmen nicht mehr sicher, schleppte im Herbst den siebenjährigen Wenzel von Bezdéz nach Brandenburg.

Die Jahre seiner brandenburgischen Gefangenschaft waren Jahre des Leidens und des Hungers. Und es wird erzählt, daß seine Kleidung in diesen Jahren mehr als dürftig und seine Schuhe löchrig waren. Die den Reichtum des böhmischen Landes ausplünderten, verbrauchten alles für sich, für ihren Luxus und für ihren Wanst. Die Notdürftigkeit der Kleidung des Königssohnes war die Notdürftigkeit des böhmischen Landes, der Hunger des jungen Wenzel war der Hunger des böhmischen Landes.

Aber wer hat schon so scharfe Ohren, um das Rufen der fernen Kränkung zu hören, wenn sich in ganz Böhmen Verbrechen und Gemeinheit ausgebreitet haben! Dörfer gingen zugrunde, leben konnte man nur hinter Mauern und Schanzen, und es war gefährlich, auf früher sicheren Wegen zu gehen. Und so wie die Liebe ebenfalls Liebe hervorruft, ruft die Grausamkeit der einen die Grausamkeit der anderen hervor.

Die Dorfbewohner flüchteten sich unter den Schutz der Burgen und befestigten Kirchen. Die Leute aus den umliegenden Dörfern suchten Zuflucht vor den räuberischen Rotten auch hinter den Wällen der Burg Krasíkov. Eine Streife der Burgbesatzung verließ von Zeit zu Zeit die Burg zu einem Erkundungszug in die Umgebung. Bei einem solchen Streifzug entdeckten sie Blutspuren auf dem Farnkraut, und als sie der Spur folgten, fanden sie im Waldesschatten einen Mann, der viele Hiebwunden trug. Er war seiner Kleider und Schuhe beraubt. Es war schwer zu ermitteln, wer hier seine Seele ausgehaucht hatte, zumal seine Kleidung nichts über ihn aussagen konnte. Die Reisigen standen verlegen vor dem Toten.

»Was zögern wir?« sagte einer von ihnen, »die Wunden sind frisch. Der Mörder muß noch in der Nähe sein.«

Nach diesen Worten wandten sich alle von dem Toten ab und begannen den Lebenden zu suchen.

Bald darauf fanden sie einen jungen Mann, der auf dem weichen Gras unter einer dichtbelaubten Eiche schlummerte. Neben ihm lag ein Stock, und selbst im Schlaf hielt er die Hand darauf. Sie rüttelten ihn wach. Der junge Mann erschrak vor den bärtigen Gesichtern, die sich über ihn neigten, ergriff den Stock, sprang auf und wollte fliehen.

»Warte, du Vögelchen«, rief einer der Knappen und packte ihn am Kragen, »warte, wo willst du so schnell hin ohne Beichte?«

Mit einem Schlage war er ihnen verdächtig.

»Warum hast du ihn erschlagen?«

»Wo hast du das Gold versteckt?«

»Wo die Kleider, wo die Schuhe?«

»Wo hast du deine Kameraden?«

»Wir machen kurzen Prozeß mit dir!«

»Warte, gleich wirst du singen!«

Sie rüttelten und schüttelten ihn, und dann schleppten sie ihn auf die Burg. Der Jüngling verstand nichts. Aber er beruhigte sich, als er erkannte, daß die, die ihn da führten, keine Räuber waren. Er hoffte, beim Burgherrn zu seinem Recht zu kommen. Das Recht jedoch war in diesen Zeiten aus Böhmen fortgegangen, und wer weiß, wo es sich in der Welt herumtrieb.

Der Burgherr hielt sich mit der Untersuchung nicht lange auf. Er hörte sich seine Knappen mit beiden und den jungen Mann nur mit einem Ohr an. Und weil es der Knappen viele waren, der Jüngling aber nur einer, und weil er seine Leute kannte, den Jüngling aber nicht, urteilte er kurz und erbarmungslos. Er schickte nach dem Henker.

»So schlagt doch nicht einen Unschuldigen tot!« jammerte der Jüngling, »der Himmel ist mein Zeuge, daß ich nichts Böses getan habe!«

»Jetzt ruft er den Himmel an«, brummte die Menge, »als du geraubt hast, hättest du den Himmel anrufen sollen, auf daß er dir in den Arm falle!«

»Leute, so helft mir doch!« rief der Jüngling ein ums andere Mal.

Aber niemand half ihm. Nur selten glaubt das Volk einem Unschuldigen, nur selten glaubt es den Beweisen der Wahrheit. Die Wahrheit ist in der Regel unwahrscheinlich, und die Lüge der Wahrheit ähnlich. Der Jüngling hörte schließlich zu jammern auf, er begriff, daß er sein Leben verwirkt hatte. Und weil er nicht zugleich mit seinem Kopf auch die Wahrheit verlieren wollte, hob er den Stock, den er bisher nicht losgelassen hatte, und rief:

»Alle, die ihr hier seid, werdet meine Unschuld erkennen. Möge dieser Stock ergrünen zum ewigen Angedenken, daß ihr einen gerechten Menschen umgebracht habt.«

Dies rief er und stieß den Stock in die Erde. Kaum hatte er das getan, zerrte man ihn zum Henker.

Der Henker verrichtete sein Werk, und die Menge hielt den Atem an. Aus dem dürren Stock des Jünglings brachen Knospen hervor und wuchsen, der alte Stock breitete die Flügelchen grüner Blätter aus.

Auch der richtende Burgherr sah dieses Wunder und erschrak. Sogleich bemühte er sich, das Unrecht so aus der Welt zu schaffen, seine Tat verbergen, wie das die Mächtigen dieser Welt mit ihren bösen Taten tun. Er schickte den Henker und seine Knechte los, sie sollten den Stock aus der Erde reißen. Sie rannten gehorsam zu dem Stock und zogen dran und zerrten dran, aber der Stock rührte sich nicht. Er hatte tiefe Wurzeln in den Boden gesenkt.

»Hackt das Holz ab!« rief ihnen der Burgherr zu.

Sie nahmen Äxte und hackten, bis die Äxte stumpf wurden. Aber was sie abgehackt hatten, wuchs im Nu nach. Und so war dieser Baum wie die Wahrheit, an der die Lügner rütteln und zerren und die die Gewalttäter zu verderben trachten, und die dennoch still und geduldig und unablässig wächst.

Niemand vermochte den jungen Baum von der Stelle zu rücken. Er wuchs und bedeckte sich mit Laub. Seine Zweige jedoch hingen zur Erde, als trauerte er über das vernichtete Leben. Die Blätter rauschten im Wind und schreckten mit ihrer Stimme den ungerechten Richter. So hatte auf der Burg Krasíkov das Unrecht der Wahrheit ein Denkmal gesetzt.

Durch die Grenzwälder drangen um diese Zeit ins Land Rotten fremder Bewaffneter. Die Brandenburger Besatzungen hielten viele Burgen besetzt, die Banden der ungeladenen Gewalttäter plünderten und raubten im weiten Land. Wieder einmal entvölkerten sich die Dörfer und Städte, und in den leeren Werkstätten der Handwerker spannen die Spinnen ihre Gewebe, auf den Feldern wuchs das Unkraut, und in den niedergerissenen Häusern schliefen Fledermaus und Eidechse und Schlange. Die Leute waren vor den räuberischen Haufen in die Wälder geflüchtet, andere wieder rotteten sich selber zu Haufen zusammen, um zu rauben. Kummer und Leid fielen auf Böhmen und Mähren wie der Schatten einer unabsehbaren Dämmerung.

Nach Jahren des bösen Hausens legte der Tod die Sichel weg und begann mit einer riesigen Sense zu ernten. Der Hunger trat in alle Wohnstätten ein, in alle Winkel des Landes, und er war so furchtbar und grimmig, daß die Menschen vor Entkräftung auf den Straßen und vor den Toren der Burgen und Städte starben. Die Hoffnung hielt ihr Gesicht verborgen, aber die Zeit, der unermüdliche Läufer, eilte über die Grabhügel der Toten und die Köpfe der Lebenden hinweg und strebte zum Horizont, wo ein schwaches Licht schimmerte.

Am Ende dieses grausamen Hungerjahres leuchtete über Prag und seiner Burg ein ungewöhnlich schöner Regenbogen auf, wie eine Wölbung des Friedens und der Liebe. Alle sahen in dem Regenbogen ein glückliches Vorzeichen. Und im April des nächsten Jahres erstrahlte des Nachts über dem Mond ein unbekannter Stern. Sein Licht war hell, und es verscheuchte das Dunkel der Verzweiflung und Hoffnungslosigkeit.

Und es gelang, den Prinzen Wenzel freizukaufen, und in der zweiten Hälfte des Monats Mai näherte sich der Zug mit ihm der Stadt Prag. Die führenden Edelleute des Landes waren ihm mit einem bewaffneten Gefolge entgegengeritten. Wo sie danach mit dem jungen Herrscher durchzogen, säumten Menschenmassen den Weg und freuten sich und jubelten. Sie begrüßten den Beginn einer neuen Zeit. Und der Prinz Wenzel glich seiner Zeit. Er war kaum zwölf, war blaß und zart, aber er hielt sich aufrecht im Sattel und lächelte.

Es öffneten sich die Tore der Prager Burg, und sobald vor ihnen das Pferdegetrappel des königlichen Gefolges erschallte, stieg aus vielen Mündern der machtvolle Gesang des Liedes »Hospodine, pomiluj ny« empor, und bei den Worten dieses Liedes trat der junge Přemyslide ein in die ruhmreiche Prager Burg.

In dieser Zeit lebte im Troppauer Land einer der mächtigen Herren aus dem Geschlecht der Vítkover. Er hieß Záviš von Falkenstein und führte in seinem Wappen die Rose und den Falken. Der Falke war im Wappen des Herrn Záviš, und Záviš war im Herzen der Königin-Witwe. Kunigunde lebte damals auf ihren Troppauer Gütern. Herr Záviš hatte hier das Amt eines Burggrafen der Königin inne, auf der bedeutsamsten Feste des Landes, auf Hradec Opavský.

Záviš von Falkenstein hatte einst den Widerstand gegen Přemysl Otakar, den Gemahl der Königin Kunigunde, angeführt. Jetzt hatte die Liebe die alte Wunde geheilt, und die Königin eilte zu ihrem Sohn Wenzel, er möge dem einstigen Feind der Přemysliden verzeihen.

Und es geschah das Unglaubliche. Wenzel nahm Záviš auf der Prager Burg auf, und Záviš von Falkenstein wurde königlicher Ratgeber und Verwalter der königlichen Angelegenheiten. Herr Záviš gewann sich das Herz des jungen Prinzen genauso, wie er das Herz der Königin gewonnen hatte. Man sagt, er sei der Zauberei kundig gewesen, mit der er den König und die Königin umgarnt habe. Aber seine Zauberei war nichts anderes als Witz, Ehrgeiz und ein abenteuerlicher Charakter. Es geschah, daß sich Záviš von Falkenstein mit der Königin Kunigunde verheiratete und damit seine Macht am Hofe noch mehr festigte.

Solange Königin Kunigunde lebte, war Záviš' Macht fest und unantastbar. Auf wichtige Stellen am Prager Hofe setzte er seine Freunde ein, beeinflußte den jungen Herrscher, und es schien, daß er unverwundbar war. Aber jeder Gipfel spiegelt sich im Abgrund. Königin Kunigunde starb, und Záviš' Macht verlor ihre Sicherheit. Seine offenen und heimlichen Feinde nahmen zu. Und aus dem Prinzen wurde König Wenzel II.

Noch einmal schien es, daß das Glück Záviš sein Gesicht zuwandte. Er freite um die Schwester des ungarischen Königs, Elisabeth. Elisabeth lebte zu dieser Zeit im Kloster, und der Papst zögerte, die Heiratserlaubnis zu geben. Und da ließ der jähzornige und gewalttätige ungarische König durch seine Soldaten die Mönche verjagen, die Elisabeth bewachten, und holte die Schwester zu sich. Es wurde dann die fröhliche Hochzeit Elisabeths mit Záviš von Falkenstein gefeiert.

Záviš führte nach der Hochzeit seine neue Frau auf die mächtige Burg Svojanov heim, wo er für ihre Bequemlichkeit sorgte. Während ihn auf der Burg Svojanov Sorgen beschäftigten, die weit von denen des Prager Hofes entfernt waren, gewann am Hofe des Königs die Partei von Záviš' Feinden die Oberhand.

Auf Svojanov wurde der ungarischen Elisabeth ein Sohn geboren. Die Taufe sollte prunkvoll sein. Der ungarische König versprach, zur Taufe zu erscheinen, und auch der böhmische König Wenzel II. wurde eingeladen. Die Burg Svojanov summte von lebhaftem Treiben, als Záviš von Falkenstein mit einem kleinen Gefolge gen Prag ritt, um dem böhmischen König ein würdiges Geleit zu geben.

Wenzel II. traute seinem ehemaligen Ratgeber und Verwalter Záviš schon lange nicht mehr. Am Hofe der Prager Burg hatte langsam aber sicher die Partei von Záviš' Gegnern gesiegt. Von verschiedenen Seiten erreichten den König Berichte, die ihn schreckten: Záviš bereitet deinen Untergang vor, König. Er hat sich mit dem ungarischen König verbündet, um dich des Lebens zu berauben. Die Tauffeier auf Svojanov soll dein letztes Gastmahl sein. Die Zauber sind bereit, das Gift ist gemischt, die Dolche sind geschliffen.

Záviš' Feinde waren es so viele wie früher Freunde, und verändert hatten sich nicht die Ohren des böhmischen Königs, sondern seine Umgebung. Und zu den Feinden von

Záviš gehörte auch Guta, die Gattin Wenzels II., die aus dem Hause Habsburg stammte. Sie fürchtete Záviš und traute ihm genauso wenig wie ihr Vater, Rudolf von Habsburg.

Herr Záviš trat unter das Dach der Prager Burg, so wie ein unachtsamer Fisch ins Netz schwimmt. Für die Königin Guta brachte er einen kostbaren Schleier als Geschenk mit, aber in ganz Prag wurde danach erzählt, die Königin habe den Schleier gar nicht angerührt. Was, wenn in den Schleier ein Zauber eingewebt wäre und die bösen Kräfte Macht über die Königin gewännen? Kaum hatte Herr Záviš den Saal verlassen, befahl sie den Dienerinnen, den kostbaren Schleier zu verbrennen.

Und als Herr Záviš den Burgpalas verlassen wollte, verstellten ihm neun Ritter den Weg. Neun Schwerter stellten sich gegen sein einziges. Lange wehrte er sich gegen sie, aber sich ihrer erwehren konnte er nicht. Er wurde gefesselt und in den Weißen Turm auf der Prager Burg geworfen.

Zwei Jahre lang hielt König Wenzel seinen einstigen Vertrauten Záviš gefangen und versuchte ihn zu zwingen, seine Burgen herauszugeben. Zwei Jahre lang lehnte Záviš ab, und seine Burgen blieben ihm treu. Da ließ der böhmische König auf den Rat seiner Vertrauten Záviš durch Böhmen führen. Von einer seiner Burgen zur anderen.

Die Burgbesatzungen sahen von den Schanzen herab ihren Herrn in Fesseln, und sie sahen auch den Henker, der hinter ihm stand.

»Ergebt euch«, riefen die Belagerer hoch zur Burg. »Ergebt euch, oder der Henker wird an eurem Herrn sein Werk verrichten.«

Das Volk auf der Burg erschrak, aber Záviš stand fest und mit ruhigem Antlitz.

Einige Burgen ergaben sich auf diese Drohung hin. Das königliche Heer zog weiter. Auf seiner Wanderung kam es mit dem hochgestellten Gefangenen bis zur Burg Hluboká. Hier war Burggraf Záviš' Bruder Vítek.

Die Königlichen spielten unterhalb von Hluboká das bekannte Theater mit dem Henker. Sie riefen und drohten. Burggraf Vítek sah und hörte sie, aber er achtete ihrer nicht. Er hielt alles für ein listiges Spiel und leeres Getrommel.

Der Befehlshaber des königlichen Heeres, Nikolaus von Troppau, gehörte zu den ärgsten Feinden des Herrn Záviš von Falkenstein. Er hatte das Vertrauen des Königs und durfte mit dem Gefangenen verfahren, wie er es für richtig hielt. Der Widerstand von Záviš' Bruder nährte Nikolaus' Haß.

Er wartete und wartete, daß sich am Ende doch das Burgtor auftun würde. Und dann ging ihm die Geduld aus.

Er ließ die Richtstätte vorbereiten. Aus der Burg beobachteten sie die Zurüstungen, aber keiner glaubte daran. Nikolaus befahl dem Henker, ans Werk zu gehen. Von der Burg sahen sie Záviš vor dem Henker niederknien. Aber sie glaubten es immer noch nicht. Da schlug der Henker mit einem scharfkantigen Brett Záviš den Kopf ab.

Unter dem blauen Augusthimmel fiel das Haupt des Herrn Záviš von Falkenstein, und sein Blut färbte den Rasen. Und auf der Stelle des vergossenen Blutes wuchs der Sage nach lange Jahre hindurch rotes Gras.

Die Sage erzählt uns, daß der Sinn des Königs ruhelos war und daß er die Ruhe, die er unter den Menschen nicht fand, um so fleißiger im Dienste des christlichen Gottes zu suchen begann.

In der Begleitung von Äbten und Priestern bestieg er ein Schiff und fuhr damit die Moldau stromaufwärts, um eine Stelle für ein neues Kloster auszusuchen. Durch die Gründung eines Klosters wollte er seine Seele erleichtern und zu ihrer Erlösung beitragen. So gründete er das Kloster in Zbraslav und nannte es Königsaal.

König Wenzel II. verließ die Prager Burg nur selten. Auf der Burg wurde ein großzügiges Hofleben geführt. Hier blühte Rittersitte, und der König selber dichtete nach dem damaligen Brauch Verse in deutscher Sprache, Minnelieder.

Von dem damaligen Luxus legt die prunkvolle Krönung des Königs Wenzels II. und seiner Gemahlin Guta ein beredtes Zeugnis ab. Über die Krönungsfeierlichkeiten wurde jahrelang in ganz Böhmen erzählt, und ihr Ruf drang über die Grenzen. Es kamen weltliche und kirchliche Fürsten, es trafen sich Gäste aus vielen Ländern. Die Prager Gassen und Häuser füllten sich mit Gästen, und auf den Wiesen rings um Prag wuchs eine Menge von Zelten empor. Es war eine große Sorge, wo man Futter für mehr als einhundertneunzigtausend Pferde hernehmen sollte.

Und so wurden dann Wenzel II. und seine Frau im Dom des heiligen Veit mit der goldenen Krone gekrönt. Die Sage erzählt, daß man vor dem König einen goldenen Schild trug, auf dem aus Perlen zusammengesetzt der böhmische Löwe prangte. In der Sonne leuchtete das Gold, die Perlen funkelten regenbogenfarbig, und die großen Rubine an den Tatzen des Löwen flammten rot. Hinter dem Wappen schritt der König, und sein Mantel war aus goldenen Schuppen, und auf den Schuppen zitterten wie bunte Tautropfen Edelsteine. Und es waren am König und an der Königin Kleinodien und Fingerringe, daß man damit eine ganze Schatzkammer hätte füllen können.

Als das Volk den mit den Insignien der königlichen Macht, Krone und Zepter, geschmückten König sah, begann es zu rufen, zu jubeln und zu singen, und die Wellen des Jubelgeschreis breiteten sich aus wie Ringe auf dem Wasser in alle Winkel des überfüllten Burghofes und vor die Tore der Prager Burg. Überall liefen Massen von Neugierigen aus dem Inland und Ausland zusammen.

Zwischen dem Berg Petřín und dem Moldauufer, jenem Stadtteil, den man heute Smíchov nennt, war auf einer ausgedehnten Wiese ein riesiger Palast aus Holz erbaut worden, den man über eine Freitreppe betrat. Die Holzwände des Palastes bedeckten kostbare, mit Gold und Silber durchwirkte Tapeten. Die vornehmsten Gäste tafelten in dem hölzernen Palast, die übrigen in Zelten oder unter freiem Himmel. Auf dem Neumarkt an den Stellen des späteren Kohlenmarktes und Obstmarktes vergnügte sich das Volk. Hier standen am Tag der Feierlichkeiten Brunnen, und durch Röhren floß in sie Wein. Jeder konnte sich Wein schöpfen, soviel er nur wollte. Abends ersetzten das Tageslicht Hunderte und aber Hunderte von brennenden Fackeln. Die Nacht trat vor ihren hellen Flammen zurück, und das Leid der vergangenen Jahre wehte der warme Wind der Juninacht hinweg.

Tags darauf reiste der König mit einem Gefolge erlauchter Gäste nach Zbraslav und legte hier feierlich den Grundstein für eine neue Kirche. Nach dieser festlichen Grundsteinlegung schlug der König zweihundertvierzig Herren und Edelleute des Böhmischen Königreiches sowie Herren aus dem Ausland zu Rittern.

Mit sechsundzwanzig Jahren wurde Wenzel II. gekrönt und ehrte in Zbraslav die Besten mit dem Ritterschlag. Acht Jahre später legte am Zbraslaver Ufer ein anderes festlich geschmücktes Schiff an. Das war jedoch ein Trauerschmuck. Das Schiff trug den toten König Wenzel II. in seinem Sarge. Er hatte die Wanderschaft zu seiner letzten Ruhestätte angetreten.

Unter großem Wehklagen der Mönche und des Volkes wurde er in der Krypta der neuen Kirche beigesetzt. Und eine alte Chronik sagt, daß die Erinnerung an ihn süß sei wie ein Tropfen Honig im Munde.

Der König war aus dieser Welt geschieden, da war er nicht älter als vierunddreißig Jahre. Er hinterließ ein um verschiedene Gebiete vergrößertes Böhmisches Königreich, hatte die berühmten Prager Groschen prägen lassen, und seine Bemühungen um die schriftliche Niederlegung der Gesetze und um die Gründung einer Prager Universität waren seiner Zeit vorausgeeilt.

Auf der Prager Burg löste ihn der neue Herrscher ab. Die Regierung übernahm Wenzel III., der Sohn des toten Königs. Und er war erst siebzehn Jahre.

Wenzel III. war den Berichten nach ein stattlicher und redegewandter Jüngling mit guten Manieren. Er sprach vier Sprachen: lateinisch, deutsch, ungarisch und tschechisch. Aber sein Charakter war wankelmütig und leichtsinnig, und sein Gefolge übermütig und wilden Zechgelagen zugetan. Vom Wein beschwingt, pflegte der junge König an seine Saufkumpane die königlichen Güter zu verteilen. Diesem eine Stadt, jenem eine Burg oder ein Dorf oder irgendwelche königlichen Privilegien. Das unbeständige Wesen des jungen Königs nutzten auch die benachbarten Herrscher aus.

Ein Jahr war seit dem Tode des Königs Wenzel II. vergangen, aber die Ergebnisse des ersten Jahres der Herrschaft seines Sohnes waren immer noch geringfügig. Am Jahrestag des Todes seines Vaters kniete er an der königlichen Gruft in der Zbraslaver Kirche nieder. Da gewahrte er neben sich einen Schatten. Hinter ihm stand der Zbraslaver Abt Konrad.

Konrad war ein Freund Wenzels II. gewesen und beobachtete voller Trauer die Zügellosigkeit und den Leichtsinn des neuen Königs. Lange hatte sich Konrad seine Worte zurechtgelegt. Alle Trauer, alle Bitterkeit, die sich in ihm angesammelt hatten wie das von einem Wehr angestaute Wasser, alle Bangnis um das Schicksal des Landes, aber auch der Stolz auf das alte Geschlecht der Přemysliden sprachen aus seinem Munde.

Der junge König wurde ernst bei diesen Worten, und er dachte über sich und über das Werk nach, das ihn erwartete. Er versprach dem Abt Konrad, künftig einen anderen Weg zu beschreiten, als er ihn bisher gegangen war.

Und so stellte sich Wenzel III. an die Spitze des böhmischen Heeres und zog in den Kampf gegen den polnischen Herzog Wladyslav Lokietek, der sich der Stadt Krakau bemächtigt hatte. Er zog aus zur Verteidigung seines ererbten Rechtes auf die polnische Krone. Im Juli des Jahres 1306 rückte Wenzels Heer vor nach Mähren.

König Wenzel traf in Olmütz ein und nahm seinen Wohnsitz im Dekanshaus. Da war es bereits Anfang August, und die Luft war heiß und stickig. Nach dem Mittagessen zog sich der König in sein Schlafgemach zurück und ruhte dort nur leicht bekleidet. Er schlummerte für ein Weilchen ein, das schwüle Wetter lag ihm auf der Brust. Er stand genauso müde auf, wie er sich hingelegt hatte. Er trat aus dem Zimmer in den steinernen Vorsaal, um sich abzukühlen. Da sprang aus einem dämmrigen Winkel ein Mann auf ihn zu und durchbohrte den böhmischen König dreimal mit seinem Dolch. Der König fiel ohnmächtig zu Boden und erwachte von diesem Augenblick an nicht mehr zum Bewußtsein.

Der Mann rannte, den blutigen Dolch in der Hand, aus dem Vorsaal, wurde von der Wache angehalten und auf der Stelle niedergemacht. Bevor er noch sprechen konnte, warum er sich zu dieser Tat entschlossen hatte.

Die Kunde von der Ermordung des Königs lief durch

ganz Olmütz und erreichte das Feldlager vor den Mauern der Stadt. Sogleich brachen Verwirrung und Unordnung aus, die Soldaten liefen auseinander, sie stahlen und plünderten. Sie verschonten, heißt's, nicht einmal das königliche Eigentum, nicht einmal die Verzierung des Feldaltars, den sich der König aus dem Zbraslaver Kloster entliehen hatte.

Es hub die erste Nacht nach dem Tode des Königs an. Und das war für die einen eine Nacht der Trauer, denn mit Wenzel III. war in Böhmen das altehrwürdige Geschlecht der Přemysliden ausgestorben, und das Schicksal des Landes war unabsehbar. Und es war eine Nacht der Freude für jene, die in dem lärmenden Feldlager tanzten, berauscht von dem erbeuteten Wein, oder die ihre Ranzen voller Raubesgut bewachten.

Die Reihe der Přemyslidenherrscher war abgeschlossen. Aber der Schatz, den sie einmal besser, ein andermal schlechter verwaltet haben, dieser Schatz hat überdauert. Der Schatz mit drei kostbaren Kleinodien. Und jedes hatte seinen Namen. Das eine nannte man Böhmen, das andere Mähren und das dritte Schlesien.

König und Königin

Nach dem Tode des letzten Přemysliden sprach der Römische König Albrecht von Habsburg das Böhmische Königreich seinem Sohn Rudolf zu. Rudolf war ein kränkelnder König. In seiner Küche wurde dauernd Brei gekocht. Er herrschte kein ganzes Jahr und starb. In seiner Nachfolge nahmen die böhmischen Herren als König Heinrich an, den Herzog von Kärnten. Und das war ein schwacher König, so als wäre er gar nicht da.

Als es keinen guten König gab, war sich jeder selber König, und daraus gingen Unordnung und Verwirrung hervor. Friede und Zufriedenheit entfernten sich von den böhmischen Ländern, so wie sich des Abends die Sonne entfernt, bis sie hinterm Horizont verschwindet. Recht und Sicherheit waren so bedroht, daß keiner keinem traute. Jedermann ging in Waffen einher, und das nicht nur auf den Gassen und Straßen, sondern auch im eigenen Hause. Und wer zwei Röcke hatte, verkaufte den einen und erwarb ein Schwert.

In dieser traurigen Zeit gedachten die böhmischen Herren oft des Ruhmes der Přemysliden und sehnten sich nach einer Änderung des unseligen Zustands ihres Königreichs.

Unsere Geschichte beginnt auf der Prager Burg.

Dort, im Schatten der Mauern des Sankt-Georgs-Klosters wuchs die Tochter des verstorbenen böhmischen Königs Wenzel II. auf. Die Königstochter Eliška, auf deutsch Elisabeth, war zu dieser Zeit siebzehn Jahre. Erzogen wurde sie von ihrer Tante, der Äbtissin Kunigunde, und sie lernte alles, was eine Tochter aus einem erlauchten Hause braucht. Elisabeth saß am Fenster der Klosterzelle, bestickte geschickt ein kostbares Gewand, aber ihr leicht entzündlicher Sinn wanderte durch Gegenden fern vom Kloster. Sie hatte andere Sorgen als Nadel und Zwirn. Vom Vater hatte sie den Stolz auf ihre Ahnen geerbt. Und was war jetzt vom Erbe des Přemyslidengeschlechts geblieben?

Eines Tages trat nach der Messe in der Kathedrale der Zbraslaver Abt Konrad zu ihr und entbot ihr seinen Gruß. Als sie die Stimme des Freundes ihres Vaters vernahm, füllten sich ihre Augen mit Tränen. Der Abt tröstete sie und prüfte im Gespräch ihren Charakter und ihre Sehnsüchte. Je länger er mit ihr im Dämmer des Domes plauderte, um so fester wurde sein Entschluß.

In den folgende Tagen und Monaten setzte der Abt Konrad seinen Entschluß in Taten um. Er besprach sich mit den wichtigsten böhmischen Herren, knüpfte Verbindungen zu Bürgern und Äbten, suchte nach Verfechtern von Elisabeths Sache und fand sie auch in den mächtigen Herren Heinrich von Lípa und Jan von Wartenberg.

Die Zeit war gereift, und ihre Früchte warteten auf die Hand, die sie pflückte. Keiner von den vernünftigen Menschen im Böhmischen Königreich glaubte daran, daß die Herrschaft Heinrichs von Kärnten von langer Dauer sein würde. Und in einem bestand in dieser uneinigen Zeit Einvernehmen: Die Kärntner sollten schleunigst zu ihrem Hirsebrei zurückkehren, von dem sie gekommen waren.

Anfang August reiste der Zbraslaver Abt Konrad zum Römischen König, dem kürzlich gewählten Heinrich aus dem Geschlecht der Luxemburger. Er traf ihn in der Reichsstadt Heilbronn an.

Er erbat eine Audienz beim König und trug ihm seine Einschätzung des Zustandes des Böhmischen Königreiches vor. Er prangerte die Herrschaft des Kärntners an, der das Land in einen Wirrwarr gestürzt habe. Er sprach von Elisabeth, der Jungfrau aus königlichem Geblüt, auf die sich die Hoffnungen ihres Landes richteten. Der König hörte sich den Abt freundlich an und verhandelte mit ihm über eine Besserung der Dinge. Aus den Gesprächen ging eine Übereinkunft hervor. Der Sohn des Römischen Königs, Johann von Luxemburg, sollte sich durch Heirat mit der Přemyslidin Elisabeth verbinden. Gemeinsam sollten sie als König und Königin in Böhmen einziehen.

Während der Verhandlungen über den neuen böhmischen König wurde der Hof des Kärntner Herrschers auf der Prager Burg von Befürchtungen und Unruhe geschüttelt. In ganz Böhmen wuchs die Zuneigung für Elisabeth, aber auf der Prager Burg wuchs der Haß gegen sie. Heinrich von Kärnten hatte Elisabeths ältere Schwester Anna zur Frau. In Elisabeth sah Anna ihr böses Schicksal, und sie trachtete danach, dieses böse Schicksal zu überwinden.

Wenn sie bloß Elisabeth loswerden könnte, wenn bloß der Tod heimlich käme und nicht den Namen verriete, der ihn geschickt hatte!

Es geschah sodann, daß die hochedle Jungfrau Elisabeth eine Speise aß, in die Gift gemischt war, und daß sie beinahe ihre Seele ausgehaucht hätte. Und schon war ein neuer Plan geschmiedet: Ungesäumt Elisabeth an einen Ritter zu verheiraten und damit der Ehe mit Johann von Luxemburg zuvorzukommen. Dort, wo die freie Wahl entscheiden soll, sollte Gewalt bestimmen.

Sobald von diesen Umtrieben Herr Jan von Wartenberg erfuhr, der getreulich Elisabeth beistand, schickte er schleunigst einen zuverlässigen Boten auf die Prager Burg. Der Bote suchte Elisabeth auf und überbrachte ihr die Botschaft, sie solle so rasch wie möglich den Hof verlassen und auf dem Vyšehrad Zuflucht suchen.

Aber es war für Elisabeth nicht leicht, aus der Burg zu fliehen. Jedermann kannte sie und kannte auch ihren Wert. Hätte die Wache sie erkannt, dann hätte man sie zurückgeschickt. Klopfenden Herzens warf sie die Lumpen einer Bettlerin über und verhüllte ihr Gesicht wie eine Greisin, die den frischen Wind fürchtet. In dieser Verkleidung eilte sie nur mit zwei Gefährtinnen auf den Vyšehrad.

Eine Schar des Herrn Jan von Wartenberg harrte ihrer bereits. Mit Jan von Wartenberg und seinen Rittern entrann sie glücklich nach Nymburk an der Elbe.

Aber wenn mannigfaltige Qualen wachsen, kann dann ihr Ende weit sein? Die junge Elisabeth aus dem Geschlecht der Přemysliden gelangte glücklich in die Reichsstadt Speyer, wo die festliche Hochzeit mit Johann von Luxemburg gerüstet war. Hier in Speyer empfing Johann aus der Hand seines Vaters, des Römischen Königs Heinrich VII., die böhmischen Lande und den Titel eines Königs. Zu seiner Linken und Rechten flammten rot fünfzig Banner mit dem böhmischen weißen Löwen. Und das gleiche Wappenzeichen leuchtete auf dem Banner, das während des Hochzeitsmahls vor dem Tisch des Königs aufgepflanzt wurde. Als die Tschechen ihr altes Wappen auf dem Banner vor dem König sahen, freuten sie sich. Sie hofften fest, daß der Löwe, der bisher gelegen hatte, aufstehen und allen seine Kraft zeigen würde, die daran gezweifelt hatten.

Die Wände der Häuser in Speyer waren mit Batist und Purpur bedeckt, in den Gassen wurde getanzt, und auf den Plätzen fanden Ritterturniere statt. Längs der Häuser reihten sich die Massen der Zuschauer, und in jedem Fenster lagen sie Kopf an Kopf. Die Zuschauer bewunderten, heißt es, insbesondere die Lanzen der tschechischen Ritter. Sie unterschieden sich von den anderen durch ihre Länge und Stärke, und immer wenn ein Ritter mit solch einer Lanze auf den Turnierplatz ritt, brachen die Zuschauer in Geschrei aus: »Ein Tscheche, ein Tscheche!«

Und es war unter den Tschechen die Mehrzahl der Sieger.

So begann unter dem Klang von Glocken, Harfen, Hörnern und Trompeten, Trommeln und Pfeifen, unter Gesang, Geschrei und dem Prasseln der berstenden Lanzenschäfte die gemeinsame Wanderschaft der siebzehnjährigen Königin Elisabeth mit dem vierzehnjährigen König Johann von Luxemburg.

Aber in Böhmen herrschte noch Heinrich von Kärnten. Er rief aus Meißen und Kärnten Bewaffnete herbei, die ihm treu waren, und legte sie als Besatzung in die führenden Städte Böhmens. Die fremden Besatzungen raubten und plünderten und machten die letzten Reste von Ordnung im Lande zunichte. Heinrich von Kärnten rächte sich vor allem an dem Zbraslaver Kloster. Er hatte nicht vergessen, welchen Dienst der Abt Konrad Elisabeth erwiesen hatte.

Johann von Luxemburg war böhmischer König geworden, aber er mußte sich sein Königreich erst erobern. Ende November zog er mit einem Heer gen Prag und schlug vor der Stadt das Lager auf. Alle Prager Tore waren verschlossen und bewacht, und das Heer Johanns von Luxemburg litt Hunger. Auf die gefrorene Erde fiel Schnee hernieder.

Die mächtigen Stadtmauern schienen jedem Angreifer zu trotzen, und vielleicht wäre es auch so gewesen, wenn es die List nicht gegeben hätte, die stärker zu sein pflegt als grobe Gewalt.

Der Kaplan der Königin namens Beringer, der in Prag lebte, wagte sich im Priesterhabit und mit irgendwelchen Urkunden in der Hand zu einem der Stadttore und rief der Stadtwache zu:

»Kennt ihr mich? Ich bin ein Sohn dieser Stadt.«

»Wie sollen wir Euch nicht kennen, Herr Beringer!« riefen die Posten.

»Wenn ihr also wißt, wer ich bin, dann laßt mich mit diesen Urkunden hinaus aus der Stadt und wieder herein. Ich muß den Streit um eine Kirche schlichten und zu diesem Zweck mit dem Erzbischof verhandeln, der sich in dem Feldlager vor der Stadt befindet. Verwehrt es mir nicht, ich bitte euch, aus- und einzugehen, bis der Streit beendet ist.«

Der Kaplan ging also aus und ein und hielt die Verbindung zwischen Johann von Luxemburg und seinen Anhängern in Prag aufrecht, ohne daß die Wachposten Verdacht gegen ihn schöpften.

Der Dezember brach an, und grimmiger Frost bereifte die Zelte des luxemburgischen Lagers. Die Soldaten saßen frierend um schwache Feuer herum, denn es gab nicht genügend Holz, und die Pferde gingen durch Frost und Futtermangel zugrunde.

Da trat zur vereinbarten Stunde der Kaplan in die Theinkirche und setzte den Glockenklöppel in Bewegung. Durch drei Glockenschläge gab er dem Heer von Johann das vereinbarte Zeichen. Auf die Stimme der Glocke antwortete das Heer mit einem Sturmangriff auf die Stadt. Es drang auf das Stadttor an der Stelle des heutigen Pulverturms ein, das sorgfältig verschlossen und bewacht war. Aber in der Nähe der Moldau am Tor des heiligen Franziskus entbrannte innerhalb der Stadtmauer ein Scharmützel. Ein Haufen von Prager Bürgern, bewaffnet mit Schwertern, Streitäxten und Hacken überfiel von innen die Verteidiger des Tores und öffnete das Tor mit Gewalt.

Und schon strömte in die Stadt die halberfrorene und erschöpfte Streitmacht des jungen Königs. Vor dem Blitzen ihrer Schwerter und Helme flohen die fremden Söldner aus Kärnten und Meißen über die Brücke in die Prager Burg, wo sie Schutz zu finden erhofften. Die Soldaten des böhmischen Königs Johann rückten durch die Straßen vor und ergossen sich auf die Plätze, und überall riefen sie das eine süße und machtvolle Wort:

»Frieden, Frieden!«

Das Heer des böhmischen Königs Johann plünderte nicht, und der König und seine Ratgeber bemühten sich, das durch die Fremdherrschaft verursachte Unrecht zu beseitigen, und es wird erzählt, daß alle, die vordem aus Angst ihr Haus verschlossen hatten, nunmehr die Tür unverschlossen ließen.

Die Prager Burg fiel nicht durch Kampf in die Hände des Königs Johann, sondern durch Verhandlungen. An einem naßkalten Dezembertag ritt im Morgengrauen der ehemalige Herrscher Heinrich von Kärnten mit seiner Frau und einem kleinen Gefolge zum Burgtor hinaus und nahm die böse Zeit der Demütigung und des Verfalls mit sich.

Am gleichen Tage, da Heinrich von Kärnten die Prager Burg verließ, trat auf den Boden der Burg der böhmischen Könige Johann von Luxemburg, und sein erster Weg führte ihn in die Basilika des heiligen Veit. Im Februar des darauffolgenden Jahres wurde er in dieser Kirche gemeinsam mit seiner Gemahlin Elisabeth feierlich gekrönt.

Der König ordnete die Angelegenheiten in Böhmen und wandte sich dann Mähren zu, um auch hier die Ordnung zu festigen. Einige Burgherren wehrten sich gegen die neue Herrschaft und standen zu dem vertriebenen Heinrich von Kärnten. Andere Burgherren nutzten die unsicheren Zeitläufe aus und bereicherten sich durch Raub. Auf den Straßen und auch in den ruhigen Gehöften floß das Blut Unschuldiger, und Raubritter kehrten mit ihrer Beute hinter die festen Mauern ihrer Burgen zurück, so wie sich gesättigte Raubtiere in ihre Höhlen verkriechen.

Es wird erzählt, daß einer der Hauptschädlinge in Mähren Jimram von Boskovice war. Er hatte sich mit seiner Rotte auf der Burg Sádek in der Nähe von Třebíč eingenistet. Hierher zog König Johann mit dem böhmischen Heer, um Mähren von den Raubrittern zu säubern.

Das Heer belagerte die Burg, aber die sich in ihr verschanzten Rotten wußten, was sie erwartete. Sie wehrten sich aller Angriffe wild und verbissen. Sie hatten keine andere Wahl als den Tod im Kampf oder den Tod aus der Hand des königlichen Henkers. Aber auch ein den Tod witterndes Raubtier erlahmt am Ende.

Über der Burg Sádek breitete sich die Nacht aus, und die Ruhe unter den Mauern überlistete die Wachsamkeit der Burgwächter. In aller Stille rückte das königliche Heer gegen die schlummernde Burg vor. Es trug Sturmleitern und Baumleitern mit, Stämme mit Aststummeln daran, auf denen man emporklimmen kann.

Die Verteidiger der Burg wurden erst durch das Geschrei auf den Schanzen wach. Der Kampf war kurz. Wer von der Räuberbande nicht fiel, der wurde gefangen. Achtzehn Räuber führten die königlichen Reisigen vor das Antlitz des Königs Johann.

Fackelschein beleuchtete das kurze Gericht, und Fackelschein sollte das letzte Licht sein, das die Räuber in ihrem Leben sahen. Die Henkersknechte machten sich ans Werk. Der Henker wog bereits das Schwert in der Hand.

Jeder von diesen achtzehn starb seinen Tod. Der eine mit Gejammer, der andere schweigend, und wer keine Furcht verspürt hatte, als er tötete, empfand sie nun, da er getötet werden sollte. Der letzte in der Reihe war von allen der jüngste. Als der Tod auch ihm nahte, fiel er vor dem König auf die Knie und bat um eine besondere Gnade.

»König und Herr«, rief er, »ich bitte nicht um mein Leben, ich weiß, daß ich es verwirkt habe. Ich bitte nur um eines: Laß mich nicht im Dunkel im Fackelschein enthaupten, sondern erlaube mir noch den Morgen zu begrüßen und im Sonnenschein vom Leben Abschied zu nehmen. Beweise mir die Gnade, daß ich morgen früh in der grünen Krone dieses Baumes gehenkt werde.«

Der König stimmte zu.

Am Morgen des folgenden Tages beendete der Jüngling in einer Sonnenflut und bei Vogelgesang sein Leben hoch an dem grünen Ast des Baumes, von wo man weit ins Land schauen konnte.

Jimram, der Herr dieses Gesindels, entging der verdienten Strafe. Der König begnadigte ihn für das Versprechen des Gehorsams und der Einhaltung der Ordnung. Und so bestätigt sich, daß ein Herr sich auch dort das Leben zu erhalten vermag, wo seine Untertanen es verlieren.

Der Henker beendete sein Werk, und bestraft wurde auch die Burg. Das königliche Heer machte sie durch Feuer dem Erdboden gleich.

Der König zog sodann mit seinen Reisigen nach Brünn, und die Kunde von seiner Ankunft eilte ihm voraus. Das Volk freute sich, daß im Lande Ruhe eintreten würde. Das Gebiet, auf dem Raub und Willkür herrschten, verkleinerte sich stetig.

In Brünn verstärkte König Johann sein Heer und zog aus gegen Friedrich von Linava.

Friedrich war der Herr über viele Burgen und Festen. Von ihnen herab fügte er den Mährern viel Schaden mit Feuer und Schwert zu. Die mächtigste unter diesen Burgen hieß Račice. In ganz Mähren wurde erzählt, dies sei eine unzugängliche und uneinnehmbare Festung. Es gab keine Belagerungsmaschine, die diese Burg bezwungen hätte.

Das königliche Heer belagerte die Burg Račice und versuchte sie zu erobern. Aber ihr Ruf hatte nicht getrogen. Die Burg widerstand allen Angriffen.

Als die Belagerung immer länger dauerte und sich die Heerführer keinen Rat wußten, erklärte einer der Männer, er wüßte, wie man diese Nuß knacken könnte, aber das werde er nur dem König anvertrauen.

Dieser Mann hatte einst als Bergmann gearbeitet, nur die unsichere Zeit hatte ihm die Waffe in die Hand gedrückt.

Sie berichteten von ihm dem König, und der König befahl, ihn vorzuführen.

»Mein Herr und König«, sagte der Mann, »wenn du Bergleute dingen würdest, dann mache ich mich mit ihnen an die Arbeit, und in einigen Tagen ist die Burg in unserer Hand.«

Er erklärte dem König seinen Plan, und der König befahl sogleich, nach Bergleuten zu schicken. Es kamen so viele, wie benötigt wurden, und sie machten sich ans Werk. Sie gruben unter der Erde einen Stollen bis unter die Burgbefestigungen. Keine Woche war vergangen, da mußte die Burgbesatzung entsetzt zuschauen, wie ein Teil der Schanzen mit Donnergetöse in die Tiefe stürzte und einen Teil der Basteien mit sich riß.

Die uneinnehmbare Burg Račice öffnete sich dem königlichen Heer. Friedrich entsandte Eilboten zu König Johann und bat um Gnade. Sie wurde ihm zuteil unter der Bedingung, dem König Gehorsam zu schwören und zwei seiner festesten Burgen zu schleifen: Račice und Drahotuš.

Und es kehrte König Johann zufrieden von seinem mährischen Feldzug zurück. Aber Eintagsfliegen und Zufriedenheit haben ein kurzes Leben.

Dem mährischen Land erstand ein neuer Feind. Matthias Csak von Trenčany, ein ungarischer Herr, der auf der Burg Trenčín saß. Seine Herrschaft war ausgedehnt. Er beherrschte den größten Teil des slowakischen Territoriums und unternahm von dort Ausfälle nach Mähren. Seine bewaffneten Rotten eroberten im südlichen Mähren Festen und Dörfer. Die Gefangenen schleppten sie mit auf die ungarischen Märkte, wo sie als Sklaven verkauft wurden.

Die Grenzburg Holič ließ Matthias Czak mächtig befestigen und versuchte immer tiefer in Mähren einzudringen. Als er sich der Burg Veselí bemächtigte, welche die mährische Grenze südlich von Uherské Hradiště schützte, konnte König Johann nicht mehr säumen. Er sammelte ein großes Heer und zog damit nach Mähren.

Die Sage berichtet uns, daß er die Königin Elisabeth auf der Burg Jemnice zurückließ und selber mit seinen Truppen vor die Burg Veselí zog. Dort stellten die königlichen Söldner lange Leitern an die Mauern, kletterten hurtig über die Befestigungen, und wie ein Wasser, das die Dämme durchbricht, fielen sie über den Feind her und besiegten ihn in einem kurzen grimmigen Kampf.

Durch den Sieg gestärkt, wandten sie sich zum Flusse March und rückten seinem Lauf folgend zu Matthias' Burg Holič.

Im Heer des Königs dienten viele hervorragende tschechische Ritter und auch viele kampfeslüsterne deutsche Ritter. Aber die Lage und die Festigkeit der Burg erlaubte nichts anderes als die Belagerung und Aushungerung der Besatzung. Sie schlossen also die Burg von allen Seiten ein und schlugen das Lager auf. Die Zeit sollte über das Schicksal von Holič entscheiden.

Und da brach an einem stillen Junimorgen aus jedem Gebüsch in der Nähe des königlichen Lagers ungarisches Geschrei hervor. Matthias von Trenčany war mit seinen Haufen den Belagerten zu Hilfe geeilt, um die Umzingelung zu sprengen und die Besatzung zu befreien. Über das königliche Heer fiel eine dichte Wolke von Pfeilen hernieder, und das Heer, das von dieser Seite keine Gefahr erwartet hatte, geriet in Verwirrung.

Eine Schlacht brach aus, und der dürre Rasen trank das warme Blut. Auf die Bäume des Waldes ließen sich gierige Raben nieder und warteten ab.

Schon wankten die Reihen der tschechischen Krieger, die mächtige Welle des königlichen Heeres zerschellte und wich zurück, und einige suchten sogar ihr Heil in der Flucht.

Plötzlich warf sich den Zurückweichenden Heinrich von Lípa entgegen und führte sie in den Kampf zurück, und er selber rannte mit einer Abteilung schwerer Reiterei gegen die leichte ungarische Reiterei an. Unter dem Banner des böhmischen Königs stürmten die Ritter voran und rissen die feindliche Phalanx auf wie eine Spinnwebe. Die Ungarn verstreuten sich in der Umgebung, auf den Wiesen, im Walde, sie flohen vor dem königlichen Heer.

Königin Elisabeth erwartete inzwischen auf Jemnice eine Nachricht vom König. Vergeblich hielt sie Ausschau, wann endlich auf dem Wege unter den Pferdehufen der Staub aufwirbelte, vergeblich lauschte sie, ob sie nicht auf dem Hofe unter den Fenstern den eiligen Schritt eines Boten hörte. Unruhig und voller Befürchtungen ging die Königin, von einem kleinen Gefolge begleitet, hinaus aus der Burg. Sie schritt den Boten entgegen, die sie irgendwo in der Ferne vermutete. Sie verließ mit ihrem Gefolge auch die Mauern des Städtchens. Unter dem blauen Sommerhimmel blühten die Wiesen in allen Farben, und die Königin konnte nicht widerstehen. Sie verkürzte sich die Zeit mit dem Pflücken von Blumen und dem Winden eines Kranzes. Über die Blumen gebeugt, vernahm sie ein Rufen:

»Sie kommen, sie kommen schon!«

Sie schaute auf und erblickte Reiter, die schnurstracks auf sie zugaloppierten. Sie erkannte in ihnen königliche Boten. Die Boten brachten die schäumenden Pferde vor der Königin zum Stehen, und bevor sie noch ein Wort sagten, bevor die Königin noch von ihnen den Brief übernahm, las sie ihren Gesichtern die Botschaft vom Siege des Königs ab.

Die Königin freute sich, und ihre Freude war um die ausgestandene Angst größer. Und in dieser Freude suchte sie etwas, womit sie die Boten belohnen könnte. Sie hatte weder Schmuck noch Geld bei sich. Da faßte sie einen raschen Entschluß: dem ersten Boten übergab sie ihr prachtvolles Barchentwams, den zweiten beschenkte sie mit ihren Strümpfen, den dritten mit einem Tuch, und was sollte sie dem vierten geben? Es war nicht anderes mehr übrig als der Kranz von Feldblumen, den sie noch in der Hand hielt. Sie reichte ihn dem vierten Boten.

Zum Angedenken an dieses Ereignis wurde in Jemnice noch lange Jahre bis hin in unsere Zeiten ein Fest namens »Barchent« gefeiert. Dabei wetteiferten vier ausgewählte Jünglinge im Laufen, und sie wurden mit den gleichen Geschenken belohnt wie seinerzeit ihre Vorgänger.

Heinrich von Lípa, der sich unterhalb von Holič um den glücklichen Ausgang der Schlacht verdient gemacht hatte, wurde der Ratgeber und engste Vertraute des Königs Johann. Er eignete sich einen immer größeren Anteil an der Macht und Herrschaft an. Der junge König war froh, wenn Heinrich von Lípa ihm genügend Geld besorgte. Er brauchte es für seine abenteuerlichen Ritterfahrten durch die Welt. Böhmen war nicht das Land seines Herzens. Zu Hause fühlte er sich am Rhein, in der Landschaft seiner Kindheit, zu Hause fühlte er sich am französischen Hof in Paris.

Königin Elisabeth hatte ihre Heimat in Böhmen, wo jahrhundertelang ihr Geschlecht geherrscht hatte, und alle ihre Liebe und Sehnsucht und alle ihre Träume hefteten sich nun an dieses Land. Endlich wurde ihr der lange erwartete Sohn geboren. Er erhielt den alten und ruhmreichen tschechischen Namen Václav, auf deutsch Wenzel. Er wurde im Monat Mai geboren und ruhte in einer von der reinen Frühlingssonne übergossenen Wiege.

Die Zeit verging, der Sohn wuchs heran, und die Königin wurde nicht müde, sich darum zu bemühen, daß König Johann die Herrschaft in seine Hände nähme und sich nicht weiterhin von Heinrich von Lípa und anderen Adligen gängeln ließe. Einmal wäre es ihr und ihren Freunden beinahe gelungen, den mächtigen Herrn von Lípa auszuschalten. Das war, als er seine Vollmachten überschritten hatte und König Johann sich überzeugen ließ, daß sein großer Ratgeber ihm schadete. Und er ließ ihn durch den Herrn Vilém von Valdek auf der Prager Burg festnehmen und auf die Burg Týřov unweit von Křivoklát bringen.

Die Burg Týřov hatte einen festen Turm und in diesem Turm ein festes Verlies. Zwölf bewaffnete Männer bewachten Heinrich von Lípa im Týřover Turm. Aber die Fesseln drückten den Herrn von Lípa nicht lange.

Seine Verwandten und Freunde lehnten sich gegen die königliche Entscheidung auf, und König Johann mußte nachgeben. Gnade und Ungnade lösten sich bei ihm schneller ab als Sommer und Winter. Er nahm Heinrich wieder in Gnaden auf, und die Macht des Herrn von Lípa wuchs rascher als vor diesem Vorfall.

Heinrich von Lípa gewann große Macht und begann sie zu gebrauchen. Er konnte die Unbill nicht vergessen, die er erlitten hatte. Er rächte sich an seinen Widersachern, wie er nur konnte. Und zu seinen Widersachern gehörte auch die Königin.

So wie es ihm an Tapferkeit nicht gebrach, so fehlte ihm

auch Schlauheit und List nicht. Tag für Tag nährte er berechnend in König Johann Argwohn den Worten und Taten der Königin gegenüber. Aus einem Nichts machte er Beweise, Kleinigkeiten bauschte er auf, und das Große verkleinerte er so geschickt, daß der junge König ihm glaubte. Und die Nachricht, die Heinrich von Lípa seinem König überbrachte, lautete: Die Königin trachtet nach deinem Thron, König. Sie schmiedet gegen dich eine Verschwörung und will mit ihren Anhängern ihren Sohn Wenzel zum böhmischen König ausrufen.

Der König glaubte diesen Einflüsterungen. Er glaubte daran, und seiner bemächtigte sich Zorn. Er befahl die Pferde zu satteln und brach mit zweihundert bewaffneten Reitern zur Burg Loket auf, wo die Königin Elisabeth mit ihren Kindern lebte. Dort weilte auch der dreijährige Sohn Wenzel.

Unterwegs gönnte sich der König nur eine kurze Rast. Unermüdlich stampften die Pferdehufe den krustigen Februarschnee und die gefrorenen Wege.

Königin Elisabeth erschrak über die unverhoffte Ankunft des Königs und über die große Zahl der Bewaffneten, die ihn begleiteten. Sie befahl das Burgtor zu öffnen, wie es der König verlangte. Kaum aber stand König Johann auf dem Burghof, führte er sich auf wie ein Sieger, der über das Schicksal der Besiegten zu entscheiden hat. Mit zornigem Gesicht befahl er, ihm die Burg und die mit den Reisigen der Königin besetzten Türme herauszugeben. Die Besatzung der Türme antwortete mit ihren Armbrüsten, und der Kampf zog sich hin bis in die Nacht. Erst am nächsten Tage wich die stolze Königin der Übermacht und lieferte König Johann die ganze Burg aus.

Der König übergab den Henkersknechten den Schreiber der Königin und eine von ihren Damen, damit sie auf der Folter aussagten, was sie von der Verschwörung gegen den König wußten. Und was erfuhr er? Das, was er erfahren wollte, das, was er brauchte. Die Folter öffnet nur die Münder, nie aber die Wahrheit.

Der König hörte und der König beschloß. Die Přemyslidin Elisabeth schickte er mit einer kleinen Begleitung und den

Kindern nach Mělník. Den dreijährigen Sohn Wenzel befahl er auf der Burg Loket als Gefangenen zurückzulassen und bestimmte für ihn eine Bewachung. Einige Wochen lang war der kleine Wenzel auf Loket eingesperrt, bis sich der Zorn des Königs gelegt und sich seine Befürchtungen wegen einer Verschwörung zerstreut hatten.

Seit dieser Zeit kamen die beiden königlichen Gatten niemals mehr in Eintracht und Vertrauen zusammen. Der König gab sich immer mehr einem leichtsinnigen Leben und den Träumen von Ritterruhm hin.

Er sehnte sich danach, um sich die Blüte der Ritter aus nahen und fernen Ländern zu scharen und aus Prag den Brennpunkt von Rittertugenden zu machen. Nach allen Seiten schickte er Boten mit der Einladung zu einem glanzvollen Turnier. Dabei sollten die besten Ritter in den neuen, von König Johann gegründeten Ritterorden aufgenommen werden.

Die Boten ritten mit der Einladung in fremde Länder. Unweit von Prag, in einem Wildpark, machten sich die Zimmerleute ans Werk. Sie errichteten einen großen Turnierplatz mit geräumigen Tribünen für die Zuschauer. König Johann sparte nicht mit Geld, die Ausstattung der Turnierfeierlichkeiten sollte großzügig und prunkvoll sein.

Der Bau im Wildpark duftete noch nach frischem Holz, da kehrten die Boten bereits aus den fremden Ländern zurück. Sie brachten keine guten Nachrichten. Keiner von den berühmten Rittern konnte oder wollte kommen. Sie hatten andere Sorgen.

Der Traum des Königs Johann vom Ritterruhm des königlichen Prag war zerstoben. Und das war das teure Ende eines Traumes. Alle mit der Vorbereitung des Turniers verbundenen Kosten mußte das Volk Böhmens durch eine neue Steuer bezahlen.

Die Geschichte mit dem mißlungenen Turnier stärkte des Königs Verhältnis zu Böhmen nicht. Alle Schuld für das Mißlingen wälzte er auf das Land und auf das abgelegene Prag ab. Er machte sich auf, woanders eine Heimat zu suchen. Überall dort, wo die alten Rittertugenden gebraucht wurden. Wo immer zwischen Fürsten und Königen ein Zwist ausbrach, tauchte König Johann auf, um mit dem Wort oder dem Schwert zu helfen. Und man sagte: Ohne den böhmischen König kann niemand seine Sache erledigen.

Nur um die Verwaltung des Landes, dessen König er war, kümmerte er sich nicht, und er kehrte nur selten nach Böhmen zurück, und zwar nur dann, wenn ihm das Geld ausgegangen war.

Und die Königin Elisabeth starb während seiner Abwesenheit. Der Tod trat im September auf Vyšehrad an sie heran, am Tag des heiligen Wenzel. Zwei Tage lang wurde der Leichnam der Königin von einer Prager Kirche in die andere getragen. Nach zwei Tagen wurde er auf ein Schiff geladen und wanderte wie der Leichnam ihres seligen Vaters nach Zbraslav. Mit der Königin Elisabeth ging der letzte Nachkomme der Přemysliden von hinnen. Jenes Geschlechtes, unter dessen Führung im Herzen Europas einst der tschechische Staat entstanden war.

Es wird erzählt, daß König Johann bei einem Feldzug nach Litauen ein Auge verlor. Seit dieser Zeit litt er an einer Augenkrankheit, die ihn am Ende zur Blindheit verurteilte. Was konnte einem König, der ruhelos nach Ritterruhm suchte, Schlimmeres begegnen! Die Sage spricht von seiner Mannhaftigkeit auch im Unglück. Er hörte nicht auf, so zu tun, als sähe er noch, und viele täuschte er durch sein Verhalten. Sie glaubten wirklich, der König sähe noch.

Der blinde König zog in seinen letzten Kampf bei Crécy, um dem französischen gegen den englischen König beizustehen.

Die Sage stellt uns das Bild des Königs Johann hoch zu Roß vor Augen, wie er, von einem ritterlichen Gefolge aus Böhmen umringt, fest seine Lanze hält. Neben ihm leuchten in allen Farben die Schilde der berühmten Geschlechter, und es blühen die Rosenberger Rosen in den Wappen, aber der König sieht sie nicht. Vor ihm brausen die Reihen der schweren Reiter vorwärts und stampfen rücksichtslos das Fußvolk des eigenen Heeres nieder, aber der König sieht sie nicht. Er hört den Kampfeslärm und befiehlt:

»Stellt mein Pferd in die Richtung zum dichtesten Haufen der Feinde und hebt meine Lanze in diese Richtung.«

»Herr«, warnen ihn die Ritter, »die Franzosen weichen zurück.«

»Tut, was ich gesagt habe«, ruft der König, »das wird bei Gott nicht vorkommen, daß der böhmische König aus dem Kampf flieht.«

Da geben sie seinem Pferd die Richtung und richten auch die Lanze des Königs auf den Feind, und sie stürzen sich in den Kampf mit ihm und stoßen ihren Schlachtruf hervor: »Praha!«

Als wittere das Pferd des Königs eine Tränke oder Futterstelle, so fliegt es vorwärts und verschwindet in der Schar der Feinde. Noch glänzt in der Sonne des Königs Helm mit den goldenen Adlerflügeln, noch hebt der König die Lanze, da fällt er, von mehreren Pfeilen getroffen.

Fern von Böhmen starb der böhmische König Johann, und sein Tod kündete das Ende der alten Ritterzeiten an.

Der König aus der goldenen Wiege

Als die Königin Elisabeth den Sohn Wenzel gebar, geschah, so wird erzählt, ein Wunder. Die Wasser der Moldau öffneten sich wie die Blüte einer Rose und gaben aus den Tiefen einen alten Schatz heraus: die goldene Wiege, welche die Fürstin Libuše einst dem Fluß unter dem Vyšehrader Felsen anvertraut hatte. Und das war die Wiege, in der laut ihrer Prophezeiung nur jener gebettet sein durfte, der dem Lande Frieden und Glück brächte. Nun hatte die Wiege den Grund der Moldau verlassen und bot ihre goldene Umarmung dem kleinen Wenzel dar, dem Sohn Johanns von Luxemburg.

Als Wenzel sieben Jahre alt war, schickte ihn der Vater nach Frankreich, an den königlichen Hof. Der französische König Karl hatte Johanns Schwester zur Frau und fand großes Wohlgefallen an dem kleinen Wenzel. Er ließ ihn vom Bischof konfirmieren, und der Name, den Wenzel bei der Konfirmation annahm, war der gleiche wie der seines königlichen Oheims: Karl. Unter diesem Namen trat er auch in die böhmische Geschichte als Karl I. ein und in die europäische Geschichte als Kaiser Karl IV.

Schon lange lag er nicht mehr in der goldenen Wiege. Sie verwandelte sich der Sage nach je nachdem, wie er wuchs. Aus der goldenen Wiege war ein goldenes Bett geworden.

Nach mehreren im Ausland verbrachten Jahren kehrte Karl nach Böhmen zurück. Aber Böhmen und Mähren erinnerten in nichts an die goldene Wiege. Das Land war in der Hand der Herren, die während der Abwesenheit Johanns von Luxemburg in die eigene Tasche gewirtschaftet hatten. Eine Burg führte mit der anderen einen Kleinkrieg, und die Rechnungen, die die Adligen untereinander abmachten, bezahlte wie immer das Volk. Die Prager Burg war verlassen und verödet, sie lag in Trümmern.

Die Prager, das einfache Volk, die Herrschaft und die Geistlichkeit, zogen dem Sohn des Königs Johann vor die Stadt entgegen und geleiteten ihn durch das Ujezder Tor unter mächtigem Glockengeläut in die Stadt. Während König Johann in der Fremde Ritterabenteuer suchte, sollte sein Sohn für ihn Böhmen und Mähren verwalten.

Zuerst suchte Karl Zbraslav auf, das Grab seiner Mutter Elisabeth. An den Stellen, wo die böhmischen Könige Ruhe und Trost gesucht hatten, fand sie auch der junge Verweser der böhmischen Länder. Und so wie andere Könige eine Vorliebe fürs Zerstören haben, so hatte der junge Verweser die Sehnsucht, aufzubauen, und so wie andere in dieser Zeit von einem plötzlichen Ritterruhm träumten, so war es Karls Ehrgeiz, das Land aus den Wirren herauszuführen und die Ordnung darin zu festigen.

Zuerst begannen die Arbeiten auf der Prager Burg, und das Mauerwerk des neuen Palas warf jeden Tag einen längeren Schatten. Die Burgtrümmer, von Gras und Gebüsch bewachsen, lebten wieder auf. Von Sonnenaufgang bis in den späten Abend hinein hallten in die Weite und Breite die Meißel der Steinmetze, das Rufen der Bauleute und das Knarren der schwerbeladenen Fuhrwerke. Ein aus Paris berufener französischer Baumeister beaufsichtigte den Bau und die Ausbesserungsarbeiten.

Die Burgen, die König Johann verloren hatte, gewann sein Sohn mit großer Anstrengung und viel Aufwand zurück. Insgesamt waren es siebzehn Burgen.

Das Leben in Böhmen und Mähren beruhigte sich, die Sicherheit auf den Straßen und in den Städten wuchs, und es schien, daß die ersten Strahlen der goldenen Wiege das Land und sein Volk berührten. Und da rief Karl von Luxemburg seine Gemahlin zu sich, eine französische Prinzessin.

Aber in Böhmen herrschten noch keine solchen Zeiten, daß nicht Verleumder und arglistige Lügner und böswillige Ohrenbläser geboren wurden.

Als König Johann aus der Fremde nach Böhmen zurückkehrte, traten solche Leute an ihn heran und trugen ihm schlimme Nachrichten zu.

»Herr«, sagten sie zu ihm, »dunkle Wolken ziehen sich über dir zusammen, und bald wird der Blitz einschlagen. Dein Sohn Karl, den du als deinen Verwalter eingesetzt hast, hat während deiner Abwesenheit zuviel Macht an sich gerissen. Im ganzen Königreich hat er ergebene Bundesgenossen, die ihm vertrauen, weil seine Mutter eine Přemyslidin war und in seinen Adern das Blut dieses alten tschechischen Königsgeschlechts kreist. Du aber, Herr, bist für sie ein Fremder.«

König Johann lieh zum zweiten Mal den Einflüsterern sein Ohr und setzte Karl als Verweser des Landes ab. Er wies ihm zum Aufenthalt die Burg Křivoklát zu.

Karl mußte mit seiner jungen Gemahlin die Prager Burg verlassen und sein Werk an der Erneuerung der Länder der böhmischen Krone unvollendet unterbrechen. Er reiste ab auf die stille Burg inmitten tiefer Wälder. So lange sollte er dort weilen, bis der Argwohn des Vaters und sein Zorn von der Zeit hinweggeschwemmt wäre.

Das Leben auf der Prager Burg und auf der Burg in Brünn, wo Karl mit seiner Gemahlin früher gewohnt hatte, war anders als jetzt auf Křivoklát gewesen. Die Tage maß hier die aus den Wäldern aufsteigende und in ihnen untergehende Sonne und nicht Herrscherpflichten und Kurzweil.

Das Heimweh frühstückte, speiste zu Mittag und Abend mit Karls junger Gemahlin, eine von Valois. Und es wird erzählt, daß Karl ihr Heimweh und ihre Trauer sah und überlegte, wie er ihr eine Freude bereiten könnte. Da riß ihn die reine, glockenhelle Stimme eines Vogels aus seinen Gedanken. Karl lächelte. Gleich am nächsten Tage befahl er der Dienerschaft, alle bekannten Vogelfänger weit und breit aufzusuchen, alle diese Vogelsteller, welche die Singvögel im Netz oder auf Leimruten fangen. Sie sollten ihnen gute gefiederte Sänger abkaufen, vor allem Nachtigallen. Die Diener brachten ganze Käfige voll. Auf Karls Befehl mußten sie die Käfige ins Dickicht und in den Jungwald tragen, der an den Hängen unterhalb von Křivoklát emporklomm. Hier, zwischen den Zweigen, an dem Pfad, der aus einem Seitentor der Burg führte, öffneten sie die Käfige und ließen die Singvögel frei.

Karls Gemahlin ging oft auf diesem Pfad hinunter zum Bach. Heute überraschte sie auf dem üblichen Spaziergang Vogelgesang. Jeder Zweig, jedes Gebüsch sang aus voller Kehle. Noch nie war die junge Frau von Valois auf den Křivokláter Hängen mit soviel Gesang begrüßt worden. Es wird erzählt, daß der Vogelsang ihr in der Verbannung auf dieser abgelegenen Burg Trost gebracht habe. Abends und tief in die Nacht hinein schlugen die Nachtigallen, und ihre Stimme stieg zu den Burgfenstern empor und in die Burg ein und verscheuchte die traurigen Nachtgedanken.

Der junge Sohn des Königs Johann hatte seiner Frau einen beruhigenden Nachtigallenpfad geschaffen. Sich selbst jedoch ein unruhiges Geschick. Bald versöhnte er sich mit dem Vater, und dann sehen wir ihn auf Feldzügen und auf den polnischen, ungarischen, litauischen und italienischen Straßen. In Kämpfen und bei staatsmännischen Verhandlungen.

Als in der Schlacht bei Crécy der böhmische König Johann von Luxemburg sein Leben ließ, führten die böhmischen Herren seinen Sohn Karl aus dem Kampf. Er hatte unweit seines Vaters gefochten, und auch er war bereits von feindlichen Lanzen verwundet. Wenn er gefallen wäre, dann hätte das Böhmische Königreich in einer einzigen Schlacht den alten und den künftigen Herrscher verloren.

Seit der Schlacht bei Crécy war ein Jahr vergangen, und in Prag rüstete man zur feierlichen Krönung Karls zum böhmischen König. Für dieses Ereignis ließ Karl eine neue prächtige Königskrone aus purem Golde anfertigen, geschmückt mit fast hundert Edelsteinen und erlesenen Perlen. Die Krone wurde sodann in der Kirche auf der Prager Burg zur Aufbewahrung niedergelegt. Alle böhmischen Könige sollten fortan mit dieser Krone gekrönt werden. Der künftige König Karl verfaßte anläßlich seiner Krönung eine Krönungsordnung der böhmischen Könige.

Am Vorabend der Krönungsfeierlichkeiten fand unter Beteiligung einer großen Volksmenge eine Wallfahrt auf den Vyšehrad statt, wo, wie man glaubte, in den ältesten Zeiten die ältesten tschechischen Fürsten residiert hatten. Und am Tag der Krönungsfeierlichkeiten kam der Erzbischof mit seinen Prälaten in den königlichen Palast auf der Prager Burg, und sie halfen dem König beim Anlegen des königlichen Gewandes und geleiteten ihn in den Sankt-Veits-Dom. Vor ihm trugen sie die Insignien der königlichen Macht, die sie ihm nach dem feierlichen Aufsetzen der Krone aufs Haupt überreichen sollten. Zu diesen Insignien gehörten der Apfel, das Zepter und das Schwert des heiligen Wenzel, mit welchem der König tapfere Männer zu Rittern schlug.

Die alte Kirche konnte nicht alle Zuschauer fassen. Sie standen auf dem Gelände vor der Kirche und auf den Straßen, und die einen erzählten den anderen, was ihnen über die Köpfe der Menge hinweg zu sehen gelungen war. Die der Kirche am nächsten standen, vernahmen das alte Lied »Hospodine, pomiluj ny«, welches innerhalb der Kirche anschwoll und von der riesigen Volksmenge draußen weitergesungen wurde. Mit diesem Lied begrüßte das Volk den neuen König und in ihm die neue Hoffnung für sich und für sein Land. Denn die Hoffnung hat tiefgegründete Wurzeln, und kein Frost und keine Unbill und Enttäuschung können sie verbrennen.

Nach dem Festgottesdienst und der Krönung des Königs und seiner Gemahlin Blanka auf der Prager Burg schritt der Zug der heimischen Adligen, der erlauchten Gäste und der Geistlichkeit mit großem Gepränge hinab in die Stadt. Und Geschrei und Jubel, Musik und Gesang umringten den königlichen Zug. Es fehlten auch Gaukler nicht und Narren und Bettler und Krämer, all dieses Gesindel, das an Orten zusammenströmt, wo sich viel Volks versammelt. Und der Festzug und die Neugierigen, all diese bunte Menge, die den Taschendieben und Schnapphähnen reiche Ernte gewährte, strebte hin zum Gallusmarkt.

Auf diesem geräumigen Marktplatz stand bereits ein Holzgebäude, eigens für das Krönungsmahl errichtet. Hier nahm der neue böhmische König mit seiner Gemahlin an der Tafel Platz. Der hölzerne Bau war mit Stoffen und Teppichen bezogen und bedeckt, Musik begleitete das Tafeln, und die Hofbeamten und die Herren von Adel übten ihre Tischämter hoch zu Roß aus.

Lange sprach man in Prag und im ganzen Lande von den Lustbarkeiten des Krönungstages, und manch einer verglich die Krönung Karls mit der berühmten Krönung des Königs Wenzel II. Das Holz von dem Bau auf dem Gallusmarkt schenkte sodann König Karl dem neuen Kloster vor dem Sankt-Gallus-Tor. Es war so viel Holz, daß die Mönche daraus eine hölzerne Kirche bauten und ihnen noch etwas übrigblieb.

König Karl war der erste König dieses Namens in Böhmen. Als deutscher König war er der vierte dieses Namens. Und als erster böhmischer König wurde er später in Rom zum römischen Kaiser gekrönt. Damit übernahm er nach mittelalterlicher Auffassung die Herrschaft über den gesamten Erdkreis, so wie einst die altrömischen Kaiser. Aber nach Rom reiste mit ihm nicht mehr seine Gemahlin. Ihr Leben war kurz und endete jäh wie das Lied der Nachtigallen von Křivoklát.

Kaiser und König Karl heiratete noch mehrere Male. Seine letzte Frau hieß Elisabeth, und es wird erzählt, sie habe sich durch gewaltige Körperkraft ausgezeichnet. Bei Gastmählern auf der Prager Burg, im Kreise erlauchter Gäste, zerbrach sie mit bloßen Händen große Hufeisen wie dürre Zweige. Sie umklammerte mit den Händen einen großen Hirschfänger, und der Hirschfänger zersprang in Stücke, sie packte einen Harnisch und riß ihn von oben bis unten auf. So sehr unterschied sich die letzte Gemahlin des Königs von der ersten.

Karl verrichtete viele Taten, und viele davon haben in den böhmischen Ländern die Bildung gestärkt, und viele hinterließen auf dem Antlitz des Landes ihre Spuren. In Karls Werk und Handeln mündeten die Träume und Bemühungen seiner Vorgänger. Er gab Prag die Universität, um die sich Wenzel II. bemüht hatte, er gab ihr eine neue steinerne Brücke, die bis heute seinen Namen trägt, prächtige Kirchen, und er ließ die Prager Neustadt erbauen. Aber wir wollen Prag verlassen und in die tiefen Wälder gehen, wo auf den Bergen das Beil des Holzfällers erschallt und auf den Lichtungen Burgen zur Stärkung und zum Schutz des Herrschers, seines Landes und seiner Schätze emporwuchsen.

König Karl gründete viele Burgen und versah sie mit seinem Namen. Wie es damals üblich war, erhielten auch die tschechischen Burgen häufig deutsche Namen. Bei Pilsen wuchs um diese Zeit Karlskrone, im Böhmerwald Karlsberg, aber von all den Burgen und Festen, die Karls Namen trugen, wurde die Burg Karlstein die berühmteste.

Die Burg Karlskrone behielt nicht lange ihren Namen bei, dann nannte man sie Radyně. Die Sage berichtet uns, daß in ihren unterirdischen Gewölben unermeßliche Schätze an Gold, Silber und Edelsteinen funkelten und strahlten. Zwischen Bergen von Kleinodien stand eine eiserne Truhe, und auf der Truhe schlief ein großer schwarzer Hund. Er schlief und er schlief nicht. Wenn jemand in den unterirdischen Saal einträte, würde er sich auf ihn stürzen. Die Schätze soll dort der Ritter Raden versteckt haben. Er war mächtig und reich, aber unglücklich. Die Form seiner Ohren war nicht menschenähnlich. Sie erinnerten an Fledermausflügel. Und so sehnte sich Raden, wenn er schon selber seine Ohren nicht loswerden konnte, danach, daß wenigstens seine Nachkommen sie nicht erbten. Aber wann immer seine Frau ein Kind gebar, wurde es mit solchen häßlichen Ohren geboren. Raden erschlug in seiner Verzweiflung die Kinder. Aber Unglück und Verzweiflung verließen ihn selbst nach dem Tode nicht. Er fand keine Ruhe im Grab und ging in seiner alten Burg um. Als trauriger, ruheloser Geist.

Wer in der Mitte des vierzehnten Jahrhunderts unter der Herrschaft des böhmischen Königs und Römischen Kaisers Karls IV. südwärts von Prag den Fluß Berounka stromaufwärts wanderte, erblickte bald den ausgedehnten Bauplatz einer Burg. In den Wäldern an der Berounka baute Matthias von Arras mit einer großen Menge von Bauleuten auf einem felsigen Hügel eine Burg – Karlstein. Karlstein war eine riesige Schatzkammer, die Mauern dieser Burg sollten die böhmischen und deutschen Krönungskleinodien beschützen, die Insignien der kaiserlichen Macht und die Schätze, die der Herrscher gesammelt hatte. In diesen Schätzen fehlte auch die Krone des heiligen Wenzel nicht und nicht das Schwert, das ihm der Sage nach ein Engel überreicht hatte. Zum herrlichsten Saal der ganzen Burg wurde die Heiligkreuzkapelle. Ihre Wände waren mit purem Gold belegt und mit Edelsteinen besetzt, und kostbare Bilder hingen an den Wänden, und im Glanz der Wände spiegelten sich die Flammen brennender Kerzen. In der Kapelle war so viel Glanz, als hätte die Sonne hier ihr Heim und stiege von hier aus zu ihrer Himmelswanderung auf. Die Burg und ihre kostbaren Kleinodien bewachten zweiundvierzig Ritter, und es bewachten sie feste Mauern und ein schroffer Abhang. Der Kaiser ritt oft hierher und betete hier in strenger Abgeschiedenheit. Und so wurde ihm Karlstein das, was einigen Přemysliden Zbraslav gewesen war. Eine Stätte der Ruhe, der Erholung und Sammlung. Und der Behaglichkeit.

Die goldenen Wände der Karlsteiner Kapelle leuchteten dem Kaiser Karl bei seinen Meditationen. In einer neuen Gestalt war die goldene Wiege zu ihm zurückgekehrt.

Es wird erzählt, daß damals in Böhmen kein Mangel an Gold herrschte. Besonders im Süden, wo der Böhmerwald den das böhmische Land umgebenden Ring von Bergen schließt. Hier fand man, wie berichtet wird, Gold in großer Menge und seltener Reinheit. Die Goldgräber des Böhmerwalds fanden eines Tages einen riesigen Klumpen Gold und schickten ihn nach gemeinsamer Beratung dem König Karl. Und der König wünschte sich, mit eigenen Augen die Gegend zu sehen, wo man dieses edle Metall reichlich fand. Er ritt mit seinem Gefolge in den Böhmerwald, suchte die Ansiedlung der Goldgräber auf und empfing ihren Anführer und hörte ihn an.

So wie das entzündete Licht die Nachtfalter anlockt, so lockt der Schimmer des Goldes die Räuber an. Sie tauchten immer wieder aus den dichten Wäldern auf und überfielen die Goldgräber und raubten ihnen ihre Schätze.

»Befrei uns, Herr und Kaiser, von den räuberischen Rotten«, baten die Goldgräber den Kaiser Karl.

Auch der Teufel, wie alte Sagen berichten, auch der Teufel witterte das Gold aus der Ferne und eilte herbei, um denen den Kopf zu verwirren, die das Gold aus der Erde holten.

»Hilf uns, Herr und Kaiser, gegen die Teufel. In stürmischen Nächten jagen ihre Hufe über unser Werk und stampfen es zusammen und leiten das Wasser in unsere Gruben. Ihr unsichtbares Fell reibt sich an unserem Brot und verdirbt uns das Essen und bringt uns Krankheiten.«

Der Kaiser, so heißt es, versank in Nachdenken, er dachte lange nach und sagte dann:

»In dieser Gegend fehlt eine Burg. Eine Burg bedeutet Ordnung und Schutz, und die Glocke der Burgkapelle wird die unreinen Kräfte verscheuchen.«

Nach diesen Worten befahl er die Pferde zu satteln und ritt mit seinem Gefolge in die Wälder, um einen geeigneten Platz zu suchen, wo man die Burg errichten sollte. Die Landschaft ringsum war eine einzige Wildnis, die schmalen Pfade waren mit Dickicht zugewachsen, die Pferde mußten über umgestürzte Baumstämme steigen und springen. Anderswo wieder lagen Felsblöcke im Weg, wie wenn sie der Teufel als Hindernis hingewälzt hätte.

Die Sage erzählt, daß sich der Kaiser im Gewirr der Zweige, Stämme und Felsen seinem Gefolge aus den Augen verlor. Er drang durch die dichte Barriere von Haselnußsträuchern und stand plötzlich am Rande einer großen Waldlichtung. Zu seinen Füßen gluckerte ein Bach, und hinter der Lichtung ragte über die Wipfel der jungen Fichten ein Hügel zum Himmel empor. Der Kaiser band sein Pferd an einen Baumstrunk, übersprang den Bach und überquerte die Lichtung. Der Hügel, der sich hinter dem Wald erhob, war zum Burgbau wie geschaffen.

In Gedanken gelangte der Kaiser ans andere Ende der Lichtung. Plötzlich riß ihn Geschrei aus seinen Gedanken. Er schaute sich um und gewahrte eine ärmliche Hütte, wie sie jene in den Wäldern bauen, die Holzkohle brennen. Vor der Hütte sprang ein Greis umher, fuchtelte mit einem Stock, hieb in die Luft, schlug um sich, schrie, aber von einem Feind war nichts zu sehen.

Der Kaiser trat näher.

»He, Köhler«, rief er dem Greis zu, »was ist denn los mit dir?« Der alte Köhler hörte für eine Weile auf, mit dem Stock zu fuchteln, aber die linke Hand hielt er weiterhin mit gestrecktem Arm zur Faust geballt, als hielte er etwas fest.

»Edler Herr«, sagte der Köhler, der nicht wußte, mit wem er die Ehre hatte, »ich ringe mit dem Teufel, jeden Tag führe ich mit ihm einen grimmigen Kampf. Es stört ihn, daß ich hier den Wald fälle, daß ich hier Kohle brenne, es stört ihn, daß ich hier arbeite. Ich habe ihm heute einen tüchtigen Denkzettel verpaßt. Er tut, als könnte er nicht mehr, und glaubt, ich lasse ihn los. Aber ich halte ihn am Schwanz fest. Und ich lasse ihn nicht los, ich geb ihm noch was dazu.« Der Köhler hob den Knotenstock und drosch erneut auf den unsichtbaren Teufel ein.

Da erschallte ein betäubender Knall, und mit diesem Knall erlosch das Tageslicht. Dunkelheit senkte sich auf den Kaiser und den Greis, der abermals mit dem Stock herumfuchtelte und schrie. Das Dunkel durchschritten violette Blitze, und in ihrem Schein stolperte der Kaiser in die Hütte. Gerade noch zur rechten Zeit. Kaum war er unterm Dach, stürzte draußen ein Wolkenbruch hernieder, und der Sturm rauschte in den Kronen der Bäume, und er wimmerte und heulte. Die ganze Hölle schien dem kämpfenden Teufel zu Hilfe zu eilen.

Und plötzlich, mit einem Schlage, war wieder heller Tag, und der blaue Himmel schaute auf die entwurzelten Bäume, die abgebrochenen Äste und das von Schlamm und Sand überschwemmte Gras herab.

Der Kaiser trat aus der Hütte. Einige Schritte entfernt lag der Alte, leblos, vom Blitz versengt, der Stock war ihm aus den verkrümmten Fingern gefallen.

Lange dachte der Kaiser an der Leiche des Köhlers über das Gute nach, das man wie eine edle Blume hegen und pflegen muß, und über das Böse, das sich von selbst vermehrt wie Unkraut. Langsam kehrte er an die Stelle zurück, wo er am Waldrand sein Pferd gelassen hatte. Und da vernahm er Hörnerschall. Das kaiserliche Gefolge ritt heraus auf die Lichtung.

»Hört gut zu«, sagte der Kaiser zu seinen Rittern, »ich werde euch sagen, was mir begegnet ist.« Und er erzählte von dem Köhler und dem Teufel und dem Gewitter. Dann zeigte er auf den Berg, der über dem Wald aufragte, und sagte: »Dort bauen wir eine Burg, allen bösen Kräften zum Trotz, welche die arbeitsamen Menschen bei ihrem Werk behindern.«

Auf dem Hügel wurde eine Burg errichtet, und sie erhielt den Namen Karlsberg, auf tschechisch Kašperk. Die Teufel in dieser Gegend gaben es jedoch nicht auf. Vielleicht aus diesem Grund lösten einander in der Verwaltung der Burg so viele Ritter ab. Aber auch der Kaiser gab seinen Kampf gegen das Böse nicht auf.

Als er in Rom zum Römischen Kaiser gekrönt worden war, kehrte er nur mit einer kleinen Schar von Reisigen nach Böhmen zurück. Unterwegs machte er in der Stadt Pisa halt, wo man ihn freundlich willkommen hieß. Kaum hatte sich der Kaiser im Rathaus von Pisa einquartiert, gingen einige der Stadtväter auf die Gassen und legten ihre Freundlichkeit ab, wie wenn man eine Maske abwirft. Sie wiegelten mit erlogenen Nachrichten das Volk gegen den Kaiser auf und bereiteten zur Unterstützung ihrer Lügen eine Tat vor. Immer wieder finden sich genug mißtrauische Menschen, die sich durch eine augenfällige Tat täuschen und aufhetzen lassen.

Des Nachts schlichen sich die Widersacher des Kaisers ans Rathaus heran, in dem der Kaiser mit seiner Gemahlin ruhte, und setzten das Gebäude in Brand. Bald schlugen hohe Flammen zum Sternenhimmel, und der Kaiser und die Kaiserin retteten kaum ihr nacktes Leben. Sie verbargen sich in einem Haus in der Nähe bei guten Freunden.

Und siehe da, die Zunge der Lüge, die sich einmal in diese, dann in jene Richtung windet, verkündete in der ganzen Stadt, der Kaiser selber habe befohlen, den Brand zu legen, damit die Rüstkammer ausbrenne und die Pisaner ihrer Waffen beraubt würden. Und weil die Leute gewohnt sind, ihr Auge zu gebrauchen, aber nicht immer auch ihren Verstand, brachte der Blick auf das brennende Rathaus die Bewohner von Pisa so auf, daß sie das Gefolge des Kaisers überfielen und so einen grimmigen Kampf vom Zaune brachen. Die

Abteilungen, die dem Kaiser zu Hilfe eilten, mußten sich den Weg über die Brücke schwer erkämpfen. Sie schlugen sich bis auf den Marktplatz durch, wo der Kaiser Seite an Seite mit seinen Getreuen die Angreifer abwehrte. Die Widersacher des Kaisers wurden am Ende gezwungen, zurückzuweichen und zu fliehen. In den Gassen und auf dem Marktplatz blieben nur die Toten liegen.

Im Kampf und in der Verteidigung seines Kaisers schlug sich damals dem Vernehmen nach besonders tapfer der Herr von Smojno, Burggraf auf der Burg Žampach. Der Kaiser belohnte seine Tapferkeit, indem er selber ihn zum Ritter schlug und ihm eine goldene Kette um den Hals hängte.

Jan von Smojno kehrte auf die Burg Žampach zurück, aber die Ehrung schien ihn völlig verwandelt zu haben. Der Hochmut verdrehte ihm den Kopf. Er umgab sich mit Speichellekkern, denen er beim vollen Krug immer wieder von seinem italienischen Abenteuer und von der Auszeichnung durch den Kaiser erzählen konnte. Ein Gelage löste das andere ab, und woher das Geld dazu nehmen, wenn in der Schatztruhe die Spinne ihr Netz spann? Jan von Smojno verlegte sich aufs Rauben, scharte ein Häuflein Strauchdiebe um sich und überfiel mit ihnen Kaufmannsfuhrwerke, aber auch Edelleute.

Ješek von Potštejn, dem die Burg Žampach gehörte, war entsetzt über die Missetaten seines Burggrafen. Er schickte ihm eine Botschaft, wonach er ihn seines Amtes entheben wolle, falls er nicht unverzüglich sein Räuberhandwerk aufgäbe. Aber Jan von Smojno erkannte keine anderen Befehle an als jene, die er selber erteilte. Und er erkannte keinen anderen Herrn an als sich selber.

Er antwortete Herrn Ješek von Potštejn auf seine Weise. Er kundschaftete aus, wo Herr Ješek auszureiten pflegte, lauerte ihm mit seinen Leuten am Wege auf, überfiel ihn und nahm ihn gefangen. Auf der Burg Žampach ließ er Herrn Ješek ins Verlies werfen. Jetzt erst fühlte sich der Raubritter als Herr, jetzt erst berauschte er sich an seiner Macht, als im Kotter unter ihm der rechtskräftige Besitzer der Burg in Fesseln lag.

Um diese Zeit war keiner sicher, der nach Litomyšl oder

von Litomyšl reiste. Überall konnte aus dem Jungwald der Raubritter von der Burg Žampach mit seinem wilden Gesindel hervorbrechen. Das Volk nannte ihn Pancíř, der Harnisch, weil er angeblich nie den Ritterharnisch ablegte und vielleicht selbst im Schlaf das Schwert umklammerte.

Das Verlies auf Žampach füllte sich mit Gefangenen. Sie mußten warten, bis der Raubritter Pancíř das verlangte Lösegeld für sie erhielt. Seine Schatztruhe füllte sich mit Geld und Schmuck von den Raubüberfällen und den Lösegeldern. Nur Pancířs Herz blieb leer und kalt und ohne Gefühl.

Herrn Ješek von Potštejn ließ Pancíř am Ende aus dem Gefängnis schleppen und mit Schmach und Schande durchs Burgtor hinauspeitschen. Gebrochen und durch die Haft entkräftet, suchte Herr Ješek Hilfe bei seinen Freunden, und die Freunde suchten Hilfe bei Kaiser Karl IV.

Bevor die Bäume neue Blätter erhielten, zog der Kaiser mit einer Streitmacht vor die Burg Žampach. Da verlegte sich Pancíř aufs Verhandeln. Selber hatte er niemals Gnade walten lassen, aber jetzt bettelte er für sich um Gnade.

»Bestelle deinem Herrn«, sagte der Kaiser zu dem Burgboten, »daß dem Vogel die Luft und dem Wurm die Erde gehört. Einem Ritter gebührt eine ritterliche Gefangenschaft und einem Räuber die eines Räubers.«

Der Bote kehrte unverrichteterdinge auf Žampach zurück. Der Kaiser erteilte umgehend den Befehl zum Sturm auf die Burg, und nach kurzem Kampf fiel die Burg in die Hände der kaiserlichen Soldaten. Den Führer der Räuber, Pancíř, führten sie vor den Kaiser. Der Kaiser erblickte auf Pancířs Brust die goldene Kette und erinnerte sich an den Kampf in den Gassen der Stadt Pisa.

»Ich habe einst einen Ritter belohnt«, sagte der Kaiser bitter, »warum zwingst du mich, einen Räuber zu belohnen?«

Und es wird erzählt, daß der Kaiser selber dem Raubritter den Strick um den Hals legte, so wie er vor geraumer Zeit um den gleichen Hals eine goldene Kette gelegt hatte.

Pancíř und seine Räuberbande wurden an Ort und Stelle gehenkt, und ihr Räubernest, die Burg Žampach, brannten die Kaiserlichen nieder und machten es dem Erdboden gleich.

Man sagt, Kaiser Karl IV. habe sehr auf die Gerechtigkeit in seinem Lande geachtet. Wenn die Karwoche anhub, nahm er sich selber der Rechtsprechung an und schlichtete die Streitfälle der kleinen Leute, beseitigte das an Witwen und Waisen begangene Unrecht und bemühte sich, dem Recht zur Geltung zu verhelfen. Und das tat er auch sonst, nicht nur in der Karwoche. Und es war gut, daß der Kaiser in einer Zeit an die Gerechtigkeit dachte, da die Reichen sich ihr Recht bei den Gerichten kauften und da das Schwert häufig die Wahrheit vertrat.

Wann immer jedoch der Kaiser mit seinem Heer auszog, um Ordnung zu schaffen, säten seine Söldner Unrecht und Unbill. Während das Heer unterwegs war, um jene zu bestrafen, die im Großen geraubt hatten, plünderte und beraubte es das Volk in den Dörfern und Einödgehöften. Das einfache Volk unterschied die eigenen Reisigen nicht von fremden, die befreundeten Soldaten nicht von den feindlichen. Es fürchtete alle in gleicher Weise. Alles wurde ihm genommen, alle Soldaten waren erbarmungslos, und sie zögerten nicht, einem Säckchen Mehl oder einem Huhn zuliebe das Schwert mit Menschenblut zu besudeln.

Kaiser Karl IV. schleifte die Burgen jener Ritter, die im Lande Verwirrung und Unordnung verbreiteten, aber andere Burgen und Festen ließ er erbauen oder ausbessern. Dort, wo der Sage nach vor uralten Zeiten Riesen gelebt hatten, im Herzen des Böhmerwalds, ließ der Kaiser die Wachburg Pajrek erbauen. Bei dem Sprudel, der seinen Namen empfing, befahl er die Burg von Karlovy Vary zu erbauen. In dieser Burg wohnte er, wann immer er in dem dortigen heilkräftigen Wasser die verlorene Gesundheit zurückzuerlangen suchte. Er befestigte auch Stará Boleslav mit starken Mauern. Hierher, in die Wälder um Stará Boleslav, ritt er häufig mit seinem Gefolge zur Jagd. Die Wälder am rechten Ufer der Elbe waren sehr reich an Hochwild.

Auf der Burg Toušeň fand der Kaiser immer wieder Ruhe und die Muße zum Nachdenken. Andere Herrscher jener Zeit kannten nur die Ergötzung an ihrer Macht. Karl IV. kannte auch die Ergötzung, wie sie aus weiser und ruhiger Überlegung entspringt, aus der Lektüre und aus dem Nachdenken.

Und so dachte der Kaiser in der stillen Einsamkeit der Burg Toušeň über die Dinge des menschlichen Lebens und ihren Sinn nach. Über diese Überlegungen schrieb er einige Absätze in seiner Lebensbeschreibung, die er auf lateinisch verfaßte.

In neuem Glanz erstrahlten die beiden Prager Burgen. Vyšehrad wurde mit einer neuen Mauer und einer Menge schlanker Türme versehen. Seine Bauten wurden ausgebessert oder verändert, und in die alten Mauern ergoß sich neues Leben.

Die Prager Burg auf dem Hradschin hieß ihre Gäste mit zwei vergoldeten Türmen willkommen. Den Ost- und den Westturm befahl Karl IV. mit Blei zu decken und zu vergolden. Schon am frühen Morgen ruhte die Sonne auf dem Gold dieser Türme, und abends konnte sie sich lange nicht von ihrer goldenen Stadt verabschieden. Der Glanz der goldenen Türme schimmerte über Prag, das Karl IV. an den ersten Platz unter allen Städten seines Reiches erhob.

Es geschah sodann, daß an einem Novemberabend, da die goldenen Blitze auf den Türmen der Prager Burg erloschen, auch das Leben des berühmten Kaisers zu erlöschen begann. Karl IV. legte sich nieder, um nie mehr aufzustehen. Um sein Bett versammelten sich seine Söhne und Töchter, und die Gemahlin des Kaisers, obwohl sie so stark war, vermochte die Fessel des Todes nicht zu zerbrechen.

Der Prager Erzbischof wich nicht vom Bett des Kaisers. Leise betete er. Und in dieses Flüstern, in die Seufzer und das Schluchzen hinein erklang auf einmal das Sterbeglöckchen vom Turm des Veitsdomes. Ihm gesellte sich eine weitere Glocke hinzu und noch eine und noch eine, anfangs zaghaft, dann aber kräftiger, bis sich alle Glocken zu einem einzigen machtvollen und erhabenen Chor verbanden.

Wer hatte zu läuten befohlen? Der Sohn des Kaisers, Wenzel, schickte Diener aus, damit sie sich erkundigten, auf wessen Befehl die Glocken läuteten. Und so liefen die Diener zum Dom, und es lief auch der Küster hin, aber die Tür zum Turm war verschlossen. Als sie aufschlossen und hinauf zu den Glocken stiegen, blieben sie atemlos stehen. Die Glokken schwangen von selbst, niemand läutete sie. Und immer mehr schlossen sich an; wo immer in Prag eine Glocke auf einem Turm hing, begann sie zu klingen, ganz Prag war ein einziges Glockengeläut, alle Herzen der Prager Glocken nahmen Abschied vom menschlichen Herzen des Herrschers, der sich um seine Stadt so verdient gemacht hatte.

Karl IV., der Vater des Vaterlands, hauchte seine Seele aus. In diesem Augenblick, so wird erzählt, verschwand das goldene Bett, das zu des Kaisers Lebzeiten auf der Burg Karlstein gestanden hatte. Es verwandelte sich in eine Wiege, und die Wiege kehrte in die Moldau unterhalb des Vyšehrader Felsens zurück.

Manchmal löst sich von der Wiege ein goldener Strahl, steigt empor aus den Tiefen und berührt die sich wellende Oberfläche des Flusses. Vielleicht forscht er nach, ob der rechte Augenblick gekommen ist.

Dereinst, so heißt es, wird die goldene Wiege wieder die Moldau verlassen, und eine Mutter wird ihr Neugeborenes hineinlegen, das dem Lande Ruhe und Frieden und Glück bringen wird. Aber wer weiß? Vielleicht steht die Wiege bereits irgendwo in Böhmen, und vielleicht ist es nicht nur eine einzige.

Die Burg der Sagen

Sie ist zu Ende gebaut. Die Steine ihrer Mauern und ihrer Türme sind die Geschichten, die man sich einst in längst vergangener Zeit erzählt hat. Jedes Volk hat sich im Verlauf seiner Geschichte seine Burg der Sagen errichtet und hat sie aufgesucht, wann immer es neue Kraft brauchte; es kehrte in ihre Mauern zurück, um wie von einem alten Turm aus die Gegenwart im Lichte der uralten Erfahrung der Sagen und Legenden zu sehen.

Aber die Erfahrung der Sage ist eine andere als die der Geschichte. Sie unterscheidet sich so von ihr wie der nächtliche Traum vom hellichten Tag oder die Wirklichkeit von der Sehnsucht, über die wir uns erzählen. Die Sage gleicht der Spiegelung eines fernen Sterns auf der Oberfläche eines nächtlichen Flusses. Das Spiegelbild hat auf den beweglichen Wellen seine Form verloren, es ist veränderlich, hat mit dem Stern nur den Glanz gemein. Aber dieser Glanz ist uns nahe, und der Stern ist uns fern.

Die Burg der Sagen ist zu Ende gebaut. Von ihrem hohen Turm aus können wir ein großes Stück Wegs überschauen. Der Beginn des Weges liegt hinter dem Horizont, wohin unser Blick nicht reicht. Und dann, wenn der Weg den Horizont überschreitet, liegen auf ihm Nebel und Dämmer. Kaum bekommt der Weg endlich klarere Konturen, verdunkelt er sich bereits von Kämpfen und Schlachten. Wir sehen, wie das alte Gemeineigentum der Sippe zerfällt, wie aus den nachbarlichen Beziehungen feindliche Beziehungen werden, wie sich die Beziehungen zwischen den Menschen verändern. Einst teilten sich die Menschen in Schwache und Starke, in Unerfahrene und Erfahrene. Die neue Zeit der Geschichte begann sie in Arme und Reiche zu teilen. In Kirchenfürsten, Bischöfe und Prälaten, in weltliche Fürsten, Adelige, Ritter und in Leibeigene und Arme …

Auf dem Wege, den wir in diesen Jahrhunderten zurückgelegt haben, wuchsen große Reiche, sie blühten auf und verfielen dem Untergang. Das Heidentum führte einen Kampf mit dem Christentum, langsam veränderte sich die Auffassung vom Recht, und es veränderten sich die Gesetze. Und die Rechte und Gesetze wurden in den Händen der Mächtigen ein Instrument zur Unterdrückung der Wahrheit und Gerechtigkeit. Und wir haben gesehen, daß die Sehnsucht nach Wahrheit und Gerechtigkeit den Menschen die Waffe in die Hand drückte.

Und es gibt an diesem Wege Stellen, da das Böhmische Königreich ein mächtiges und reiches Land war, es gibt Stellen, da es von Heldentum im Kampfe blitzte, und es gibt Stellen, wo der Reichtum an Gedanken strahlte.

Es ist kein gerader Weg, er ist voller Biegungen, Engen, gefährlichen Abhängen, und er führt oft über Steine und durch Sümpfe. Es ist kein leichter Weg, man muß stets die Augen offenhalten, man darf nicht einschlafen, man darf nicht unnütz ausruhen und faulenzen. Nichts auf diesem Weg ist umsonst, aber seine Gefahren und Leiden haben unser Volk nachdenken gelehrt.

Die Burg der Sagen ist zu Ende gebaut. Und das ist weder eine alte Legendenburg aus den Zeiten des Fürsten Krok noch eine Ritterburg aus der Zeit Přemysl Otakars II. Der Sage geht es nicht um geschichtliche Genauigkeit. Die die Sagen geschaffen haben, haben ihr Sehnen erfüllt, haben die Sage zum Ruhme dessen erzählt, was sie für wichtig hielten.

Manch eine Sage hat ihre Vorlage woanders. In Böhmen oder in Mähren haben unsere Vorfahren sie erneut bearbeitet und als eigen angenommen. Keinem Volk gereicht es zum Schaden, wenn es etwas übernimmt, was ihm entspricht. Die alten Römer übernahmen ihre Sagen von den Griechen, aber auch das alte Griechenland ist nicht die Urheimat dieser Sagen. Der Baum, der von weither zu uns gekommen ist, hat bei uns Wurzeln geschlagen, unser Boden hat ihn ernährt, und sein Obst ist für uns gereift.

Mancher hat vielleicht in diesem Buche eine Sage gesucht, die er kennt, oder er hat eine bestimmte Burg vermißt. In dem Buch sind nicht alle Sagen erfaßt und auch nicht alle böhmischen und mährischen Burgen. Mehr als um die Vollständigkeit dieser Art ging es um die Ganzheit des Buches, dem eine solche Vollständigkeit nicht gedient hätte.

Die Sagen sind nicht danach geordnet, in welchem Jahrhundert sie wahrscheinlich entstanden sind. Die Reihenfolge der Sagen wurde durch die Abwicklung unserer Geschichte bestimmt. So wurden zu einem bestimmten Ereignis jene Sagen konzentriert, die dieses bestimmte Ereignis betreffen.

Die Burg der Sagen ist zu Ende gebaut, und das nicht zum ersten und nicht zum letzten Male, denn die Sage ist lebendig, und alles Lebendige unterliegt Veränderungen und erneuert sich immer wieder.

Und falls jemandem diese oder jene Erfahrung oder Weisheit aus der Burg der Sagen gefallen hat, dann möge er sie sich mit auf den Weg nehmen. So haben das unsere fernen und nahen Vorfahren getan. Und das wird auch für jene nicht überflüssig sein, die nach uns kommen.

Brandýs nad Labem, 1967–1969

Inhalt

Eine Auswahl aus der tschechischen Ausgabe
»Čteni o hradech«, erschienen im Verlag Albatros, Prag

Deutsch von Gustav Just

Drei Lilien Verlag GmbH, Wiesbaden
Lizenzausgabe für die Vertriebsgebiete
Bundesrepublik Deutschland, Berlin (West),
Österreich und Schweiz

Printed in the German Democratic Republic
Buchgestaltung: Hans-Joachim Walch
ISBN: 3-922 383-41-6

Žernoseky
Teplice
Kalich
Klučék
Bílina
Stadice
Bezděz
Kost
Vlastislav
Košťálov
Houska
Roudnice
Pšov
Drahúš
Budeč
Levý
Hradec
St. Boleslav
Dřevíč
Loket
Libušín
Praha
Křivoklát
Okoř
Toušeň
Děvín
Vyšehrad
Krakovec
Nový
Hrad
Tetín
Karlštejn
Zbraslav
Kouřim
Sion
Krasíkov
Točník
Žebrák
Konopiště
Plzeň
Přimda
Radyně
Kamýk n. Vlt.
Blatná
Rýzmberk
Kozí Hrádek
Pajrek
Rábí
Příběnice
Kašperk
Jindřichův
Hradec
Dobrš
Hluboká
Č. Budějovice
Č. Krumlov